血の収穫

ダシール・ハメット

JN150949

ポイズンヴィルと呼ばれる、モンタナ州パーソンヴィルの新聞社社長の依頼を受け、コンティネンタル探偵社の私が現地に着くと、当の依頼者は銃撃を受け死亡。彼は市の浄化を望んでいたらしい。そこは鉱山会社社長で市の有力者である彼の父親が労働争議対策に雇ったギャングがはびこり、警察までもがその悪に染まったまさにポイズンヴィル（毒の市）だった。息子を殺され怒りに震える有力者は私に市の浄化を依頼。銃弾が飛び交い血で血を洗う抗争を巧みに利用した、毒の市に挑む激烈な闘い。ハードボイルドの始祖ハメットの長編第一作、新訳決定版。

登場人物

私……………………………………コンティネンタル探偵社の調査員
エリヒュー・ウィルソン…………鉱山会社社長等を務める市の有力者
ドナルド・ウィルソン……………新聞社社長。エリヒューの息子
ピート………………………………フィンランド人の密造酒屋
ルー・ヤード………………………質屋、故買屋
マックス・ターラー
　通称ウィスパー…………………賭博場経営者、ギャンブラー
ダイナ・ブランド…………………高級娼婦
ダニエル（ダン）・ロルフ………ダイナに寄生する男
ジョン・ヌーナン…………………警察署長
ティム・ヌーナン…………………その弟
ロバート・オルベリー……………銀行の現金出納係補佐

ヘレン・オルベリー……………ロバートの妹
ボブ・マクスウェイン…………元刑事
ピーク・マリー…………………ビリヤード場経営者
チャールズ・プロクター・ドーン……弁護士
マグロウ…………………………警部補
マートル・ジェニソン…………マックス・ターラーの元愛人
ディック・フォーリー…………コンティネンタル探偵社の調査員
ミッキー・リネハン……………同右
オリヴァー（リノ）・スターキー……ルー・ヤードの手下
ビル・クイント…………………炭鉱の労働組合のまとめ役

血の収穫

ダシール・ハメット
田口俊樹訳

創元推理文庫

RED HARVEST

by

Dashiell Hammett

1929

目次

血の収穫

ジョゼフ・トンプスン・ショーに

1　緑の服を着た女と灰色の服を着た男

〝パーソンヴィル〟が〝ポイズンヴィル（毒の市）〟と呼ばれるのを初めて聞いたのは、モンタナ州ビュートの〈ビッグ・シップ〉という店でのことだった。鉱山で下働きをしているヒッキー・デューイという赤毛の男がそう発音したのだ。そいつは〝ジャッ〟のことも〝r〟を抜かして〝ジョイツ〟などと発音した。〝r〟を抜かした発音はそのあと何度か聞いたことがあるが、いずれにしろ、そのときには何か意図があってその市の名をそんなふうに呼んだのだとは思わなかった。犯罪者仲間の隠語で、〝ディクショナリー〟を〝リチャーズナリー〟と言うのと同じ類いの他愛のない駄洒落としか思わなかった。が、その数年後、実際にパーソンヴィルに行って知ることになる。それはただの駄洒落ではなかった。

駅の公衆電話で〈ヘラルド〉紙に電話して、ドナルド・ウィルソンを呼び出してもらい、着いた旨を本人に伝えた。

「今夜十時に私の自宅のほうに来てくれないか？」ドナルドはきびきびとして快活な声をして

いた。「マウンテン通りの二二〇一番地だ。市街電車のブロードウェー線に乗って、ローレル通り駅で降りてくれ。そこから西に二ブロックばかり歩いたところだ」

了承して、タクシーでグレート・ウェスタン・ホテルに向かい、部屋に荷物を放り込むと、あとは市内見物と洒落込んだ。

きれいな市とは言えなかった。ただ単に派手さを求めて建てられたような建物が大半だった。最初はそれでもよかったのだろう。が、その後、陰気な南の山を背景に何本も立っている精錬所の煉瓦の煙突が吐き出す煙が、あらゆるものをくすんだ黄一色に変えてしまっていた。その結果、採鉱のせいで汚された醜いふたつの山の醜い山間に鎮座する、人口四万の醜い市ができ上がった。市の上に広がる煤けた空まで、精錬所の煙突から吐き出された産物のように見えた。

たまたま見かけた警官の最初のひとりは無精ひげを生やしていた。ふたり目はみすぼらしい制服のボタンがふたつちぎれていた。三人目はブロードウェーとユニオン通りが交わる市の中心部の交差点で、交通整理をやっていた。口の端に葉巻をくわえて。それを見てからはもう警官を品定めする気がなくなった。

九時半にブロードウェー線に乗って、そのあともドナルド・ウィルソンの指示に従った。歩いた先の角地に芝生と生け垣に囲まれた家が一軒建っていた。

玄関のドアを開けたメイドは、ミスター・ウィルソンは不在だと言った。ミスター・ウィルソンと会う約束があって来たのだと説明していると、緑のクレープ素材の服を着た、すらりとした体型の三十まえのブロンド女性が玄関口にやってきた。笑みを浮かべてはいたが、その青い眼は石のように冷たかった。私は説明を繰り返した。

「主人は今、家におりません」〝S〟の音を引き延ばす、あるかなきかの訛(なま)りがあった。「でも、お約束していたのなら、すぐに帰ってくるでしょう」

彼女はローレル通りに面した側にある二階の部屋に私を案内した。やたらと本のある茶色と赤の部屋だった。ふたりとも革張りの椅子に坐った。椅子は石炭が燃えている暖炉のほうに斜めに向けられ、はすに向かい合っていた。彼女は、夫にどんな用があるのか訊き出そうと探りを入れてきた。

「パーソンヴィルにお住まいなの？」とまず訊いてきた。

「いえ、サンフランシスコです」

「でも、こっちに来られたのは初めてじゃない？」

「初めてです」

「ほんとうに？　この市(まち)をどう思われました？」

「あれこれ思うほどまだ見てません」嘘だった。もう充分見ていた。「今日の午後着いたばかりなんで」

彼女の探るような眼のきらめきが今は消えていた。

「きっとひどいところだって思われるでしょうね」そのあとまた探りを入れるモードに戻った。

「鉱山町はどこもそうでしょうけど。鉱山関係の方ですか？」

「いえ、今のところは」

彼女は炉棚に置かれた時計を見やって言った。

「ドナルドにしても失礼なことをするものね。仕事の時間もとっくに終わった夜中のこんな時間にお呼び立てしておきながら、お待たせするなんて」

私はなんでもないと答えた。

「でも、お仕事のことで見えたんでしょう?」

私は何も言わなかった。

彼女は声をあげて笑った。短くてとがった笑い声だった。

「わたしも普段はあなたがたぶん思っておられるほど穿鑿(せんさく)好きじゃないんだけれど」と彼女はむしろ陽気に言った。「でも、あなたがとても用心深くなさってるんで、つい訊きたくなっちゃったんです。あなた、お酒の密売をしている方じゃありませんよね? ドナルドはしょっちゅう業者を変えるんだけど」

私はただ笑みを浮かべ、彼女に勝手に想像させた。

階下(した)から電話の鳴る音がした。ミセス・ウィルソンは緑の部屋履きを履いた足を燃えている石炭のほうに伸ばして、その音が聞こえなかったふりをした。どうしてそういう真似(まね)をしなければならないと思ったのか、私にはわからなかった。

彼女が言った。「申しわけないけれど、そろそろ――」そこまで言いかけ、戸口にメイドが立っているのに気づいた。

奥さまに電話です、とメイドは言った。ミセス・ウィルソンは私に詫びて席を立つと、メイドについて部屋を出ていった。が、階下には降りていかず、私のところからも聞こえる内線電話に出た。

声が聞こえた。「ウィルソンの家内ですが……ええ……なんですって？……誰？……もっと大きな声で言ってください……なんですって？……ええ……ええ……あなたは？　誰なんです？……もしもし！　もしもし！」

受話器が荒々しくフックに掛けられる音がした。続いて廊下を歩く彼女の足音――速足になっていた。

私は煙草に火をつけ、彼女が階下に降りていく足音が聞こえるまで煙草をじっと見つめた。そのあと窓辺に行って、ブラインドの端を持ち上げ、ローレル通りを見下ろした。白い四角のガレージが家の奥の通り側に建っていた。

やがて黒いコートをまとい、帽子をかぶったすらりとした女が家からガレージへ小走りで向かうのが見えた。ミセス・ウィルソンだった。ビュイックのクーペに乗り込むと、出ていった。私は椅子に戻って待った。

四十五分ばかり時間が過ぎた。十一時五分、車のブレーキの甲高い音が外から聞こえた。二分後、ミセス・ウィルソンが部屋に戻ってきた。コートと帽子はもう脱いでいた。顔が真っ白になっていた。眼はほぼ黒に見えた。

「ほんとうに申しわけありません」と彼女は言った。強ばった唇が引き攣るように動いていた。

「こんなに長いこと待たせてしまったのに、主人は今夜、家には戻りません」

私は、だったら翌朝〈ヘラルド〉のほうに連絡しますと答えた。

そう言って、辞去した。彼女の緑の左の部屋履きの先端がまるで血か何かで汚れたかのように、濡れて黒ずんでいるのはどうしてだろうと思いながら。


ブロードウェーまで歩いて市街電車に乗り、宿泊先のホテルの手前三ブロック北で降りた。市庁舎の横の出入口に人垣ができていたのだ。
三、四十人の男と数人の女が歩道に立って、警察署と書かれたドアのほうを見ていた。作業服のままの鉱夫がいた。製錬工もいた。ビリヤード場やダンスホールから出てきたけばけばしいなりの若者たちも。のっぺりと青白い顔をした身なりのいい男たちも。いかにも品行方正な家庭人と思しい、退屈な顔をした男たちもいた。品行方正ながら退屈しきった女たちも何人か。夜の貴婦人たちも数人。
そういった一団の隅に、がっしりとした体に皺だらけの灰色の服をまとった男が立っていた。私はその男の脇で立ち止まった。男は顔も灰色で、ぶ厚い唇をしていた。歳は三十をさほど越えてはいないようだった。幅広の顔に厚みのある体ながら、頭は悪くなさそうに見えた。〝色〟はひたすらウィンザー結びのネクタイの赤に頼っていた。そのネクタイが灰色のフランネルのシャツの上に真っ赤な花を咲かせていた。

「なんの騒ぎだ?」と私は尋ねた。

男は答えるまえに用心深そうに私を見た。答えても害のない相手かどうか確かめるように。

眼も服と同じ灰色だったが、ヤワな眼ではなかった。

「ドナルド・ウィルソンが神さまの右側の席に坐りにいっちまったんだよ。もっとも、それは神さまが彼の体にできた弾丸の痕を気にしなけりゃの話だが」

「誰に殺られたんだ？」と私は尋ねた。

　灰色の男は首のうしろを掻きながら言った。

「たぶん銃を持ったやつだろうな」

　軽口は要らない。要るのは情報だ。その赤いネクタイの男に興味を覚えなければ、ほかの野次馬を見つけて運試しをしていただろう。私は言った。

「おれはよそ者なんだよ。だから、せいぜい滑稽な人形芝居に出てくるヌケ作みたいに馬鹿にするといい。よそ者というのはそういうことのためにいるんだからな」

「〈モーニング・ヘラルド〉と〈イヴニング・ヘラルド〉の発行人、ドナルド・ウィルソン殿が何者かに撃たれて死んでいるのが先ほど見つかった」男は歌でも歌うように、何かをすばやく復唱するかのようにそう言った。「これで害された気分もいくらかは治ったかな」

「ああ、よく教えてくれた」私はそう言って、指を伸ばし、彼のネクタイの端っこに触れて言った。「このネクタイには何か意味でも？　それともただつけてるだけとか？」

「ビル・クイントだ」

「嘘だろ！」と私はまず叫び、その名に思いあたるものがあるかどうかは叫んでから考えた。

「これはこれは。会えて嬉しいよ！」

そう言って、名刺ケースを取り出し、あちこちでさまざまな方法で手に入れた身分証コレクションに指を走らせて選んだ。赤い名刺がいいような気がした。その名刺によると、私の名はヘンリー・F・ニール、船員、世界産業労働者組合（IWW）の模範的な組合員ということになる。どれも嘘だが。

その名刺をビル・クイントに渡した。彼は表も裏も注意深く見てから私に返し、私の頭のてっぺんから爪先まで疑わしげに眺めて言った。

「ここにいても死んだ彼がさらにもっと死ぬわけじゃなし、あんた、これからどこに行く？」

「どこでも」

ふたりで一緒に通りを歩いて、角を曲がった。どこかあてがあって歩いているようにも思えなかった。

「あんたみたいな船乗りがなんでこんなところにいる？」とクイントは気さくな口調で訊いてきた。

「なんで船乗りだと思う？」

「名刺にそう書いてあった」

「木こりの名刺も持ってる」と私は言った。「鉱夫になってほしけりゃ、明日それ用の名刺を手に入れるよ」

「それはどうかな。鉱夫をここで取りまとめてるのはこのおれだからな」

「シカゴの本部から指令を受けてやってるのか？」

「シカゴなんぞはくそ食らえだ。ここじゃおれが仕切ってるんだよ」そう言うと、彼はレストランのドアを顎(あご)で示して言った。「飲むか?」

「飲めるときには飲めるだけ」

レストランの店内を抜けて、階段をのぼり、長いカウンター・バーとテーブルが一列並べられた二階の狭い部屋にはいった。ビル・クイントはカウンターとテーブルの両方にいる男女数人に向かってうなずき、「よおっ!」と声をかけ、緑のカーテンに仕切られ、カウンターとは反対側の壁ぎわに設(しつら)えられたブース席に私を案内した。

そのあと二時間、飲んで話した。

灰色の男は私が彼に見せた名刺と私になんらかの関係があるとは思っていなかった。私が口にした名刺についても。私のことを世界産業労働者組合のまっとうな組合員とは思っていなかった。それでも、IWWのパーソンヴィルの取りまとめ役として、私の氏素姓(うじすじょう)を探るのが自分の義務だとは思っているようだった。そんなふうに探りを入れる一方、ラディカルな問題に関する自分の考えを私に逆に訊き出されてもまずいと思っていた。そんな節(ふし)があった。

こっちはなんでもよかった。それよりパーソンヴィルの問題に興味があった。彼はそのことを嫌がることなく話した。赤い名刺と私との関係についてさりげなくさらに探りを入れつつ、その合間に。

そのとき彼から得られた情報を記せば、だいたい次のようなことになる。

パーソンヴィルは四十年にわたって、今夜殺された男の父親エリヒュー・ウィルソンに所有されてきた。市の心も魂も皮膚も内臓も。エリヒューは〈パーソンヴィル鉱業〉の社長であり、その会社の株の過半数の所有者であり、それはファースト・ナショナル銀行についても同じことが言え、市の唯一の地元新聞〈モーニング・ヘラルド〉と〈イヴニング・ヘラルド〉のオーナーだった。ほかにも市の主要な会社のほぼ半数の共同経営者で、そうした資産以外にも合衆国上院議員をひとり、下院議員を数人、州知事、市長、州議会の大半を所有していた。エリヒュー・ウィルソンがパーソンヴィルそのものだった。ほぼ州そのものだった。

戦時中、西部で隆盛をきわめていたIWWは〈パーソンヴィル鉱業〉の従業員を巧みに組織した。それまで手厚くもてなされてきたとは必ずしも言えない従業員は、新たな力を得て、自分たちの要求を会社に突きつけた。エリヒュー老はそんな彼らに与えるべきものを与え、ときが来るのを待った。

実際、一九二一年という年が来て、商売はガタ落ちになった。が、エリヒュー老にしてみれば、鉱山を一時閉鎖しようとしまいと痛くも痒くもなかったので、従業員との合意事項をあっさり破棄した。そして、彼らを戦前の状態に追いやった。

従業員は当然、助けを求め、その結果、彼らを行動に向かわせる要員として、ビル・クイントがシカゴのIWW本部から送られてきたのだった。彼はストライキや職場放棄には反対で、仕事に就きながら内部から業務を滞らせる昔ながらのサボタージュ戦術を勧めた。が、そういう戦術はパーソンヴィルの労働者にはぬるすぎた。彼らは地図に名を残したがっていた。労働運動史に新たなページを自らつくりたがっていた。

組合はストに突入した。
ストは八か月続き、双方とも充分な血を流したが、組合員は自らの血を流さなければならなかった。エリヒュー老はガンマン、スト破り、州の予備兵、正規軍の一部まで買って金という血を流した。で、結局のところ、パーソンヴィルの労働組合は、最後の頭蓋骨を砕かれ、最後の肋骨（ろっこつ）を折られ、花火の燃えかすとなった。

ただ——とビル・クイントは続けた——エリヒュー老はイタリアの歴史を知らなかった。ストには勝っても、気づいたときにはもう、彼には市（まち）も州も掌握（しょうあく）できなくなっていた。鉱夫に勝つためには、雇った悪党の蛮行にも眼をつぶらざるをえなかったわけだが、諍（いさか）いが終わったあとも悪党は居残った。エリヒュー老にはそいつらを排除することができなかった。そいつらに自分の市（まち）を与えて、そののち取り戻そうとしても、もはやそれだけの力が彼には残されていなかったのだ。パーソンヴィルは悪党の眼にもよく映ったのだろう。乗っ取るだけの価値のある市（まち）に見えたのだろう。そいつらはエリヒュー老のためにストライキに勝つと、その戦利品として市（まち）を手に入れた。エリヒュー老にしても、おおっぴらにそいつらと仲たがいするわけにはいかなかった。弱みをいくつも握られていたからだ。ストライキのあいだにそいつらがやったことはすべて彼が責任を負うべきことだった。

話がこういうところまで来たときには、ビル・クイントも私もすっかりでき上がってしまっていた。彼はさらにもう一杯グラスを空けると、眼にかかった髪を払い、それまでの話に最新情報をつけ加えた。

「そんなやつらの中で今いちばん勢力があるのがフィンランド野郎のピートだ。おれたちが飲んでるこれもやつの酒だ。次がルー・ヤード。パーカー通りに質屋を持ってて、保釈金の代行払いも派手にやってて、噂じゃこの市の大半の盗品の売買もやってるそうだ。加えて警察署長のヌーナンとはべったりという関係だ。あと、マックス・ターラー——別名〝ウィスパー〟というガキ——もコネをいっぱい持ってる。黒い髪の如才のないギャンブラーだが、咽喉の具合が悪いみたいで、ことばがうまくしゃべれない。ほぼこの三人、それにヌーナンがこの市をエリヒュー爺さんが仕切るのを手伝ってる——爺さんが望む以上に。とはいえ、爺さんとしてもやつらとつきあわないわけにはいかないのさ。さもないと——」

「今夜殺された男、エリヒュー老の息子の立ち位置はどのあたりにあったんだ？」と私は尋ねた。

「パパがいろと言ったところに立っていた。今もパパにいろと言われたところにいるということになるんだろうな」

「それはもしかしてエリヒュー老が自分の息子を……？」

「ありえないことじゃない。いや、ただの当て推量で言ってるんじゃない。ドナルドはこっちに帰ってきたばかりだが、親父に代わって新聞社の経営を始めた。棺桶に片足を突っ込んではいても、あの爺さんは自分のものをむざむざ人に取られて、仕返しも何もしないようなタマじゃない。それでもやつらに関するかぎり何事も慎重にやらなきゃならない。で、息子と息子のフランス人の女房をパリから呼び戻して、猿まわしの猿に使いはじめたんだ——なんともはや父性愛に満ちたペテンだよ。ドナルドははりきって市の浄化キャンペーンから始めた。この市から腐敗と不正を追い出そうというわけだ。それはつまり、ピートとルーとウィスパーを追い出すことを意味する。そこまでうまくいけばな。わかるかい？　エリヒュー爺さんはやつらに揺さぶりをかけるのに自分の息子を利用したのさ。で、思うに、やつらとしても揺さぶりをかけられるのに、そろそろうんざりしてきたところだったんだろう」

「あんたの今の話も全部が全部ほんとうというわけでもなさそうだが」と私は言った。

「この腐った市じゃ何もかもまちがってるのさ。それもうんとな。充分飲んだか？」

充分飲んだ、と私は言った。店を出て、通りを歩いた。ビル・クイントはフォレスト通りのマイナーズ・ホテルに滞在していると言った。そのホテルへは私のホテルのまえを通っても行けたので、私たちは一緒に歩いた。私のホテルのまえには、私服刑事のように見えるがっしりした体格の大男が歩道の縁石寄りに立って、〈スタッツ〉のツーリングカーに乗っている男と話をしていた。

「あの車に乗ってるのがウィスパーだ」とビル・クイントが教えてくれた。

私は牛みたいな男越しにウィスパーことターラーの横顔を見た。髪は黒く、小さくて若々しくてどこかしらなよっとしていて、鋳型で打ち抜かれたかのような整った顔をしていた。

「可愛いやつだ」と私は言った。

「まあな」と灰色の男も同意して言った。「可愛くてダイナマイトみたいに危険なやつだ」

2　ポイズンヴィルの皇帝

〈モーニング・ヘラルド〉はドナルド・ウィルソンとその死に二ページを割いていた。写真が載っていた。カールした髪、明るくて賢そうな顔、割れた顎、ストライプのネクタイを締めて、眼にも口元にも笑みを浮かべていた。

死に関する記事は簡潔そのものだった――昨夜十時四十分、彼は腹部と胸部と背中を銃で四発撃たれて即死した。銃撃があったのはハリケーン通り一一〇〇番地付近。銃声を聞きつけた同区画の住民が外をのぞいたところ、歩道に故人が倒れているのを発見。そのときには遺体に一組の男女が覆いかぶさるようにしていた。通りは暗くて、人も物もはっきりとは見にくかった。男と女はほかの人間が通りに現われるまえに姿を消した。その男女の人相風体はわかっていない。その男女が立ち去るところを見た者もいない。

ウィルソンに向けて三二口径の拳銃から六発の銃弾が撃たれていた。そのうち二発ははずれて、近くの住宅の通りに面した側の壁にめり込んでいた。そのふたつの銃弾の弾道から、拳銃は通りの反対側の狭い路地から発射されたものと警察は見ている――わかっていることはそれですべてだった。

〈モーニング・ヘラルド〉の社説では、在野の改革者としてのドナルドの短い経歴が紹介され、今回の事件はパーソンヴィルを浄化したくない輩の犯行にちがいないという見解が示されていた。警察署長は犯人、あるいは犯人たちを迅速に逮捕し、有罪にすることで、自らが今回の事件に関わっていないことを示せるのだから、そのことに全力を尽くすべきだとも書かれていた。ことほどさように愛想のない不躾な社説だった。

二杯目のコーヒーを飲みながら社説を読み終えると、ブロードウェー線に乗り、ローレル通りで降りて、死んだ男の家に向かった。

半ブロックほど歩いたところで、あるものが私の心と行き先を変えさせた。

小柄な若者が茶色のスリートーンでまとめた装いに身を包み、私のまえの通りを横切ったのだ。その茶色の装いがどこかしらなよなよして見えた。ウィスパーことマックス・ターラー。マウンテン通りにたどり着くと、彼の茶色に包まれた脚が故ドナルド・ウィルソンの家の中に消えるところを見届けることができた。

ブロードウェーまで戻り、公衆電話のあるドラッグストアを見つけ、電話帳でエリヒュー・ウィルソンの番号を調べて、かけた。そして、エリヒュー老の秘書だと名乗る男に伝えた。自分はドナルド・ウィルソンにサンフランシスコから呼ばれた者だが、氏の死に関していささかの情報を持っているので、氏の父親に是非とも会いたいと。

熱意を込めて言ったのがよかったのか、来てくれという返事が返ってきた。

口数少なく、眼の鋭い四十がらみの秘書に寝室まで案内されると、ポイズンヴィルの皇帝がベッドの上で上体を起こして待っていた。

小さくてほぼ完璧な球形の頭をしていた。白い髪は短く刈られていた。耳はとても小さく、側頭部にぴたりと貼りついているので、頭のほぼ完璧な球形はいささかも損なわれていなかった。鼻も小さくて、骨ばった額のカーヴを受け継いでいた。顎の先と口が直線を描いて球形を断ち切っている。その下に短くて太い首があり、がっしりとした四角い肩のあいだ——白いパジャマの中——にめり込んでいた。短くて引きしまった片腕を上掛けの上に出していた。ずんぐりした手に太い指。眼は丸くてブルーで小さくて潤んでいた。濡れた膜の向こうで——白いもじゃもじゃ眉の下で——身をひそめ、何かを捕まえるのに飛び出すチャンスを待っているような眼だった。よほど指に自信がないかぎり、この男のポケットの中身だけは狙ってはいけない。そんなことを思わせる男だった。

丸い頭を二インチほどひょいと動かして、ベッド脇の椅子に坐るよう私に命じると、もう一度ひょいと動かして秘書をさがらせ、私に尋ねた。

「息子のことで何を知ってる?」

ざらついた耳ざわりな声だった。口ではなく胸に問題がありそうな声で、ことばも不明瞭だった。

「私はコンティネンタル探偵社のサンフランシスコ支社の調査員です」と私は言った。「数日まえになりますが、息子さんのために仕事をする調査員をひとり寄こしてほしいという手紙が、小切手を添えて、息子さん本人から会社に送られてきましてね。で、私が派遣されたんですが、昨夜こっちに着くと、ご本人からご自宅に出向くよう言われたんで、伺ってみると、息子さんはご自宅におられませんでした。しかたなく、私はまたダウンタウンに戻りました。そこで知らされたわけです、息子さんが殺されたことを」

　エリヒュー・ウィルソンは疑わしげな眼を私にじっと向けて言った。

「それで？」

「息子さんを待っているときに、息子さんの奥さんに電話がかかってきて、その電話で奥さんは出ていき、帰ってくると、夫は今夜はもう家に戻らないと言うんです。ただ、ふと見ると、彼女の部屋履きには血のようなものがついていた。息子さんが撃たれたのが十時四十分、奥さんが家を出ていったのが十時二十分、帰ってきたのが十一時五分です」

　老人はベッドの上で背すじを伸ばして坐り直すと、若いミセス・ウィルソンをひどいことばで罵倒（ばとう）した。ひとしきりわめき、手持ちのことばがなくなってもまだ息は続くようで、今度は私を怒鳴（どな）るのにその息を使って言った。

「つまり、あの女は今、留置場にいるということか？」

　そうは思わない、と私は答えた。

　彼女が留置場にいないことが彼には気に入らないようだった。聞くに耐えない汚いことばを容赦なくわめき散らし、最後にこう言った。

「いったいおまえは何を待ってる？」

　叩いて叱るには、彼は年老いすぎ、病みすぎていた。私は笑って答えた。

「証拠が出るのを」

「証拠だと？　何が要るんだ？　おまえはこれまで——」

「どうか愚かな年寄りにはならないでください」わめき散らすエリヒュー老をさえぎって、私は言った。「どうして彼女が息子さんを殺さなきゃならないんです？」

「そりゃあの女がフランスくんだりの売女(ばいた)だからだ。そりゃあの女が——」

　秘書のおずおずとした顔が戸口に現われた。

「引っ込んでろ！」と老人がその顔に向けて怒声を浴びせると、秘書の顔はまた見えなくなった。

「彼女は嫉妬深いほうですか？」と私はエリヒュー老が怒鳴りつづけるまえに機先を制して言った。「それから怒鳴らなくても聞こえますから。酵母菌を摂(と)るようにしてから耳がよくなってね」

　彼は太腿(ふともも)がつくる上掛けのふくらみの上に両の拳(こぶし)を置くと、四角い顎を私のほうに突き出しておもむろに言った。

「年は取ってるがな。病気でもあるがな。おまえの尻を蹴るぐらいはいつでもできるぞ」

　私はそのことばを無視して繰り返した。

「彼女は嫉妬深いほうなんですか？」

「そうだ」と彼は言った。もう怒鳴ってはいなかった。「甘やかされて威張(いば)りくさり、疑い深くて、欲深で、卑しくて、節操がなくて、嘘つきで、利己的で、とことん下劣で——つまるところ、どうしようもない女ということだ！」

「彼女が嫉妬する理由は？」

「そういうものがちゃんとあればいいんだが」と彼は苦々しげに言った。「あんな女にわが息子が忠実だったなどとは考えたくもない。しかし、どうもそうだったようだ。そういうことを守る男だったんだよ、息子は」

「いずれにしろ、彼女が息子さんを殺そうと思うほどの強い動機は、あなたにもわからないんですね？」

「わからない？」彼はまた怒鳴りはじめた。「そのことはさっきも言っただろうが——」

「ええ。しかし、意味のあることばはひとこともなかった。あまりに子供じみたことばばかりで」

老人は上掛けを脚の上から取り払うと、ベッドから出ようとした。が、そこでそれよりましなことを思いついたようだった。真っ赤な顔を起こして吠えた。

「スタンリー！」

ドアが開き、秘書がすべり込むように部屋にやってきた。

「この腐れ外道を放り出せ！」と秘書の主人は私に突きつけた拳を震わせながら言った。

秘書は私のほうを向いた。私は首を振って言った。

「誰か助けを連れてくるといい」

秘書は眉をひそめた。私たちは同じ年恰好だったが、秘書は私よりほぼ頭ひとつぶん背が高いものの、痩せており、体重は私より五十ポンドは軽そうだった。百九十ポンドの私の体も全部が全部脂肪というわけではない。秘書はそわそわし、弁解がましい笑みを浮かべ、立ち去った。

「私があなたに言いたかったのは」と私は言った。「今朝あなたの息子さんの奥さんに会いにいこうとしたら、マックス・ターラーに先を越された。で、私は出向くのをいったん見送った。そんなことがあったと言いに来たんです」

エリヒュー・ウィルソンは慎重に脚の上に上掛けを掛け直すと、頭を枕に戻し、眼を細めて天井を見ながら言った。

「ほう。そういうことなのか、ええ？」

「そういうことというと？」

「あの女が息子を殺した」と彼はきっぱりと言った。「そういうことだ」

廊下から足音が聞こえた。秘書より速い足音だった。その足音がドアのすぐそばまでやってきた。私は次のようなことを言いかけていた。

「あなたは息子さんを利用した。この市(まち)の――」

「引っ込んでろ！」と老人は戸口にいる者たちに向けて怒鳴った。「引っ込んだら、ドアを閉めろ」そのあと私をぎろりと睨むと言った。「おれが何に息子を利用したと言うんだ？」

「ターラーとヤードとピートにナイフを突き刺すために」

「おまえは嘘つきだ」

「これは私がつくった話じゃない。パーソンヴィルじゅうに知れ渡ってることです」

「いい加減なことを言うな。おれは息子に新聞社をくれてやった。そうしたら、息子はやつらに対して自分のしたいことをしはじめた」

「だったら、あなたはそのことをお仲間にちゃんと説明したほうがいい。あなたの話ならきっと彼らも信じるでしょう」

「やつらが何を信じようと、そんなことはくそ食らえだ！　おれがおまえに話してることも！」

「何がです？　まちがって殺されたからといって、息子さんはもう帰ってこないんですよ。もしかしてまちがって殺されたんだとしてもね」

「あの女が殺したんだ」

「かもしれない」

「おまえにも、おまえの〝かもしれない〟にもうんざりだ。あの女がやったんだ！」

「かもしれない。しかし、別な角度からも見なきゃいけない。たとえば政治的な観点からも。そういうこともあなたには言え――」

「おれに言えるのはあの女が殺したということだけだ。おまえがほかにどんな馬鹿げた仮説を思いつこうと、そんなものはどれもお門（かど）ちがいだ」

「いや、この件は政治的な観点からもっとちゃんと調べるべきです」私は引き下がらなかった。「このあと私が誰から話を聞こうと、誰よりパーソンヴィルの政治事情に通じているのはあなただ。いいですか、亡くなったのはあなたの実の息子さんなんですよ。あなたにしたって、少なくとも――」

「おれにしても少なくともおまえに言えるのは」と彼はまた吠えた。「とっととサンフランシスコに帰れということだ。おまえのその馬鹿げた仮説をぶら下げて――」

私は立ち上がると、不快さを隠すことなく言った。

「グレート・ウェスタン・ホテルに泊まってます。でも、私のことはもう放っておいてください。少しは気が変わって、理にかなった話をしたくなったというのでないかぎり」

私は寝室を出て階段を降りた。秘書は例の弁解がましい笑みを浮かべて、階段の下をうろうろしていた。

「なんとも気持ちのいい与太爺（よたじじい）だな」と私はうなるように言った。

「それはもうびっくりするほどお元気なお方です」と秘書はもごもごと言った。

〈ヘラルド〉紙のオフィスに行き、殺された男の秘書を見つけた。まだ十九か二十の小柄な娘だった。栗色の眼にライトブラウンの髪に青白い可愛い顔。名前はルイスといった。

彼女の雇い主がどうして私をパーソンヴィルに呼んだのか。彼女には見当もつかなかった。

「でも」と彼女は続けた。「ミスター・ウィルソンはどんなこともできるかぎり秘密になさる方でした。たぶん――ここでは誰ひとり信用できなかったんでしょうね、全面的には誰も」

「あんたも？」

彼女は顔を赤らめて言った。

「ええ。でも、ミスター・ウィルソンはまだこっちに戻っていらして日が浅かったですから。

わたしたちのこともそれほどよくご存じじゃなかった。そういうこともあると思います」

「いや、それ以外にも何か理由があったんじゃないだろうか」

「それは、まあ、それはね」彼女は唇を噛んで、死んだ男のよく磨かれた机のへりに人差し指を這わせて指の跡を残した。「ミスター・ウィルソンのお父さまはミスター・ウィルソンがなさっていることをあまり快く思っておられませんでした。そんなお父さまの新聞社なんですから、従業員の中にはミスター・ドナルドよりミスター・エリヒューのほうに忠実な人も当然いると思います」

「親父さんは市の浄化キャンペーンにあまり賛同してなかったのか？　だったら、そんなキャンペーンをどうして黙って見てたんだ？　自分の新聞なのに」

彼女は首を曲げ、自分がつくった指の跡を確かめながら低い声で言った。

「これまでの経緯をご存じなければ、わかりにくいと思いますけど――ミスター・エリヒューはせんだって体を悪くされたときに、ドナルド――ミスター・ドナルドを呼び戻しました。ご存じでしょうが、ミスター・ドナルドはそのときヨーロッパに住んでたんです。ミスター・エリヒューはお医者さんのプライド先生に会社の経営は断念するように言われて、それで帰ってくるようにという電報をミスター・ドナルドに打ったんです。でも、ミスター・ドナルドが帰ってくると、何もかも全部を手放す気持ちがなくなったんでしょう、新聞社の経営だけをミスター・ドナルドに任せたんです。ミスター・ドナルドを発行人にしたんです。ミスター・ドナルドはそのことをとても喜びました。パリにいたときからジャーナリズムに関心を持っていたからです。それでここではどれほどひどいことが行なわれてるのか知ると——市の行政とかそういうことも含めて——改革キャンペーンを始めました。ミスター・ドナルドは知らなかったんです——子供の頃からこの市を離れていたから——知らなかったんです——」

「自分の父親がほかの誰よりそうしたことに深く関わってることを」私は助け舟を出してやった。

彼女は体をもぞもぞさせて指の跡をさらによく吟味すると、私のことばに異を唱えることなく続けた。

「ミスター・エリヒューとミスター・ドナルドとのあいだで、ちょっとした言い争いがあったんです。藪をつつくような真似はやめろとミスター・エリヒューはおっしゃったのに、ミスター・ドナルドはやめなかったからです。ミスター・ドナルドもきっとやめていたと思いますよ、知るべきことを全部ちゃんと知っていたら。でも、父親がそんなに深く関わっているとはきっと思いもしなかったんでしょうね。そんなこと、お父さまのほうから言うはずもないし。息子に話すのは父親として辛い内容ですからね。だから、ミスター・エリヒューは、新聞社を取り上げるだなんて、ミスター・ドナルドを脅したりもしたんです。本気だったのかどうかはわかりませんけど。でも、そんな矢先にまた病気が再発しちゃって、何もかもが今みたいなことになっちゃったんです」

「ドナルド・ウィルソンはあんたも信用してなかった」

「ええ」と彼女はほとんど囁くように答えた。

「だったら、今おれに話したことはどこから仕入れた？」

「わたしは——わたしは——彼を殺した犯人をあなたが突き止めるお役に立ちたいだけです」と彼女は真面目な顔になって言った。「なのに、そんなことを言われるなんて——」

「今はその仕入れ先を教えてくれたら、それがなによりおれの役に立つ」私は譲らなかった。

彼女は机を見つめ、下唇を噛んだ。私は待った。ややあって彼女は言った。

「父がミスター・エリヒューの秘書なんです」

「なるほど」

「でも、だからといって、誤解しないでください。わたしも父も——」

「そんなことはおれにはなんの関係もないことだ」そう言って、私は彼女を安心させてやった。

「それよりゆうべドナルド・ウィルソンはおれと約束があったのに、ハリケーン通りで何をやってたんだろう？」

わかりません、と彼女は言った。彼が電話で私に十時に自宅に来るようにと言うのをそばで聞いていなかったかどうか、試しに訊いてみた。聞いていた。

「そのあと彼は何をした？　そのときからあんたが仕事を終えて退社するまでのあいだに彼が言ったこと、したこと、どんな些細なことでもいいから全部思い出してみてくれ」

彼女は椅子の背にもたれ、眼を閉じ、額に皺を寄せた。

「あなたから電話があったのは——ミスター・ドナルドが電話で自宅に招待した相手があなただったのだとしたら——二時頃でした。そのあと手紙の口述筆記を何通か頼まれました。一通は製紙工場宛で、もう一通は郵便法の改正に関するもので、キーファー上院議員宛でした。それから——そうそう！　三時ちょっとまえに二十分ほど外出なさいました。で、出かけるまえに小切手を一通書かれました」

「誰宛に？」

「わかりません。書いておられるところを見ただけなので」

「彼の小切手帳は？　いつも持ち歩いてた？」

「ここにあります」彼女は勢いよく立ち上がると、机のまえにまわり込んで、いちばん上の引き出しを開けようとした。「鍵がかかってるわ」

私も引き出しのまえまで行った。そして、クリップを伸ばし、持っていたナイフの刃も利用して、引き出しをこじ開けた。

その中から彼女がファースト・ナショナル銀行の小切手帳を取り出した。控えを見るかぎり、最後に振り出された小切手の額は五千ドルだった。が、名前もいかなる但し書きもなかった。

「彼はその五千ドルの小切手を持って外出した」と私は言った。「そのあと二十分後に戻ってきた。銀行に行って、充分戻ってこられる時間だね」

「銀行までは五分とかかりません」

「彼が小切手を書くまえには何もなかったんだろうか？　考えてみてくれ。何かメッセージが届いたり、手紙が来たり、電話があったりといったことは？」

「待ってください」彼女はまた眼を閉じた。「ミスター・ドナルドはわたしに口述筆記させました――あら、わたしったらなんて馬鹿なの！　電話がかかってきたのを忘れてたわ。ミスター・ドナルドはその電話の相手にこんなことを言ってました――『ああ、十時には行けるけど、急がなきゃならない』って。そのあとまた言いました、『すばらしい、じゃあ、十時に』って。それ以外は『イエス、イエス』と何回か言っておられました」

「相手は男だった、女だった？」

「わかりません」

「考えてくれ。彼の声の調子が変わったりはしてなかったかな？」

　彼女は少し考えてから言った。

「だったら、女性だったかもしれません」

「ゆうべここをどっちが最後に出た？　あんたか、彼か？」

「わたしです。父と――父がミスター・エリヒューの秘書だということはさっき言いましたけど――父とミスター・ドナルドは昨日の夕刻の早いうちに会う約束をしていました――新聞社の財政状態について話し合うことが何かあったんでしょう。それで父が五時少し過ぎにやってきて、ふたりは会社を出ていきました。たぶん夕食を一緒に摂りに出たんだと思います」

　ルイスから訊き出せたのはそれだけだった。ルイスには、ドナルドがどうしてハリケーン通り一一〇〇番界隈のブロックにいたのか、そのわけを説明することはできなかった。そして自ら言った、そもそもミスター・ドナルドのことはあまり知らなかったのだと。

　ふたりで死んだ男の机を漁ったが、有益な情報をもたらしてくれそうなものは何もなかった。

交換台の女たちにもあたってみたが、何もわからなかった。メッセンジャーや社会部の記者などを相手に一時間費やして、根掘り葉掘り訊いても何も出てこなかった。死んだ男は秘書が言ったとおり、自分のことを秘密にするのに長けた男のようだった。

3 ダイナ・ブランド

ファースト・ナショナル銀行でオルベリーという現金出納係補佐を捕まえた。まだ二十五かそこらの見てくれのいいブロンド青年だった。

「ミスター・ウィルソンの小切手の保証手続きをしたのはぼくです」用件を伝えると、彼はそう言った。「ダイナ・ブランド宛で、額面は五千ドルでした」

「そのダイナが何者なのか、知ってるかい？」

「ええ、もちろん！　知ってます」

「だったら、その女性について知ってることを教えてくれないか？」

「いいですよ、喜んで。でも、これから会議に出なきゃならないんです。もう八分も遅れていて――」

「今夜、夕食を一緒に食べながら話してもらうというのは？」

「いいですよ」と彼は言った。

「七時にグレート・ウェスタンでは?」

「大丈夫です」

「だったらすぐに退散して、おまえさんの会議の邪魔をしないようにするよ。でも、ひとつだけ教えてくれ。彼女はこの銀行に口座を持ってるんだね?」

「ええ。だから今朝小切手を振り込みにきました。もっとも、その小切手は警察に差し押さえられましたけど」

「ほう? 彼女の住まいは?」

「ハリケーン通り一二三二番地です」

「ほ、ほう! じゃあ、今夜」そう言って私は銀行を出た。

次に向かったのは、市庁舎内にある警察署の署長室だった。

署長のヌーナンは肉づきのいい顔に、よく光る緑がかった眼をした肥(ふと)った男だった。彼の市(まち)で私がしていることを説明すると、それが彼には気に入ったようだった。握手と葉巻と椅子を提供された。

「よし」私が椅子に腰を落ち着けると彼は言った。「殺(や)ったのは誰だ? 教えてくれ」

「秘密は守る主義でね」

「そりゃお互いさまだ」と彼は煙越しにむしろ陽気に言った。「それでもあんたの当て推量はどんなところだ?」

「当て推量は得意じゃない。事実も何もわかってないとあってはなおさらね」

「その事実とやらを全部伝えてもさほど時間はかからない」と彼は言った。「ドナルドは昨日銀行の閉店直前にダイナ・ブランド宛の五千ドルの小切手の支払い保証をしてる。でもって、ゆうべ彼女の家から一ブロックと離れていないところで、三二口径の銃から発射された弾丸で撃ち殺された。その銃声を聞きつけたあと、彼の死体に男と女が覆いかぶさるようにしていたのを見た者が何人かいる。今朝早く、件のダイナ・ブランドは件の小切手を件の銀行の口座に振り込んだ」

「ダイナ・ブランドというのは何者なんです？」

署長は葉巻の灰を机の真ん中に落とすと、葉巻を振りまわしながら言った。

「ある男が言ったことばに従えば、汚れた小鳩。あるいは、高級娼婦、ワールドクラスの男たらしってところかな」

「身柄はもう押さえた？」

「いや。そのまえにやらなきゃならないことが二、三あってな。彼女の監視はちゃんとやってるが。今はまだ待ってるんだよ。これはここだけの話だぞ」

「ええ。だったら私の話も聞いてもらいたい」私は昨夜ドナルド・ウィルソンの家で待っているときに見て聞いたことを話した。

話し終えると、署長はぶ厚い唇をすぼめて、低く口笛を吹いてから大声で言った。

「いやはやなんとも。なんとも面白い話をしてくれるじゃないか！　部屋履きに血がついていて、亭主はもう帰ってこないと彼女は言った？」

た。

「そう、血のように見えた」私は最初の質問にはそう答え、二番目については「ええ」と応じ

署長は葉巻を床に捨てると、肉づきのいい手を机につき、私のほうに身を乗り出した。毛穴という毛穴から喜びがにじみ出ていた。

「あんたの情報はなかなかのものだよ」と彼は猫撫で声で言った。「ダイナ・ブランドはウィスパーの女なんだが、まずはあんたとおれとで未亡人の話を聞きにいこうじゃないか」

ミセス・ウィルソンの家のまえで署長の車を降りた。署長は玄関の階段のいちばん下の段に片足をかけて立ち止まると、呼び鈴の上に掛けられた黒いクレープ地の喪章を見て言った。

「やるべきことはちゃんとやってるようだな」私たちは階段を上がった。

ミセス・ウィルソンは私たちに会いたがってはいなかった。しかし、警察署長にどうしてもと言われたら、人は通常その意に従わざるをえなくなる。この署長もどうしてもと言った。われわれは二階に案内された。ドナルド・ウィルソンの未亡人は書斎にいた。黒をまとい、その青い眼には冷ややかさを宿していた。

ヌーナンと私で順に悔やみのことばをぼそぼそと言い、そのあと彼が始めた。

「いくつかお尋ねしたいことがあって来ました。まずひとつ、ゆうべはどこにお出かけだったのですか？」

彼女はどこかしら非難するような眼を私に向けてから、署長のほうに向き直って眉をひそめ、

尊大に訊き返した。

「どうしてわたしはこんなふうに尋問されなければならないのか、そのわけを聞かせていただいてもよろしいでしょうか？」

こういった質問を私はこれまで何度聞いたことだろう。一語一句、声音（こわね）も変わらない。署長はその質問を無視して、むしろ陽気に続けた。

「部屋履きの片方に何かがついて汚れていたそうですね。右か、あるいは左の部屋履きに。いずれにしろ、どちらかに」

彼女の上唇の筋肉が引き攣りはじめた。

「それで全部だったかな？」と署長は私に尋ね、私の返事を待たず、舌を鳴らしながらも愛想のいい顔をミセス・ウィルソンにまた向けた。「そうそう、忘れるところでした。あなたはご主人がゆうべ帰らないことをどうして知ったんです？」

彼女は立ち上がり、白い片手で椅子の背をつかんでふらつく体を支えた。

「申しわけありませんが、お引き取り――」

「わかりました」署長は肉づきのいい手のひらを向け、寛大なところを示して言った。「ご迷惑をおかけするつもりはありません。ゆうべ出かけた先、それに部屋履きのこと、ご主人が帰ってこないことがどうしてわかったのか、それとそうそう、思い出しました。もうひとつありました――ターラーはどうして今朝、こちらに来たのか」

ミセス・ウィルソンはまた椅子に腰をおろした。全身を強ばらせていた。署長はそんな彼女を見た。やさしく見せようとする笑みが、肉づきのいい彼の顔に奇妙な皺とこぶをつくっていた。いっときが経ち、彼女の肩から力が抜け、顎が下がり、背中も丸くなった。

私は椅子をひとつ引っぱってきて、彼女のまえに置いて坐った。

「ミセス・ウィルソン、私たちには話してもらわないと」できるかぎり声に同情を含ませて言った。「署長がさっき言ったことはすべて説明していただかないと」

「わたしが何か隠しごとをしてると言うの？」と彼女はあくまでも尊大に言った。背すじを伸ばし、体をまた強ばらせ、一語一語を正確に発音していた。ｓの音だけはどうしても少し引き延ばされたが。「わたしは出かけました。しみは血です。主人が亡くなったことは知っていました。ターラーが会いに来ました。主人が死んだことで話し合うために。これで質問にはすべてお答えしたかしら？」

「今のはすべてこっちにもすでにわかっていたことです」と私は言った。「あなたにはその説明をしてほしいんです」

彼女はまた立ち上がると、怒りもあらわに言った。

「失礼なことをおっしゃるのね。お断わりします――」

ヌーナンが言った。

「だったらそれでかまいませんが、ミセス・ウィルソン、そうなると、われわれとしては署までご同行願わざるをえなくなります」

彼女は署長に背を向けると、深く息を吸い、私に向かって一語一語ことばを投げつけてきた。

「わたしはドナルドの帰りをあなたと一緒に待っていました。すると、電話がかかってきました。かけてきたのは男でしたが、その男は自分の名を名乗ろうとしませんでした。いずれにしろ、その男が言うには、ドナルドが五千ドルの小切手を持って、ダイナ・ブランドという女性の家に向かったとのことでした。その男はその女性の住所も教えてくれました。それでわたしは急いで車でその住所のところまで行って、通りに停めた車の中でドナルドが現われるのを待ったんです。

そのとき、マックス・ターラーを見かけました。その顔に見覚えがありました。彼はその女性の家のまえまで行きながら、中にははいりませんでした。そのまま立ち去りました。そのあとドナルドが通りを歩いてやってきました。わたしには気づきませんでした。わたしとしても、気づいてほしかったわけじゃありませんが、いずれにしろ、もう家に帰ろうと思いました。ドナルドより先に家に帰っていようと。そう思って、エンジンをかけたちょうどそのとき、銃声が聞こえたんです。ドナルドが倒れるのが見えました。わたしは車から飛び出して、彼のところまで駆け寄りました。ドナルドはもう死んでました。わたしはすっかり取り乱してしまいました。そこへターラーがやってきたんです。彼はわたしに言いました、こんなところを人に見つかったら、ドナルドを殺したと思われてしまう、すぐに車に戻って家に帰るんだって」

彼女の眼に涙が浮かんだ。涙越しに彼女は私の顔をうかがった。今の話をどう受け取ったのか探るように。それは明らかだった。私は何も言わなかった。彼女のほうから訊いてきた。

「あなた方が訊きたかったのはこういうことだったんでしょう?」

「だいたいのところは」とヌーナンが答えた。「今朝、ターラーは何しに来たんです?」

「黙っているように。彼にはそう言われました」と彼女は抑揚のない小さな声で言った。「あそこにいたことが知れたら、わたしたちはふたりとも疑われるって。なぜなら、ドナルドはお金をあげた女性の家から出てきたところを殺されたんだからって」

「弾丸(たま)はどっちから飛んできました?」と署長は尋ねた。

「わかりません。わたしは何も見ませんでした——顔を上げたらもうドナルドが倒れてたんです」

「ターラーが撃ったんですか?」

「いいえ」と彼女は間髪(かんはつ)を入れず答えた。が、そのあとすぐ口と眼を大きく開き、胸に手をあてて言い直した。「わかりません。でも、そうは思いません。彼も自分が撃ったんじゃないって言ったし。彼がどこにいたのかはわかりません。今まで彼がやったかもしれないなんて思いもしませんでした。どうしてなのかは自分でもわからないけど」

「今はどう思います?」とヌーナンは尋ねた。

「もしかしたら——もしかしたら彼だったのかもしれない」

署長は顔の筋肉全体を使ったような大げさなウィンクを私に向けてから、話を戻して言った。

「電話をかけてきた男に心あたりはないんですね?」

「名前を言いませんでした」

「声でもわからなかった?」

「ええ」

「どんな声でした？」

「声を落として話してました。誰かに聞かれるのを恐れるように。だからちゃんと理解するだけでも大変でした」

「そいつは囁いていた？」署長はことばの最後の音を発したあと、そのまましばらく口をあんぐりと開けた。ぶ厚い瞼のあいだで緑がかった眼が何かを切望するように光った。

「ええ、しゃがれた囁き声でした」

署長は音をたてて口を閉じると、諭すように言った。

「ターラーの声は聞いてるわけだから、もしかして……」

ミセス・ウィルソンははっとして大きく眼を見開くと、署長から私に視線を移し、声を高めて言った。

「彼よ。彼にちがいないわ」


グレート・ウェスタン・ホテルに戻ると、ファースト・ナショナル銀行の若き現金出納係補佐、ロバート・オルベリーがロビーの椅子に坐って私を待っていた。ふたりで私の部屋に行き、ルームサーヴィスで氷水を頼んだ。レモンジュースとスコッチにグレナディン・シロップを加えたものに氷を加え、そいつを飲んでから階下に降り、ホテルの食堂に向かった。

「例の淑女のことを話してくれ」と私はスープを飲みながらオルベリーに言った。

「彼女に会ったことは?」と彼は訊き返してきた。

「まだだ」

「それでも彼女の噂はもう聞きました?」

「その道じゃやり手だということだけは」

「まさにそうです」と彼は同意して言った。「彼女に会ったら最初はたぶんがっかりすると思います。でも、そのあといつどうやってそんなことになったのか説明がつかないまま、最初の失望なんかいつのまにか忘れてしまっていて、気づいたときにはもう、彼女に自分の人生を語ってるんです。自分の抱えてる悩みや希望を」彼はそこでどこか恥じらうように笑った。「そうやって捕まってしまうわけです。そう捕まえられちゃうんです」

「警告ありがとう。しかし、おまえさんはどうやってそんな情報を仕入れたんだ?」

彼は持ち上げたスプーンを宙で止めると、そのスプーン越しにさらに恥ずかしそうな笑みを浮かべて告白した。

「お金を払って仕入れたんです」

「だったら高くついたんじゃないのかい? 彼女は金(ディネロ)が好きな女だとも聞いたよ」

「まさに金の亡者(もうじゃ)ですね。でも、どういうわけかそれが気にならなくなる。彼女はどこまでも欲得ずくの人です。でも、その強欲さを隠さないから、こっちはどういうわけかそれを不快に思わなくなる。あなたも彼女に会えば、ぼくの言ってる意味がきっとわかると思います」

「もしかしたら。さしつかえなかったら、どうして彼女と別れたのか、教えてくれないか?」

「別にかまいません。金を使い果たしちゃったんです。そういうことです」

「そこに情のはいり込む余地はなかった？」

　彼は少し顔を赤らめ、黙ってうなずいた。

「なのにおまえさんはそのことをさほど悪く受け取ってはいない。そんなふうに見えるが」

「ほかにどうしようもなかったですからね」陽気な若者の顔の赤みが増し、ためらいがちに彼は言った。「むしろ彼女には借りがあると思っています。ぼくは小金を貯めてました。でも、その金も底をつきました。ぼくはまだ子供で、彼女に夢中でした。そのことは忘れないでほしいんですが、自分の小金はなくなっても、ぼくが勤めている銀行にはいくらでもありました。だったら、実際にぼくがそんなことまでしたのか、ただ考えるだけで終わったのか、それはこの際どうでもいいことです。それよりまえに、ぼくの窮状が彼女にばれてしまったんです。彼女に隠しごとなんて無理です。それでぼくたちは終わったんです」

「彼女に振られた？」

「そう、ありがたいことにね！　彼女がいなかったら、あなたは今頃、公金横領罪の犯人として、ぼくを追いかけていたでしょうよ。そう、ぼくは彼女に借りがあるんです！」そこで彼は真顔になると、額に皺を寄せて言った。「この話はここだけのことにしておいてくださいね――言うまでもないと思いますけど。でも、あなたには彼女にもいい面があることを知っておいてほしかったんです。別の面についてはこれからいっぱい聞かされると思うんで」

「確かに彼女にはいい面もあるのかもしれない。ただ、もしかしたらこんなふうに思ったのかもしれない。面倒に巻き込まれるリスクを冒してもいいと思えるほどには、おまえさんは金にならないと」

彼は私が言ったことをしばらく考えてから首を振った。

「もしかしたらそういうこともあったのかもしれないけれど、でも、それがすべてじゃない」

「話を聞くかぎり、彼女は厳格な前払い主義者のようだが。ちがうか？」

「だったらダン・ロルフのことは？」

「誰だい、その男は？」

「彼女の兄さんか義理の兄さんか、そういう人です。ほんとうはどっちでもないけれど。落ちぶれた肺病患者。彼女と一緒に住んでるんです。まあ、彼女が飼ってるんです。恋仲とかそういうのじゃ全然なくて、彼女がどこかで見つけて、拾ってきた男です」

「彼女にはほかにどんなやつがいる？」

「急進派の男とつきあったりもしてましたね。その男はあまり金になったとは思えないけど」

「どんなタイプの急進派だね？」

「鉱山がストをしてたときにこっちに来た男です――クイントという」

「そいつも彼女の顧客リストに載っていた？」

「だからストが終わったあともまだこっちでぐずぐずしてるんですよ」

「ということは、彼女のリストには今でも載ってるのか？」

「いや。彼女から聞いたんですが、彼が怖いそうです。殺すって脅されたこともあるみたいで」

「彼女はこの市の男全員の首に一度はひもをくくりつけてる。そういうことか」

「ええ、彼女がつけたいと思った相手には全員の首にね」オルベリーはやけに真面目くさってそう言った。

「そのいちばん最近の相手がドナルド・ウィルソンだったというわけか？」

「さあ、それはどうですかね。ぼく自身はふたりについて何も聞いたことがないし、見たこともない。昨日よりまえにドナルドが彼女宛に振り出した小切手がないかどうか調べるように、署長に言われて調べたけれど、ひとつもなかった。そういう小切手を見たことを記憶してる者もいませんでした」

「だったら、おまえさんの知るかぎり、彼女のいちばん最近の相手というのは誰だ？」

「最近はよくウィスパーと一緒のところを街中で見かけますね――ウィスパーというのはこの市の何か所かに賭博場を持ってる男です。あなたももう聞いてるんじゃないかと思うけど」


八時半、オルベリーと別れて、フォレスト通りのマイナーズ・ホテルに向かった。ホテルから半ブロック手前でビル・クイントと出会った。

「よお！」と私は声をかけた。「今、あんたに会いにいこうとしてたところだ」

彼は私のまえで立ち止まると、私を上から下までとくと眺めてからうなった。「そうか、あんた、やっぱり探偵だったのか」

「おいおいおい」と私は文句を言った。「あんたに会いにはるばるやってきたのにご機嫌斜めとはな」

「今度は何が知りたいんだ？」と彼は言った。

「ドナルド・ウィルソンについて。彼のことは知ってただろ？」

「ああ、知ってたよ」

「懇意（こんい）だった？」

「いや」

「彼をどう思ってた？」

彼は灰色の唇をすぼめると、そのあいだから息を洩らし、絨毯（じゅうたん）を裂くような音をたてて言った。

「お粗末なリベラル派」

「ダイナ・ブランドを知ってるか？」

「知ってる」彼の首がいきなり短く太くなったように見えた。

「彼女がウィルソンを殺したと思うか？」

「ああ。ひどい話だよな」

「あんたは殺してない？」

「冗談じゃない、もちろん殺したよ。ふたりで一緒にやったんだ。ほかに質問は？」

「あるけど、やめておくよ。どうせ嘘が返ってくるんじゃな」

私はブロードウェーまで歩いて戻り、タクシーを捕まえると、ハリケーン通り一二三二番地まで行くように運転手に言った。

4　ハリケーン通り

行った先に建っていたのは灰色の木造家屋だった。呼び鈴を鳴らすと、痩せた男がドアを開けた。その疲れた顔に色はなく、頬骨のいちばん高い部分だけが五十セント硬貨ほどの大きさで赤くなっていた。こいつが肺病患者のダン・ロルフだろう。

「ミス・ブランドに会いたいんだが」と私は言った。

「彼女には誰が会いに来たと言えばいい？」ロルフの声は病人の声で、教養のある男の声でもあった。

「おれの名前は彼女にはなんの意味もない。ただ、ウィルソンが死んだ件でちょっとばかし彼女に会いたいんだ」

彼はくたびれながらも落ち着いた黒い眼を私に向けて言った。

「ほう」

「おれはコンティネンタル探偵社のサンフランシスコ支社の者だけど、今度の事件にはおれの会社が興味を持ってるんだよ」

「それはよかった」と彼は皮肉っぽく言った。「では、まあ、どうぞ」

私は中にはいった。一階の部屋で若い女がテーブルについて坐っていた。テーブルの上には書類がいっぱい並べられていた。金融に関する業務広報、株と証券市場の予測資料、それに競馬新聞の馬柱（うまばしら）のようなものまであった。

部屋は雑然として散らかっていた。やたらと家具があり、そのどれひとつあるべきところに置かれていなかった。

「ダイナ」と肺病患者が声をかけ、私を紹介した。「こちらの紳士はコンティネンタル探偵社の命（めい）を受けて、サンフランシスコからミスター・ドナルド・ウィルソンが死んだ件を調べに来られたそうだ」

若い女は立ち上がると、足元の新聞を蹴散（けち）らし、私のところまでやってきて手を差し出した。私より背が一インチか二インチ高かった。五フィート八インチはあるだろう。肩幅が広くて、胸が大きくて、尻は丸くて、筋肉質の逞（たくま）しい脚をしていた。握手は柔らかくて温かくて力強かった。二十五歳にしてすでに経年疲労がにじみ出ている女の顔をしていた。大きくて豊かな唇の脇に細かい皺が走っていた。睫毛（まつげ）の濃い眼のまわりにも小さな皺ができかけていた。眼は大きかった。青くて、白眼が少し血走っていた。

ごわついた茶色の髪は手入れが必要で、分け目が曲がっていた。上唇に塗った口紅は両端が不釣り合いで、片方がもう片方より高いところまで塗られていた。着ているワンピースはあまりに似合わないワインカラーで、片側のあちこちがぱっくりと口を開けていた。ホックを留め忘れたか、ホックがちぎれるかしたままなのだろう。左のストッキングには正面に伝線が走っていた。

これがポイズンヴィルの男の中から好きなやつだけ選んできたダイナ・ブランドなのだろう。これまで私が聞いたところにまちがいがなければ。

「彼のお父さんがあんたを呼んだのね。言うまでもないけど」と彼女は椅子の上からトカゲ革の部屋履き一足、それにカップとソーサーを一セットどかして、私が坐れるスペースをつくりながら言った。

柔らかくてものうげな声をしていた。

私は事実を伝えた。

「おれはドナルドに呼ばれて来たんだよ。で、彼と会おうと思って待ってたら、その彼が殺されちまった」

「行かないで、ダン」と彼女はロルフを呼び止めた。

彼はまた部屋に戻ってきた。彼女はさきほどまで坐っていたテーブルに戻った。ロルフは彼女と向かい合って坐ると、細い顔を細い手にのせて、いかにもつまらなさそうに私を見た。

眉を寄せ、眉間に縦皺を二本つくって、ダイナが言った。

「つまり、それって彼は自分が誰かに殺されるかもしれないって知ってたってこと?」

「そこまではわからないが。用件は言われなかったからね。もしかしたら、市(まち)の改革運動に助けが欲しかったのかもしれない」

「でも、あんたは――？」

私は不平を言った。

「自分の役を人に奪われて、逆に質問を受けるというのは、探偵としちゃあまり面白いこととは言えない」

「あたしは何が起きてるのか知りたいだけよ」と彼女は言って、咽喉をくっくと鳴らして小さく笑った。

「それはおれも同じだ。たとえば、あんたはどうして彼に小切手の支払い保証をさせたのかとか」

いかにもさりげなく、ダン・ロルフが椅子の上で体を動かして椅子の背にもたれ、その細い手をテーブルの端の下にやった。それで彼の手は見えなくなった。

「あんたはそういうことをもう調べたってわけね？」と彼女は言って、左脚を右脚の上にやり、組んだ脚を見下ろした。そこでストッキングの伝線に気づいたのだろう。「あら、嫌だ！ もうストッキングなんか履くのはやめようかしら」と文句を垂れた。「もうこれからは素足にするわ。昨日五ドルも出して買ったのに。このろくでもないものを見てよ。毎日なんだから――伝線、伝線、伝線！」

「それは秘密でもなんでもない」と私は言った。「いや、小切手のことだ。伝線じゃなくて。ヌーナンが差し押さえた」

彼女はロルフを見やった。ロルフは一度うなずくあいだだけおれを見つづけるのをやめた。

「あんたにあたしの言うことがわかればの話だけれど」と彼女は眼を細めて私を見ながらことばの語尾を引っぱるようにしてゆっくりと言った。「あたし、あんたの役に立てるかも」

「あんたの言う話がおれにも理解できればね」

「あたしが言ったのはお金のことよ。多ければ多いほどいい。あたし、お金が好きなの」

私はことわざめかして言った。

「節約すればそれがそのまま貯金になる。おれにはあんたに金を節約させて、あんたの悲しみを減らすことができる」

「あんた、何言ってるのかさっぱりわからないんだけど。なんだか意味ありげではあってもさ」

「小切手のことはまだ警察から何も訊かれてないのか?」

彼女は首を振った。

私は言った。

「ヌーナンはあんたを挙げるつもりのようだ。ウィスパーともども」

「おっどかさないでよ」と彼女はわざと舌をもつれさせて子供っぽく言った。「あたしはまだほんの子供なんだから」

「ウィスパーは小切手のことを知っていた。ヌーナンはそのことを突き止めた。ドナルドがここに来たときにウィスパーもここに来ながら、中にはいらなかったこともヌーナンは知ってる。ドナルドが撃たれたとき、ウィスパーがこのあたりにまだいたことも。死んだドナルドの上に、ウィスパーと女が覆いかぶさるようにしているところを目撃されていることも」

ダイナはテーブルから鉛筆を取り上げると、考える顔つきになり、鉛筆の先で頬を掻いた。頬紅の上に黒くて小さな波線ができた。

いつのまにかロルフの眼からくたびれた感じが消えていた。今やぎらぎらとして熱を帯びていた。彼はそんな眼を私の眼から片時もそらすことなく、両手をテーブルの下に隠したまま、身を乗り出して言った。

「そりゃウィスパーが心配しなきゃならないことだよ。ミス・ブランドじゃなく」

「ウィスパーとミス・ブランドは知らない仲じゃない」と私は言った。「ドナルドはここへ五千ドルの小切手を持ってきて、帰るところを殺された。どっちみち、ミス・ブランドがその小切手を現金化するのはむずかしくなっていたことだろう——ドナルドが小切手の支払い保証をするほど思慮深くなかったら」

「何を言ってるの!」とミス・ブランドは反論した。「彼を殺すつもりだったら、誰にも見られないこの家の中でやってたわよ。そうじゃなきゃさ、この家から見えないところまで彼が離れるのを待つわよ。あんた、あたしのことをどこまで馬鹿だと思ってるの?」

「おれはあんたが殺したなんて言ってないよ。ただ、あのでぶの署長はあんたを逮捕するつもりだって言ってるだけだ」

「だったらあんたはどうするつもりなの?」

「誰が彼を殺したのか突き止めるつもりだ。誰なら殺せたのかとか、誰なら殺した可能性があるかとかいうのじゃなくて、誰が殺したのか、突き止めるつもりだ」

「それなら力になってあげられなくもないけど」と彼女は言った。「そうするにはあたしにも見返りがないとね」

「身の安全」と私はそういうことを彼女に気づかせようと思って言った。が、彼女は首を振った。

「あたしが言った見返りというのはお金のことよ。何かしら意味のあるものが得られるのなら、あんたにしてもそういうことにはやはり少しは払うべきよ。大金とは言わないまでもさ」

「それは駄目だね」私は彼女のほうを向いてにやりとした。「金のことは忘れて慈善を始めるのも悪くない。おれをビル・クイントとでも思って」

　ダン・ロルフが椅子から立ち上がりかけた。唇が顔の色と同じくらい白くなっていた。が、ダイナがのんびりとした耳に心地よい声でいきなり笑いだしたので、また腰をおろした。

「ダン、この人はあたしがビルからは何も巻き上げられなかったって思ってるのよ」そう言って、彼女は上体を傾(かし)げて私の膝を軽く叩いた。「会社の従業員がストをやるかどうか、やるとしたらいつやるか、やったらいつやめるか、そういった先のことがわかっていたら、その情報といくらかの資金を株式市場に持ち込んで、会社の株でちょっとしたお遊びができるものよ。でしょ？　そういうことってできるものなのよ！」と彼女は最後に勝ち誇ったように言った。

「だから勘ちがいしないことね。ビルはビルでちゃんとお代は払ってくれてたのよ」

「つまりあんたはこれまでずっと甘やかされてきたってわけだ」と私は言った。

「そんなにしみったれてて、何かいいことがあるの？　あんたの懐(ふところ)が痛むわけでもないんでしょ？　必要経費なんてものがあるんじゃないの？」

　私は何も言わなかった。彼女は私を見て顔をしかめ、ストッキングの伝線を見て顔をしかめ、最後にロルフを見て、彼に言った。

「一杯やれば、彼もそれほどしみたったれじゃなくなるかも」

　瘦せた男は立ち上がると、部屋を出ていった。

　彼女は私にふくれっ面をしてみせ、爪先で私の向こう脛を蹴って言った。

「お金はたいした問題じゃないのよ。要は主義主張の問題ね。ある女が誰かにとって価値のあるものを持っていたとしてさ、それを誰かにあげてさ、自分には何も得るものがないとしたらさ、その女は馬鹿よ」

　私は苦笑で応じた。

「ちょっとはいい子になってよ」と彼女は訴えるように言った。

　ダン・ロルフがソーダサイフォンとジンのボトルとレモンと砕いた氷を入れたボウルを持って戻ってきた。三人とも飲んだ。ロルフはそのあと出ていき、ダイナと私はさらに飲みながら、金についてけっこう真面目に話し合った。私はウィスパーとウィルソンのことをできるだけ話題にしようとした。彼女はそのたび話題を自分に受け取る資格のある金のことに持っていこうとした。そんなやりとりがジンのボトルが空になるまで続いた。腕時計を見ると、一時十五分になっていた。

　レモンの皮をくわえて彼女は言った。それを言うのは三十回目か四十回目だった。

「あんたのポケットから出るんじゃないのに、なんでそんなに気にするのさ？」

「金はたいした問題じゃない。要は主義主張の問題だ」

彼女はふくれっ面をしてみせ、グラスを置いた。テーブルがあるはずと思ったところに。八インチずれていた。床に落ちたグラスが割れたのか、どうしてそう思ったのかは覚えていないが、彼女にはテーブルのある場所さえわかっていないことに私はいささか鼓舞され、新たな議論の戦端を開いて言った。

「もうひとつある。それはあんたが教えてくれることはなんでも役立つとはかぎらないということだ。だからあんたから情報が得られなくても、なんとかおれはやれると思うね」

「ひとりでやれるのならそれは結構なことよ。でも、忘れないでほしいんだけど、あたしは生きてる彼を最後に見た人なのよ。彼を殺した犯人を除くと」

「いや、そうでもない。彼がここを出て撃たれるところを彼の奥さんが見てるんだ」

「彼の奥さんが！」

「そうだ。通りに停めたクーペの中から」

「どうして奥さんは彼がここに来ることを知ってたの？」

「彼女が言うには、ドナルドが小切手を持ってここに来るとウィスパーが電話で知らせてきたそうだ」

「冗談でしょ」とダイナは言った。「マックスが知ってたわけがないもの」

「おれはミセス・ウィルソンがヌーナンとおれに言ったことを伝えてるだけだ」

ダイナはレモンの皮の残りかすを床に吐き出し、髪を指で梳(す)いてさらに乱れさせると、手の甲で口を拭(ぬぐ)ってから平手でぴしゃりとテーブルを叩いた。

「わかったわ、なんでもかんでも知ってる物知り屋さん、あんたにつきあってあげる。お金は少しもかからないってあんたも今は思ってるかもしれないけど、これが終わったときにはあたしはきっとなにがしか得てるからさ。そんな真似なんかあたしにはできないって思ってる?」と彼女は挑(いど)むように言った。まるで一ブロックも先にいる私を見るような眼つきで。金の話を蒸し返したくはなかったので、私は心を込めて言った。「いや、できるといいね」その私の台詞(せりふ)もそれで三回目か四回目だっただろう。

「できるわよ。だからいい? あんたは酔ってる。あたしも酔ってる。あたしはあんたが知りたいことならなんでも話しちゃうぐらい酔ってる。あたしってそういう娘(こ)なのよ。その人が好きになったら、その人が知りたがってることをなんでも話しちゃうの。いいわよ、訊いて」

　私は訊いた。

「なんでドナルドはあんたに五千ドルもくれたんだ?」

「お愉(たの)しみのために」彼女はそう言うと、のけぞって笑った。「いい? 彼はスキャンダルを探してた。あたしはその類いをいくつか知ってた。宣誓供述書とかそういうものを持ってた。いつかは小づかい稼ぎぐらいにはなるんじゃないかって思って取っておいたのよ。あたしって少しでもお金になるチャンスがあれば、それを逃したりはしない娘(こ)なの。そういうものはちゃんと取っておく娘(こ)なの。だから、ドナルドが首狩りを始めたときに、あたし、彼の新聞のネタになりそうなものを持ってるってほのめかしたわけ。それを売ってもいいってね。それがいいネタだってわかるようにちょっとだけ見せたりもしたわ。実際、いいネタだったのよ。それでそのあとあたしたちはお金の話をした。彼はあんたほどしみったれちゃいなかった――しみったれということにかけちゃあんたには誰も敵わない――それでも彼にも細かいところがあった。だから、交渉はすぐには成立しなかった。それが昨日やっと成立したのよ。

あたしは彼を急かした。彼に電話して言ってやった、ほかにもネタの買い手が現われたって。だから欲しかったら、今夜、現金で五千ドルか、支払い保証ずみの五千ドルの小切手を持ってここへ来てって。ほかの買い手の話は嘘だったけどさ、彼はこういう交渉に慣れてないみたいで、いとも簡単に言いなりになってくれた」

「どうして夜の十時だったんだ？」と私は尋ねた。

「どうして十時じゃ駄目なのさ？　何時だっていいのよ。肝心なのは正確な時刻を指示することよ。どうして現金か支払い保証ずみの小切手がよかったのかって、あんた、思ってるよね？いいわ、それも教えてあげる。あんたの知りたいことはなんでも教えてあげる。あたしってそういう女の子なのよ。昔からずっとそうだったのよ」

そのあと五分、そういう話が続いた。自分はこれまでずっとそういう娘で、今もそうで、それはどうしてなのか。私は「イエス、イエス」と相槌を打ちつづけ、やっとすきを見て言った。

「わかった。じゃあ、どうして支払い保証ずみの小切手じゃなきゃならなかったんだ？」

彼女は片眼をつぶり、人差し指を私の眼のまえで振りながら言った。

「それはもちろん途中で支払いを止めたりできなくさせるためじゃないの。というのもさ、あたしが彼に売ったネタはさ、ほんとは使えないネタだったのよ、彼にはね。いいネタだったのはまちがいないんだけどさ。それはほんとよ。でも、よすぎたのね。ほかの連中と一緒に、彼のお父さんも刑務所送りにしちゃうようなネタだったのよ。むしろほかの誰よりパパ・エリヒューを窮地に陥れちゃうようなね」

おれはダイナと一緒に大笑いした。そのあとがぶ飲みしたジンの酔いをできるだけ醒まそうとして言った。

「ほかにはどんなやつが刑務所送りになる？」

「どいつもこいつもよ」と彼女は手を振って言った。「マックスにルー・ヤードにピートにヌーナン。それにもちろんエリヒュー・ウィルソン。それはもう大勢よ」

「あんたがしようとしたことは、ウィスパーも知ってたのか？」

「もちろん知らないわよ——知ってたのはドナルドだけよ」

「それはほんとだろうね？」

「ほんとに決まってるでしょうが。こんなこと、あたしが先走ってあちこちで言いふらすと思う？」

「だったら今は誰が知ってる？」

「どうでもいいわ、そんなこと。これはドナルドだけに向けたただのジョークみたいなものだったんだから。だって彼には使えないネタなんだから」

「しかし、秘密を売られた連中もそれをジョークと思って面白がると思うか？　ヌーナンはあんたとウィスパーにドナルド殺しの罪を着せようとしてる。それはつまり、ドナルドのポケットの中身——あんたから手に入れたネタ——をヌーナンが見つけたってことだ。いずれにしろ、連中はみんなこう思ってた、エリヒュー爺さんはドナルドを利用して、自分たちを追っ払おうとしてるって。ちがうか？」

「ちがわない」と彼女は言った。「あたしもそう思ってる」

「あんたの話の全部が全部ほんとかどうかはわからないが、この際、それはどうでもいい。それより、あんたがドナルドに売ったものをヌーナンがドナルドのポケットの中から見つけたとしたら——さらにあんたがみんなをドナルドに売った事実も彼にはわかってしまったんだとしたら——ヌーナンはそのことからこんなふうに思うんじゃないか？　あんたとあんたの友達のウィスパーはエリヒュー爺さん側についたって」

「そうともかぎらない。そのネタが公になればエリヒュー爺さんがいちばんヤバいことになるぐらいヌーナンにだってわかってるわよ」

「そもそもあんたがドナルドに売ったネタというのはどんなネタなんだ？」

「彼らは三年まえに新しい市庁舎を建てたんだけど、そのときみんなで甘い汁を吸ったのよ。でも、あたしの書類が今は署長の手に渡ったんだとしたら、署長はほかの誰よりエリヒュー爺さんがその件に関わってたことを知ることになるわね」

「それでも同じことだ。それこそヌーナンにだってわかるだろうよ。エリヒュー爺さんはこういうときに備えて抜け道をちゃんと考えてることぐらい。まちがいないね、嬢ちゃん、ヌーナンと彼の仲間は、あんたとウィスパーとエリヒュー爺さんが自分たちを裏切ろうとしてると思うだろう」

「彼らがどう思おうと、あたしにはどうでもいいことさ」と彼女は繰り返した。「ただのジョークだったんだから。あたしは最初からそのつもりだったんだから。実際、ジョークなんだから」

「それならそれで大いに結構」と私はうめくように言った。「それなら青天白日の思いで絞首台に歩いていける。殺人があったあとウィスパーとは会ったのか?」

「会ってないけど、彼は犯人じゃないわ。現場のそばにいたってことで、もしそう思ってるのなら言っておくけど」

「どうして犯人じゃないと思う?」

「理由ならいくらもあるわ。まず彼はそういうことができる人じゃないのよ。もし彼がやったのなら、誰かほかの人にやらせて、自分はどこか別の場所にいてさ、揺るぎようのないアリバイをつくってたでしょうね。ふたつ目の理由は、彼が持ち歩いてるのは三八口径の銃で、彼が人を使ったとしたら、絶対それと同じかそれ以上の口径の銃を使わせるはずだからよ。三二口径を使う殺し屋だなんて、いったいどんな殺し屋なのよ?」

「だったら誰がやったんだ?」

「知ってることはもう全部話したわ」と彼女は言った。「話しすぎたくらい」

私は立ち上がって言った。

「いや、おおよそ話してくれただけだ」

「あんたには犯人がわかるって言うの？」

「ああ。ただ、捕まえるにはもう少し調べなきゃならないが」

「誰なの？　誰なの？」いきなり素面(しらふ)になったかのように彼女も立ち上がり、私の上着の襟(えり)をつかんで言った。「誰がやったのか教えて」

「今はやめておこう」

「そんなこと言わないで」

「今は駄目だ」

彼女はつかんでいた襟を放すと、両手をうしろにやって私の顔に向けて高笑いをした。

「わかったわ。だったら秘密にしておけばいい——そうしてあたしの話のどの部分がほんとか一生懸命考えるといい」

私は言った。

「そのほんとうの部分とジンをありがとう。ウィスパーがあんたにとってどうでもいい男じゃないなら、ヌーナンに目をつけられてるってウィスパーに伝えておくといい」

5　エリヒュー老、理にかなった話をする

　ホテルに着いたときには午前二時半近かった。部屋の鍵と一緒に夜勤のフロント係から伝言メモを渡された。ポプラ六〇五に電話されたし。その電話番号がどこの番号かは知っていた。エリヒュー・ウィルソン邸の番号だ。

「このメモは何時頃のメモだ？」と私はフロント係に尋ねた。

「一時過ぎです」

　ということは急な用事か。電話ブースのあるところまで戻り、電話をかけた。エリヒュー老の秘書が出て、今すぐ来てくれないかと言われた。すぐに行くと約束して、フロント係にタクシーを呼んでもらい、まずは部屋に上がってスコッチを一杯やった。

　ほんとうは素面のほうがよかったのだろうが、すでに酔っていた。その夜はまだ仕事が終わっていないということなら、アルコールの切れかかった状態で対処したくなかった。ほんの一口で生き返った。キング・ジョージをフラスクに詰めて、階下(した)に降り、タクシーに乗った。

　エリヒュー・ウィルソン邸はどこからどこまで煌々(こうこう)としていた。呼び鈴のボタンに指を置く間(ま)もなく、秘書が玄関のドアを開けた。淡いブルーのパジャマの上にダークブルーのバスローブをはおった細い体を震わせていた。興奮しているのはその細い顔からもありありと見て取れ

た。

「急いで！」と彼は言った。「お待ちかねです。それからどうかお願いします。死体の始末はどうか私たちにお任せくださるよう、あなたからもおっしゃっていただけませんか？」

そうすると約束して、彼のあとについて二階の老人の寝室に上がった。

エリヒュー老はこのまえと同じようにベッドにいた。が、今回はそのピンクの手のそばの上掛けの上に黒いオートマティックが置かれていた。

私が部屋にはいるや、彼は枕から頭を離し、上体を起こして吠えた。

「厚かましさと同じくらいおまえには度胸もあるか？」

不健康な赤黒い顔をしていた。このまえは薄い幕が張っているように見えた眼が今は鋭かった。視線が熱く感じられた。

彼の質問はそのままに、私はベッドとドアとのあいだの床に横たわっている死体を見た。茶色の服を着たがっしりとした体型の小男が仰向けになり、灰色の帽子のまびさしの下から生気をなくした眼で天井を見つめていた。顎の一部が削ぎ取られていた。顎の先が横を向いているので、もう一発の弾丸（たま）がネクタイとシャツの襟を貫通し、咽喉元のどこに命中したかよく見えた。片腕が体の下になっていて、もう一方の手に牛乳瓶ほどもある革張りの棍棒（ブラックジャック）が握られていた。大量の血が流れていた。

私はその惨状から老人に視線を戻した。彼は笑みを浮かべていた。凶暴な呆けた笑みだった。

「おまえはよくしゃべる男だ」と彼は言った。「それはわかってる。おまえは口先に関しちゃ、なかなかの男だ。手強い荒くれだ。しかし、ほかにも何か持ってるのか？　その厚かましさと同じくらい度胸もあるのか？　それともおまえが持ってるのはことばだけか？」

この老人と調子を合わせてもなんの意味もないので、私は顔をしかめ、思い出させてやった。「たまには理にかなった話をしたくなったのでないかぎり、私のことは放っておいてくれって言いませんでしたっけ？」

「言ったよ、若いの」その声には勝ち誇ったような響きがあった。滑稽なことに。「だったらその道理とやらを語って聞かせてやろう。おれのかわりにポイズンヴィルとかいうこの豚小屋の掃除をやってくれる男が欲しい。でかいのも小さいのもネズミを燻り出してくれる男だ。そういうのは男の仕事だ。おまえは男か？」

「詩人みたいな物言いに何か意味でも？」と私はうなるように言った。「私の専門技術を求めるまともなオファーで、報酬もまともな額なら、もしかしたら引き受けないでもないけれど、豚小屋掃除にしろ、ネズミを燻すにしろ、そういう馬鹿げた話にはなんの興味もありません」

「よかろう。おれの望みはパーソンヴィルから盗人や詐欺師を追い出すことだ。これならおまえにもわかることばづかいになってるだろうか？」

「今朝のあなたはそういうことを望まなかった」と私は言った。「それがどうして今はそうなるんです？」

罰あたりなことばにまみれた老人の説明は実に長ったらしかった。それが大きな怒鳴り声となって、私の耳に注がれた。が、つまるところ、言いたいことは、パーソンヴィルは彼が自らの手で煉瓦をひとつひとつ積み上げて造った市であり、このままずっと自分のものとして持っていたいが、それができないなら、市そのものをこの山間から消し去ってやる、ということだった。さらに彼は言った――おれの市にいるおれを脅すなどできるわけがないんだ、そいつが何者であれ。やつらを勝手気ままにさせたのはこのおれだが、そんなやつらがいつのまにかこのおれ、エリヒュー・ウィルソンに向かってやるべきこととやってはいけないことを指図しはじめた。事ここに至っては、この市では誰が誰なのかということをきっちり教えてやらなければならない――エリヒュー爺さんは演説を終えると、死体を指差して居丈高につけ足した。

「あれを見れば、この年寄りにもまだ棘のあることがやつらにもわかるだろう」

素面だったらよかったのだが、と私は思わないわけにはいかなかった。彼の道化芝居がどうにも理解できなかったからだ。この道化芝居の背後には何があるのか、その何かをちゃんと指差すことが酔った私にはできなかった。

「あなたの仲間がこの男を差し向けたんですか？」と私は死んでいる男を顎で示して言った。

「そいつとはこれでしか話をしなかったが」と彼は言って、ベッドの上のオートマティックを手で叩いた。「まあ、そういうことだろう」

「どうしてこんなことになったんです？」

「単純きわまりない。ドアが開く音がしたんで、明かりをつけたら、そいつがいた。とっさに撃ったよ。で、そこに倒れてるというわけだ」

「それはいつ頃のことです？」

「一時ぐらいだ」

「そのあとずっとあのままにしておいたんですか？」

「そうだ」そう言って、老人は粗野な笑い声をあげ、また怒鳴りはじめた。「死体を見ると胃がむかつくのか？　それともそいつの霊やなんかが怖いのか？」

私は老人を嘲笑った。やっとわかったのだ。この威勢のいい爺さんが今はとことん怯えていることが。道化芝居の背後にあるのは恐怖だった。だから怒鳴り散らし、だから死体の始末もできないでいるのだ。それもただ死体を見られるようにしておくだけのために。自らを守った、眼に見える証しである死体が眼に見えているかぎり、パニックにならずにすむから。私は自分の立ち位置を正確に理解して言った。

「ほんとうに市を浄化したいんですか？」

「そう言っただろうが。そのとおりだ」

「やるなら自由にやらせてもらいたい――誰の便宜も図らない――私の好きにやらせてもらう。それと依頼料として一万ドルいただきたい」

「一万ドルだと！　どこの馬の骨ともわからんやつにどうして一万ドルも払わなきゃならないんだ？　そいつのしたことと言えばよくしゃべることぐらいで、それ以外こっちは何も知らない男に」

「真面目な話、私が〝私〟と言ったら、それはコンティネンタル社のことです。コンティネンタル社のことはあなたもご存じだと思うけれど」

「ああ、知ってるよ。向こうもおれを知ってる。知ってるはずだよ、おれがどれほどの人間かということも――」

「今はそういう話をしてるんじゃありません。あなたがやっつけたがってる連中というのは、昨日まではあなたの友達だった連中です。もしかしたら来週にはまた友達になってるかもしれない。しかし、そういうことは私の知ったことではないということです。あなたの手先になって、政治ごっこをするつもりは毛頭（もうとう）ありません。もうお払い箱ということで彼らを一列に並ばせ、あなたが彼らの尻を蹴飛ばす手伝いをするのに雇われるつもりもね。私に仕事をさせたいのなら、仕事を完遂させるのに見合う金をまず払ってください。余ったら返します。でも、仕事はとことんやるか、まったくやらないかのどっちかです。それ以外、やり方はありません。乗りますか？　降りますか？」

「そんな話に乗ってたまるか！」と彼は吠えた。

私は部屋を出て階段を半分ほど降りた。そこで呼び止められた。

「おれは年寄りだ」と彼は不平がましく言った。「これで十歳若かったら――」私を睨み、上唇と下唇を一緒に動かした。「よし、小切手をくれてやる」

「最後まで私のやり方でやる権限も？」

「ああ」

「だったらさっそく取り決めましょう。秘書はどこです？」

エリヒュー老がベッドサイドテーブルの上のボタンを押すと、どこに隠れていたにしろ、秘書が音もなく部屋にはいってきた。私は秘書に言った。

「ミスター・ウィルソンはコンティネンタル探偵社宛に一万ドルの小切手を振り出す。また、同社――サンフランシスコ支社――宛に手紙も書く。その一万ドルをパーソンヴィルの犯罪と政治腐敗の調査費用に充てることを同社に許可する手紙だ。その手紙には、同社が適切と見なす方法で調査が行なわれることも明記されなければならない」

秘書はもの問いたげに老人を見やった。エリヒュー老は顔をしかめはしたものの、丸い頭を動かして同意を示した。

「でも、まず最初に」と私はドアに向かいかけた秘書に言った。「警察に電話して、泥棒が死んでることを知らせるんだね。そのあとミスター・ウィルソンのかかりつけの医者に電話するといい」

医者になど用はない、とエリヒュー老がまた怒鳴った。

「腕に注射してもらえば、ぐっすり眠れますから」と私は彼に言い、死体をまたいで黒い銃をベッドの上から取り上げた。「今夜はこちらに泊めてもらいます。明日はほぼ一日かけてパーソンヴィルの諸問題を篩(ふるい)にかけなきゃならないんで」

老人はすでに疲労困憊していた。だから、何が彼にとって最善かを勝手に決める私の厚かましさをどう思っているか、口汚くくどくどしく非難する声にも、窓を震わす力はもう残っていなかった。

私は死んだ男の顔がよく見えるよう男の帽子を取ってみた。まるで知らない顔だった。また帽子をもとに戻した。

体を起こすと、老人が珍しくおだやかな声音で訊いてきた。

「ドナルド殺しの犯人の見当はつきそうなのか？」

「たぶん。あと一日で片がつくと思います」

「誰なんだ？」

秘書が手紙と小切手を持って戻ってきた。私は質問に答えるかわりに老人にそのふたつを渡した。彼は震える手でその両方に署名した。私はそれをポケットに入れた。警察がやってきた。

まず最初に肥った署長その人、ヌーナンがはいってきた。エリヒュー老には親しげにうなずいてみせ、私と握手を交わすと、きらきら光る緑がかった眼で死んだ男を見て言った。

「なんとなんと。誰がやったにしろ、見事な手並みだ。この男はヤキマ・ショーティ。こいつが持ってるブラックジャックを見てみろ」そう言って、ヌーナンはそれを男の手から蹴飛ばした。そして、「あんたがやったのか？」と私に訊いてきた。

「ミスター・ウィルソンだ」

「ほう、それはすばらしい」と彼は老人にお世辞を言った。「あなたは多くの人間の多くの手間を省いてくださった。この私の手間も含めて。こいつを運び出せ」彼は連れてきた四人の警官に命じた。

四人の制服警官のうちふたりが脚と腋の下を抱えて、ヤキマ・ショーティの死体を運び出した。そのあいだに四人のひとりがブラックジャックと死体の下になっていた懐中電灯を取り上げた。

「みんながこうしたこそ泥を始末してくれたら、こっちは大助かりなんだがな」と署長が饒舌に言い、ポケットから葉巻を三本取り出すと、一本をベッドの上に放り、もう一本を私に差し出し、最後の一本を口にくわえ、葉巻に火をつけながら私に言った。「実は、どうやったらあんたと連絡がつくか考えてたところだったんだ。あんたが興味を持ちそうなちょっとした仕事があってね。それでいつでも出かけられるようにしてたら、この通報があったというわけだ」

彼は私の耳元に口を近づけて囁いた。「これからウィスパーを挙げにいくんだが、来るか?」

「わかった」

「そう言うと思ったよ。やあ、先生!」

彼は部屋にはいってきた肥った小男と握手をした。玉子形のくたびれた顔をした男で、その灰色の眼はまだ眠っていた。

握手が終わると、医者はベッドのそばに近寄った。そこではヌーナンの部下がこそ泥を撃ったときの様子をエリヒュー老に訊いていた。私は秘書について廊下に出ると尋ねた。

「この家にはあんたのほかにも誰かいるのかい?」

「はい、運転手と中国人のコックがいます」

「だったら、今夜は運転手をエリヒュー老の寝室に来させてくれ。おれはヌーナンとちょいと出かけてくる。できるだけ早く戻るよ。ここでまた騒ぎが起きるとも思えないが、どういうことが起ころうと、エリヒュー老をひとりにするんじゃない。ヌーナンか、あるいはヌーナンの部下とふたりだけにもしないように」

秘書は口をあんぐりと開き、眼を大きく見開いた。

「ゆうべ最後にドナルド・ウィルソンを見たのはいつだった？」と私は彼に尋ねた。

「おっしゃったのは一昨日の夜、ドナルドさまが殺された日のことですね？」

「そうだ」

「正確に覚えております、八時半です」

「五時からその時間までずっと一緒だったのか？」

「五時十五分からです。ドナルドさまのオフィスで八時近くまで書類の点検やらいたしまして、そのあとベヤードの店に行き、夕食を摂りながら仕事を片づけました。ドナルドさまは約束があるとのことで九時半に店を出られました」

「その約束については何か言ってなかったかな？」

「いいえ、何も」

「どこへ行くとか、誰と会うとか、そういったことがそれとなくわかるようなことも？」

「ただ約束があるとしかおっしゃいませんでした」

「その約束についてはあんたは何も知らないんだね」

「はい。でも、どうしてそんなことを？　私が何か知っているると思っておられるんですか？」

「いや、何かあんたに言ったりはしなかったかと思っただけだ」私は今夜起きたことに話を切り替えた。「今日エリヒュー老は誰かと会うことになってたかい？　彼が撃ち殺したやつは別にして」

「申しわけございませんが」と秘書は実際に申しわけなさそうな笑みを浮かべて言った。「そういうことはミスター・ウィルソンのご許可がないかぎり、申し上げるわけにいきません。すみません」

「地元の実力者が誰か来ることになってたんじゃないのか？　たとえばルー・ヤードとか――」

秘書は首を振って繰り返した。

「申しわけありませんが――」

「あんたと喧嘩しようとは思わない」私はあきらめてそう言い、寝室に戻りかけた。

ちょうど医者がコートのボタンをかけながら寝室から出てきた。

「すぐにもお休みになるでしょう」と医者は口早に言った。「誰かついていてあげてください。明日の朝また来ます」そう言うと、そそくさと階段を駆け降りた。

私は寝室にはいった。署長とさきほどエリヒュー老に質問をしていた男がベッドの脇に立っていた。署長は私にまた会えたことがほんとうに嬉しいことのように笑みを向けてきた。もうひとりの男は顔をしかめた。エリヒュー老は仰向けに横になり、天井を見ていた。

「とりあえずこんなところかな」とヌーナンが言った。「そろそろ行くか？」

私は同意し、エリヒュー老に挨拶した。「おやすみなさい」と言うと、彼も「おやすみ」と言った。私のほうを見ることなく。秘書が運転手を連れて部屋にはいってきた。運転手はよく陽に焼けた、がっしりとした体格の背の高い若者だった。

署長ともうひとりの警察官――マグロウという警部補――と私は階段を降りて、署長の車に乗った。マグロウが助手席に坐り、私と署長は後部座席に乗った。

「夜明けに押さえる」車が動き出すと、ヌーナンが言った。「ウィスパーはキング通りに店を持ってるんだが、たいてい夜明け頃、その店を出る。店に踏み込んでもいいんだが、それだとどうしてもドンパチになる。そんなことにならずにすむなら、それに越したことはない。やつが店から出てきたところを押さえる」

彼を連行するつもりなのか、消すことまで考えているのか、どっちだろうと私は思った。で、訊いてみた。

「やつを有罪にできるだけの証拠はあるのか?」

「証拠?」彼は屈託のない笑い声をあげた。「ミセス・ウィルソンが教えてくれたことで足りなきゃ、おれはもう能無しもいいところだ」

私は気の利いた切り返しをとっさにいくつか思いついた。が、それは胸にしまっておいた。

6　ウィスパーの店

行った先は市(まち)の中心からさほど離れていない暗い並木道だった。そこで車を降りると、角まで歩いた。

灰色のコートを着て、灰色の帽子を目深にかぶった大男がまえに出てきて、われわれと合流した。

「ウィスパーに気づかれちまいました」と大男は署長に言った。「店から出るつもりはないとドノホーに電話で言ってきました。引きずり出せると思うなら、やってみろって言ってます」

ヌーナンはさも嬉しそうに笑うと、耳を掻き、訊き返した。

「店にはやつと一緒に何人ぐらいいると思う？」

「五十ってところでしょうかね」

「おいおい！　そんなにいるわけないだろうが。こんな朝っぱらから」

「それがいるんですよ」と大男は歯を剝き出してうなるように言った。「日が変わる頃からぞろぞろと集まりだしたんです」

「そうなのか？　情報が洩れたんだな。そういうことならそいつらを店に入れることはなかっただろうが」

「かもしれませんけど」大男は怒っていた。「でも、おれは署長に言われたとおりやったんですよ。ほかのやつが店にはいっても店から出てきても好きなようにさせとけって言われたとおりに。ただ、ウィスパーが現われたら――」

「即、挙げろ」と署長は言った。

「ええ、そうです」と大男は無遠慮に私を見ながら言った。

警官がほかにもやってきて、そこで作戦会議が始まった。誰もが不機嫌だった。署長を除くと。ヌーナンは逆に現場の雰囲気を愉しんでいた。私にはそのわけがわからなかった。

ウィスパーの店は煉瓦造りの三階建てで、ブロックの真ん中にあり、両脇を二階建てにはさまれて建っていた。一階は葉巻屋だったが、それは隠れ蓑で、つまりは階上の賭博場への入口だった。大男の情報が正しければ、ウィスパーはその中に五十人ほど武装した手下を集めているはずだった。その建物の外にはヌーナンの部下が散らばっていた。表の通りに、裏の路地に、隣接する両脇の建物の屋上に。

「よし、みんな」と署長はひとしきりみんなに話を聞かせたあと陽気に言った。「面倒を避けたい気持ちはウィスパーもこっちと変わらないはずだ。さもなきゃ、もっとまえに打って出てきてるだろう。そんなに仲間を集めてるのならな。もっとも、おれはそこまで集めてるとは思わないが」

大男が言った。「集めてますって」

「やつが面倒を避けたがってるようなら」とヌーナンは続けた。「話し合いでうまく行くかもしれない。ニック、ちょいとあっちへ行って、やつがおとなしく話し合いに応じるかどうか、様子を見てきてくれ」

大男はうなり声をあげた。「冗談じゃないですよ」

「だったら電話でもいい」と署長は譲歩した。

大男はまたうなるように言った。「まだそのほうがいい」そう言って、立ち去った。

戻ってきた大男はすこぶる上機嫌で報告した。

「『くたばりやがれ』って言ってます」

「残ってる署員も集めろ」署長はどこまでも陽気だった。「明るくなり次第、突撃する」

私とニックは、部下が所定の位置についていることを確認する署長についてまわった。たいした部下とは言えなかった。これからの仕事に向けての意欲などかけらも感じられない、落ち着きのない眼をした、みすぼらしいやつらばかりだった。

空が褪せた灰色に変わった。署長とニックと私は目標の建物の斜め向かいにある水道工事屋の戸口のまえで足を止めた。

ウィスパーの建物の内部は暗かった。階上(うえ)の窓には何も見えず、階下(した)の葉巻屋の窓とドアにはブラインドが降りていた。

「ウィスパーにチャンスも何も与えず、おっぱじめるのはなんだか気が引ける」とヌーナンが言った。「あいつも悪いやつじゃないんだよ。だけど、おれがしゃべっても意味がない。おれはあいつに嫌われてるからな」

彼は私を見た。私は何も言わなかった。

「試しに一押しやるなんてことはしたくないよな？」と彼は訊いてきた。

「いや、やってみよう」

「これはこれは。大助かりだ。ドンパチやらずにすむよう、やつを説得できるかどうか、それを確かめるだけでいい——台詞はわかってるよな。そうするのが身のためだとかなんとか言うんだ」

「ああ」そう答え、私は通りを渡って葉巻屋に向かった。両脇に垂らした手をことさらよく見えるようにして通りを渡った。

夜明けまでには少し間(ま)があった。通りはまだ煙色をしており、歩道を歩く自分の足音がやけに大きく聞こえた。

ドアのまえで立ち止まると、ガラスを拳で軽く叩いた。ドアの内側におろされた緑のブラインドがドアのガラスを鏡に変えていた。通りの反対側にいるふたりがそこに写っていた。

中からは何も音がしなかった。少し強くノックし、もう一方の手でドアノブをつかんでドアを揺すった。

中から声が聞こえた。忠告だった。

「失せられるうちに失せろ」

くぐもった声だった。が、囁き声(ウィスパー)ではなかった。だからウィスパーではないのだろう。

「ウィスパーと話がしたい」と私は言った。

「話ならおまえをここに寄こしたでか尻野郎(ラードキャン)とするんだな」

「おれはヌーナンの使いじゃない。ウィスパー、おれの声が聞こえるところにいるのか?」

間(ま)ができた。そのあとくぐもった声が聞こえた。「ああ」

「おれはコンティネンタル探偵社(コンティネンタル・オプ)の調査員だ。ヌーナンがあんたをはめようとしてることをダイナ・ブランドに教えたのがおれだ。五分でいい。あんたと話がしたい。ヌーナンとはなんの関係もない。あの男の汚い企みをぶっつぶすこと以外、彼に興味はない。おれはひとりだ。そうしろと言われれば、銃を通りに放ってもいい」

私は待った。私がダイナに話したことを彼女がウィスパーにちゃんと伝えたかどうか、今はその一点にかかっていた。けっこう長く感じられるあいだ待った。

くぐもった声がした。

「ドアを開けるからすぐはいれ。おかしな真似はするな」

そのときだ。通りの反対側から十丁ぐらいの銃が一斉に火を噴いた。ドアと窓のガラスが弾け、まわりでちゃりんちゃりんと乾いた音をたてた。

誰かに足をすくわれた。恐怖のあまり自分の体に頭が三つ、眼が六個できたみたいな気分になった。しくじった。ヌーナンにしてやられた。これではここにいるやつらにヌーナン側の人間と思われてしまう。

体を反転させ、顔をドアのほうに向けて倒れかけたものの、床に倒れるまえにどうにか銃を手に持った。

通りの反対側では大男のニックが戸口のまえに出て、両手に銃を一丁ずつ持ってこっちに向けて撃っていた。

私は床に肘をついて銃を構えた。照星とニックの体が重なった。引き金を引いた。ニックは撃つのをやめた。二丁の銃を胸のまえで交差させ、どさっと歩道に倒れた。

足首を誰かにつかまれ、中に引きずり込まれた。顎が床にこすれて皮が剝けた。ドアが閉められた。どこかの道化が言っていた。

「なるほど、あんた、やつらにあんまり好かれてないみたいだな」

私は上体を起こすと、銃声越しに言った。

「おれはこのことには何も関わってない」

銃声が徐々に弱まり、やがて消えた。ドアにもブラインドにもあちこちに灰色の穴があいていた。暗がりの中、ハスキーな囁き声がした。

「トッド、おまえはスラッツとふたりでここを見張れ。残りはおれと一緒に階上に来い」

私も店の奥の部屋を抜け、廊下に出て、絨毯が敷かれた階段をのぼって二階の部屋に行った。サイコロ賭博用のグリーンのテーブルが置かれていた。小さな部屋で、窓はなく、明かりがつけられていた。

そこにいるのは私を含めて五人。ウィスパーは椅子に坐ると、煙草に火をつけた。彼は一見コーラスボーイみたいな可愛い顔をした、髪の黒い小柄な男だが、よく見るといかにも残忍そうな薄い唇をしていた。彼のほかに、ツイードを着てカウチに仰向けに寝そべり、天井に向けて煙草の煙を吐いている二十そこその痩せたブロンドの男。ブロンドの髪の若い男はもうひとりいたが、そいつは痩せてはおらず、緋色のネクタイを直したり、黄色い髪を整えたりするのに忙しくしていた。ぶ厚くてたるんだ唇のせいで顎がほとんどないみたいに見える、三十前後の細面の男もいた。そいつはさもつまらなさそうな顔をして、アネット・ハンショーの『ロージー・チークス』をハミングしながら部屋の中を歩きまわっていた。

私はウィスパーから二、三フィート離れた椅子に坐った。

「ヌーナンはこんなことをいつまで続けるつもりだ?」とウィスパーが訊いてきた。囁き声のようなそのかすれた声にはどんな感情も込められていなかった。ただ、不快感のようなものだけは感じられたが。

「これはあんたを追いつめるためのものだ」と私は言った。「最後までとことんやるだろう」

ウィスパーはいかにもギャンブラーらしい、相手を馬鹿にしたような薄い笑みを浮かべた。

「ありえないほどいい加減な根拠で、おれを吊るそうなんてな。どれほどの大穴狙いか、あいつにもそれぐらいわかりそうなもんだが」

「彼は裁判で決着をつけようとは思ってないよ」と私は言った。

「ええ?」

「あんたは、逮捕に抵抗したか、あるいは逃げようとしたかということで消される。そうなったらあとは証拠も何も要らなくなる」

「あいつ、あの年でタフな男になろうってか」薄い笑みに薄い唇がまた歪んだ。でぶ署長の執拗さなど屁とも思っていないようだった。「しかし、あいつがおれを消したがってるというなら、おれには消されるだけの理由があるんだろうよ。あんたはなんでやつに嫌われたんだ?」

「たぶんこのあと目ざわりになると思ったんじゃないかな」

「そりゃまずいな。あんたはいいやつだって、ダイナは言ってた。ただ、金に関しちゃしっかり屋なんだってな」

「彼女の家じゃ、愉しいときを過ごさせてもらったよ。それはそうと、ドナルド・ウィルソン殺しについて、何か知ってることがあったら教えてくれないか?」

「やつの女房がやったのさ」

「見たのか?」

「見たのはその直後だ——銃を持ってた」

「今のはあんたにとってもおれにとってもいただけない話だ」と私は言った。「あんたがどれほど脚色したのかは知らないが。曲げられた事実として、法廷じゃそれでも通用するかもしれない。だけど、法廷まで持ち込めるチャンスはあんたにはない。ヌーナンが本気だとすりゃ、あんたはきっと殺られるだろう。正直なところを聞かせてくれ。こう見えても仕事はちゃんとやりたいほうでな」

彼は煙草を床に捨てると、靴底で揉み消して言った。

「真面目なんだな?」

「知ってることを教えてくれれば、それで犯人を捕まえられる——もっとも、それはここから逃げられたらの話だが」

彼は新しい煙草に火をつけて言った。

「ミセス・ウィルソンは電話をしたのはおれだって言ったのか?」

「ああ。もっとも、ヌーナンに誘導された節もないではないが。それでも今じゃそう信じ込んでるんじゃないかな」

「あんたはビッグ・ニックを撃った」とウィスパーは言った。「そんなあんたに賭けてみるか。あの夜、電話があったんだ、男から。知らない男だ。誰だったのか今もわからない。いずれにしろ、ドナルドが五千ドルの小切手を持ってダイナのところに向かったというのさ。それがおれになんの関係がある？　だけど、わかるだろ、知りもしないやつからそんなことを言われるというのもおかしな話だ。で、様子を見にいったんだ。ダイナの家じゃダンに門前払いを食らっちまったが、それはそれでかまわなかった。とはいえ、知らないやつから電話があったのが妙なことには変わりない。

で、おれは通りをちょっと歩いて、別の建物の玄関口に身をひそめた。そこからドナルドの女房の車が停まってるのが見えた。そのときにはそれが彼女の車で、彼女が乗ってることまでわかったわけじゃないが。いずれにしろ、そのあとすぐドナルドが通りに現われた。銃が撃たれたところは見なかったが、銃声は聞こえた。見ると、女が車から降りて、ドナルドのところに駆け寄っていた。さっきはああ言ったが、彼女が撃ったんじゃないのはすぐわかった。おれとしちゃ、そこでずらかるべきだった。だけど、そもそもあまりに奇妙な話じゃないか。駆け寄ったのがドナルドの女房だってことがわかると、おれもふたりのほうへ行ってみたんだ。いったいどういうことなのか知りたかったんだよ。それがおれの一番のヘマだ、だろ？　そのせいで、自分のための逃げ道を用意しなきゃならなくなっちまったんだから。そのあと少しでも妙な展開になったときのことを考えると。女をちょいと怖がらせたのはそのためだ。そういうことだったんだよ、真面目な話」

「よく話してくれた」と私は言った。「おれはそういう話を聞くためにここに来たんだ。あとは殺られずにここを逃げ出す算段を考えないと」

「算段するほどのこともない」とウィスパーは請け合った。「好きなときにいつでも出ていける」

「おれは今出たい。あんたがおれでもそう思うと思うが。あんたはヌーナンが考えてるのはただの脅しと思ってるようだが、だとしてもなんでわざわざ危険を冒さなきゃならない？　ここをこっそり抜け出して、午頃まで静かにしてりゃ、その頃にはヌーナンにしてもごり押しはできなくなるはずだ」

ウィスパーはズボンのポケットに手を入れると、ぶ厚い札束を取り出し、百ドル札を一枚か二枚、五十ドル札を数枚、それに二十ドル札と十ドル札も数枚数え、顎のない男に差し出して言った。

「ジェリー、これで逃げ道を買ってこい。相手が誰にしろ、いつもよりよけいに払うことはないからな」

ジェリーは金を受け取ると、テーブルの上の帽子を取り上げ、慌てるふうもなく出ていった。そして三十分後、戻ってくると、余った金をウィスパーに返してことなげに言った。

「合図があるまでキッチンで待つように言われました」

おれたちは階下に降りてキッチンに行った。暗かった。ほかの連中ともそこで合流した。

ジェリーがドアを開け、おれたちは階段を三段降りて裏庭に出た。外はもうすっかり明るくなっていた。おれたちは全部で十人いた。

「これで全部か?」と私はウィスパーに尋ねた。

彼は黙ってうなずいた。

「ニックはあんたたちは五十人いると言ってた」

「あのお粗末な警察相手におれたちが五十人も要るか?」そう言って、彼は鼻で笑った。

ひとりの制服警官が裏の門を開けてくれた。びくびくしながら、ぶつぶつ言いながら。

「急いでくれ、みんな、頼むから」

私としては急ぎたかった。が、ほかの連中はその警官のことばに少しも注意を払っていなかった。

路地を横切り、茶色の服を着た大男に手招きされて次の門を抜け、人家の中を通り抜け、次の通りに出た。そして、その通りの歩道寄りに停まっていた黒い車に乗り込んだ。

ブロンドの髪の若い男のひとりが運転した。走る速度をちゃんと心得ていた。

私はグレート・ウェスタン・ホテルのそばで降ろしてくれるよう頼んだ。運転手はウィスパーを見やった、ウィスパーは黙ってうなずいた。五分後、私は自分のホテルのまえで降りた。

「またな」とギャンブラーは囁き、車は走り去った。

車が角を曲がって見えなくなる直前、警察車両専用のナンバープレートが見えた。

7　私があなたを操ったわけ

五時半。数ブロック歩いて〈ホテル・クロフォード〉という電気の消えた看板を見つけると、二階のフロントに上がってチェックインし、十時に起こしてくれるように頼み、しけた部屋にはいって、スコッチをフラスクから胃袋にいくらか移し、エリヒュー老の一万ドルの小切手と拳銃と一緒に寝た。

十時に起きて服を着ると、ファースト・ナショナル銀行まで歩き、若いオルベリーを見つけて、エリヒュー老の小切手の支払い保証手続きを頼み、しばらく待った。その小切手に問題はないかどうか、エリヒュー老に電話して確かめたのだろう。しばらくして、オルベリーはちゃんと保証がなされた小切手を持って戻ってきた。

私は封筒をもらい、エリヒュー老の手紙と小切手をその中に入れ、サンフランシスコの支社の宛名を書き、切手を貼って外に出ると、角の郵便ポストに投函した。

そのあと銀行に戻って、オルベリーに言った。

「なんで彼を殺したのか教えてくれ」

彼は笑みを浮かべて訊き返した。

「彼ってコック・ロビン（マザーグース『誰がコマドリを殺したの？』で殺されるコマドリの名）のことですか？　それともリンカーン

大統領？」

「そうあっさりとドナルド・ウィルソン殺しを認めるつもりはないということか？」

「つきあいの悪い男だとは思われたくないけれど」まだ笑っていた。「そういうことになるかな」

「それはちょいとまずいな」と私は言った。「ここで長話をしてたら、きっと誰かが何か言ってくるだろう。こっちへやってくるあのずんぐりした眼鏡をかけた男は誰だ？」

オルベリーは顔をピンクに染めて言った。

「出納主任のミスター・ドリトンです」

「紹介してくれ」

オルベリーはどこかしら居心地が悪そうな顔をしたが、出納主任の名を呼んだ。ドリトンは私たちのほうにやってきた。つやつやしたピンクの顔に、後退した髪の生えぎわに白髪の残るピンクの禿げ頭の大男で、ふちなしの鼻眼鏡をかけていた。

彼の部下のオルベリーがもごもごと紹介のことばをつぶやき、私はオルベリーから眼をそらすことなくドリトンと握手しながら言った。

「話をするのにもっとプライヴァシーが守られる場所はないかって今、話してたんだ。しばらく時間をかけないと、彼は白状してくれそうにないんで。おれとしても銀行の中で彼を怒鳴りつけてるところなんか、あんまり人に聞かれたくないんでね」

「白状する？」ドリトンの舌が口の中にのぞいて見えた。

「そう」私は顔つきも声音も態度もヌーナンを真似て、いかにもつまらなさそうに話した。「オルベリーがドナルド殺しの犯人だということ、知らなかったのかい？」

馬鹿げたジョークと思ったのだろう、出納主任の眼鏡の奥の眼に礼儀正しい笑みが浮かんだ。が、その笑みは部下の顔を見るなり、困惑に変わった。オルベリーは顔を真っ赤にしていた。口元に無理やり笑みを浮かべてはいたが、それはもうひどい笑みだった。

ドリトンは空咳（からせき）をしてから、明るく言った。

「それにしてもいい天気ですな。このところはすばらしい天気が続いてますね」

「三人だけで話ができる部屋はないのかな？」と私は執拗に言った。

ドリトンはおどおどしつつも部下に尋ねた。

「いったい――これはいったいなんなんだ？」

若いオルベリーは誰にも理解できないことばを口にした。

私は言った。「そういう部屋がないのなら、警察まで彼を連れていくほかないな」

ドリトンは落ちかけた鼻眼鏡を慌ててつかんでもとの場所に戻すと言った。

「こちらへ」

私とオルベリーはドリトンのあとについてロビーを端から端まで横切り、ゲートを抜け、〝頭取〟とドアに示されたオフィス――エリヒュー老のオフィスにはいった。中には誰もいなかった。

私はオルベリーにひとつの椅子を示し、自分用にひとつ選んだ。ドリトンがもじもじと尻を机に押しつけ、われわれふたりのほうを向いて言った。

「それでは説明してください」

「順を追って説明しよう」と私は言ってオルベリーと向き合った。「おまえさんはダイナに振られた元恋人だ。ダイナとそうした親密な関係にあって、支払い保証がなされたドナルド・ウィルソンの小切手のことを知っていて、あのタイミングでミセス・ウィルソンとウィスパーに電話できるのは、おまえさんしかいないんだよ。ドナルドは三二口径の銃で撃たれた。銀行は警備に三二口径の銃を好む。もしかしたら、おまえさんが使ったのは銀行の銃じゃないかもしれない。ただ、おれはそうと睨んでるが。それだけじゃない、おまえさんはもしかしてその銃をまだもとに戻してないんじゃないかとも思ってる。だから、たぶん銀行の銃は一丁なくなったままだろうとね。いずれにしろ、銃の専門家にドナルドを殺した弾丸と銀行のすべての銃から発射された弾丸を顕微鏡検査してもらうつもりだ」

オルベリーは落ち着いた顔で私を見ただけで、何も言わなかった。また自制心を働かせることができるようになったらしい。そんな真似はさせてはならない。私はいささか汚い手を使うことにした。

「おまえさんは彼女をほかの男に取られちまった。自分でそう言ったよな。彼女はもうおまえさんに耐えられなくなってしまったんだと。つまり、なんとかの切れ目が――」

「やめて――やめてください」と彼は喘ぐように言った。顔がまた赤くなっていた。

私は嫌味な笑みを彼に向けつづけ、彼が眼を伏せるのを待って言った。

「若いの、おまえさんはしゃべりすぎたんだよ。自分の人生には裏表がないことをおれに示そうとするあまり、やりすぎちまったんだよ。素人の犯罪者がよくやることだ。あけっぴろげで率直に見せようとするあまり、やりすぎちまうのさ」

オルベリーは自分の手を見ていた。私はとどめを刺しにかかった。

「おまえさんには自分が彼を殺したことがわかってる。銀行の銃を使ったかどうかもわかってる。それをまたもとの場所にもどしたかどうかも。もしそうしていたなら、おまえさんはもうおしまいだ。おまえさんの逃げ道はもうない。あとは銃の専門家が世話してくれる。まだ銃を戻してなかったとしても、どっちみちおれがおまえさんを追いつめる。わかるよな。おまえさんにはチャンスがかけらでもあるのかどうか、そんなことはわざわざ言うまでもないだろう。それはおまえさん自身よくわかってることだ。

ただ、ヌーナン署長はウィスパーに濡れ衣を着せようとしてたてね。ウィスパーの有罪を立証できなくても、その濡れ衣作戦はなかなかのもので、ウィスパーが逮捕の際に逆らって死ねば、それで署長はなんの責任も負わずにすむ。そう、それが署長の狙いなんだよ――ウィスパーを殺すことが。ゆうべ一晩ウィスパーはキング通りのあの店にこもって、警察を寄せつけなかった。今も寄せつけてないだろう――まだ捕まってなけりゃ。捕まえられたら、それでもうウィスパーは一巻の終わりとなる。

罰を逃れるチャンスがまだあると思うのは――自分のかわりにほかの男が殺されればいいと思うのは――それはおまえさんの勝手だ。だけど、もうそんなチャンスはないと思うのなら

――銃が見つかっちまったらもうチャンスも何もなくなると思うのなら――頼むよ、ウィスパーは犯人じゃないと証言してくれないか。生きるチャンスを彼にやってくれないか」

「わかりました」と言ったオルベリーの声は老人の声のようだった。覆った手から顔を起こすと、ドリトンを見て、繰り返した。「わかりました」そこで口をつぐんだ。

「銃はどこだ?」と私は尋ねた。

「ハーパーの出納窓口です」とオルベリーは言った。

私は顔をしかめてドリトンを見て頼んだ。

「持ってきてもらえるかな?」

彼はむしろほっとしたような顔で部屋を出ていった。

「殺すつもりはなかった」とオルベリーは言った。「殺そうと思ってたんじゃない」

私はしかつめらしく同情しているようなふりをして、うなずき、先を促した。

「殺そうと思ってたわけじゃない」と彼は繰り返した。「銃を持っては出たけれど。ダイナを取られたというのは、あなたがさっき言ったとおりです。日によって、それがもう耐えられなくなることがあるんです。ドナルド・ウィルソンが小切手を持っていった日がまさにそんな日でした。金が尽きたから彼女に捨てられたんだという思いが頭から離れなくなるんです。そんなときにドナルドは彼女に五千ドルという大金を届けにいくわけです。すべては小切手だったんです。わかります? 彼女とウィスパーとのことは――わかるでしょ、ふたりのことは知ってました。でも、彼女とウィルソンの仲を知っていたとしても、小切手を見ていなければ、ぼくは何もしなかったでしょう。それは断言できます。でも、あの小切手を見てしまったんです。見てしまうと、金が尽きたために捨てられたという思いが改めて甦(よみがえ)りました。

それであの夜、ダイナの家を見張ったんです。ドナルドが中にはいっていきました。自分がどんなことをしでかすのかと思うと、ぼくは自分が怖かった。なぜって、その日はさっき言ったような、それはもうひどい日だったからです。それにポケットには銃がある。正直に言います、ぼくは何もしたくなかった。ただ怖かった。何も考えられなかった。あの小切手のことと、どうして自分は彼女を失ったのかということしか。ドナルド・ウィルソンの奥さんが嫉妬深いことは知ってました。誰もが知っていた。それで思ったんです。今、彼女に電話したらと思って――何をしようと思ったのか、ほんとうに自分でもわからないのだけれど――とにかく近くの店に行って、奥さんに電話しました。そのあとウィスパーにも電話しました。ふたりをあそこに来させたかったんです。ダイナかウィスパーか、どちらにしろ。ほかにもなんらかの関係のある人を思いついていたら、その人にも電話していたでしょう。

電話すると、また戻ってダイナの家を見張りました。まずミセス・ウィルソンがやってきて、そのあとウィスパーが来て、ふたりともダイナの家を見張りはじめました。それを見て、ぼくはほっとしました。ふたりがいれば、自分が何をやらかすか、そんなに心配しなくてもよくなったような気がしたからです。しばらくして、ダイナの家からドナルドが出てきて、通りを歩きはじめました。ぼくはまずミセス・ウィルソンの車を見て、そのあとウィスパーが身をひそめていることがわかっている戸口を見ました。ふたりとも何もしません。ウィルソンはそのまま歩き去っていきます。そこでぼくにもようやくわかったんです。どうしてふたりを来させたのか。ふたりに何かしてもらいたかったんです――そうすれば、自分は何もしなくてすむから。でも、彼らは何もしない。彼はどんどん歩き去っていく。ふたりのうちどちらかが彼のところまで行き、何か話しかけるにしろ、あるいは彼のあとを尾けるにしろ、そういうことをしていたら、きっとぼくは何もしなかったでしょう。

でも、彼らは何もしなかった。ポケットから銃を取り出したのは覚えています。眼のまえがぼやけました。まるで涙で霞んでるみたいに。たぶんほんとに泣いてたんでしょう。撃ったところは覚えていません――彼を狙って引き金を引いたところは、という意味です――でも、銃がたてた銃声は覚えています。その音が自分の手の中の銃から発せられたこともちゃんとわかりました。ドナルドのことはまるで覚えていません。彼が倒れたのはぼくが振り向いて路地を走って逃げるまえだったのか、あとだったのか。家に帰ると、銃の手入れをして、弾丸を込め直しました。そして、翌朝、出納窓口の机の中にまた戻しました」

銃を持って、オルベリーと警察に向かう途中、私は最初に彼に揺さぶりをかけたときに演じてみせた田舎芝居を謝った。

「おまえさんの冷静さをまず奪う必要があったんでね。さらにそれがおれの知ってるいちばん手っ取り早い方法だったもんで。彼女のことを話してくれたおまえさんの口ぶりから、おまえさんはなかなかの役者だと思ったのさ。だからいきなり正面突破を図っても落ちてはくれないだろうってね。そう思ったわけだ」

彼は顔をしかめ、おもむろに言った。

「ぼくは役者なんかじゃありませんよ。そうじゃなくて、自分に危険が迫って、絞首台と相対することになったら、彼女がそんなに重要な存在には思えなくなったんです。自分でも――今でも――わかりません――まるでわからない――きちんと理解することは――できません――どうしてあんなことをしてしまったのか。ぼくの言いたいこと、わかります？　でも、自分にもわからないってことがすべてを――ぼく自身を――安っぽくしてしまってます。最初からすべてのことを安っぽく」

私には言うべきことばが見つからなかった。だから、次のような意味のないことばしか言えなかった。

「そういうことってあるものだよ」

署長のオフィスには、ゆうべの襲撃隊にいた男がいた。赤ら顔のビドルという警官だ。灰色の眼を丸くして、興味津々の体で私を見たが、ゆうべのキング通りでのことについては何も訊いてはこなかった。

ビドルは検察局からダートという若い検事を呼び、オルベリーはビドルとダートと速記者に供述した。そこへベッドから這い出して、そのまま署に直行してきたようななりの署長が現われた。

「まあ、また会えてなによりだ」と彼は私の背中を叩きながら、握った私の手を盛大に上下させた。「まったく！　ゆうべは危ないところだった――あのドブネズミどもときたら！　あんたはてっきりやつらにやられたものと思ったよ。突入して、あそこがもぬけの殻だとわかるまでは。教えてくれ、やつらはどうやってあそこから抜け出したんだ？」

「あんたの部下のふたりが裏から出したのさ。裏の家の中を抜けて、警察車両でやつらを逃がしたんだ。おれはずっとやつらに引きずりまわされてたんで、あんたに連絡するチャンスがなかった」

「おれの部下ふたりがやつらを逃がした？」と彼は訊き返したものの、さして驚いているようには見えなかった。「これはこれは！　どんな面をしたやつらだった？」

　私は説明した。

「ショアとリオーダンだ」とヌーナンは言った。「それぐらいおれも気づいてもよかったんだがな。で、これはなんだ？」肉づきのいい顔をオルベリーに向けて言った。

　私はオルベリーには口述を続けさせ、ヌーナンに手短に説明した。

　ヌーナンはさも可笑しそうに笑って言った。

「いやはや、いやはや。ウィスパーには悪いことをしちまったな。早く見つけて謝らないといかんな。いずれにしろ、あんたがこの坊やを捕まえたんだな？　すばらしい。祝いと礼を言わせてくれ」彼はまた私の手を握って振った。「この市をすぐに発つつもりじゃないんだろ？」

「ああ、すぐにはね」

「それはよかった」と彼は私を力づけるように言った。

警察署を出ると、ブランチをとって、床屋で髪を切ってひげも剃ってもらい、サンフランシスコ支社に電報を打った。ディック・フォーリーとミッキー・リネハンふたりをパーソンヴィルに派遣してほしいと要請する電報だ。そのあと依頼人の家に向かった。

エリヒュー老は毛布にくるまり、陽あたりのいい窓辺に置かれた肘掛け椅子に坐っていた。節くれだった手を差し出し、息子を殺した犯人を捕まえたことについてまずは礼を言ってきた。私はとりあえず無難な受け答えをした。私の手柄をやけに早く知っていることについては何も訊かなかった。

「ゆうべおまえに渡した小切手も」と彼は言った。「おまえがやってくれたことを考えたら、ささやかな、並みの報酬だったな」

「報酬はすでに息子さんから充分もらってました」

「だったらおれのはボーナスと思ってくれ」

「コンティネンタル社にはボーナスや謝礼金の受領を禁じる規則がありましてね」

彼の顔が赤くなった。

「そんなものはどうでも――」

「あなたの小切手はパーソンヴィルの犯罪と腐敗の調査のために払われたものです。まさかお忘れじゃないですよね?」と私は言った。

「そういうことはもうどうでもいい」と彼は言って、いかにも馬鹿にしたように鼻を鳴らした。「ゆうべはふたりとも興奮していた。ゆうべ言ったことは取り消す」

「そうはいきません」

彼は悪態をいっとき撒き散らしてから言った。

「あれはおれの金だ。その金をろくでもないことに浪費するつもりはない。すでにおまえがやった仕事の報酬として受け取れないということなら、返してもらおう」

「怒鳴るのはもうやめてもらいたい」と私は言った。「私にはあなたに返せるものは何もない。仕事として引き受けた市の浄化以外には何も。それが取引きの条件です。だからあなたが受け取るのは調査の結果です。いずれにしろ、これであなたの息子さんを殺したのはあなたの仲間ではなくて、オルベリーだったことがわかって、ウィスパーがあなたの裏切りを手伝っていたわけではないことも明らかになった。さらに、息子さんが亡くなったことによって、新聞が汚れたものを掘り起こす心配もなくなった。そのことをあなたはみんなに約束できるようにもなった。すべてが都合よく収まり、市にはまた平和が戻った。

私はあなたにこのまえ言いましたよね、大方そんなふうになるんじゃないかって。だから私はあなたを操ったんです。あなたは私にうまく操られたんです。小切手はもう支払い保証がされてるから、支払いを止めることはできません。あなたの手紙には契約書ほどの効力はないとしても、その効力をなくすには裁判所に持ち込まなきゃならない。そういうことで世間の注目を集めたいのなら、どうぞやればいい。目一杯注意が集まるようにこっちも手伝いましょう。

ゆうべあなたの手下のでぶ署長は私をひそかに殺そうとしました。なんとも腹立たしいことにね。私もそう高潔な人間じゃない。だから、そのことのためだけでも署長を破滅させたいところです。でも、とりあえず今は私なりに愉しませてもらおうと思っています。自分のやりたいことに使える一万ドルというあなたの金もあることだし。その金をポイズンヴィルの咽喉元から足首まで切り裂くのに使おうと思ってます。調査報告書はできるかぎり定期的に見せられるようにします。あなたにも愉しんでもらえたら嬉しいんで」

そう言って、私は彼の家を出た。彼は口をきわめて私を罵った。その罵声はまるで油で揚げられたみたいに、しばらく私の頭のまわりでじゅうじゅうと音をたてていた。

8　キッド・クーパーに関する裏情報

ドナルド・ウィルソンの件に関する三日分の報告書を書くのに午後の大半を費やし、そのあとも坐ったまま、ファティマを吸いながら、エリヒュー老のことを夕食の時間になるまで考えた。

ホテルの食堂に行き、マッシュルームを添えたランプステーキに決めたところで、誰かが私の名前を呼んでいるのが聞こえた。

呼び出していたそのボーイのあとについて、ロビーに設置された電話ブースまで行って電話に出ると、受話器からダイナ・ブランドのけだるい声が聞こえてきた。

「マックス・ターラーがあんたに会いたがってる。今夜、来られる？」

「場所はあんたのところか？」

「そう」

行くと約束して、食堂に戻り、食事を終えると、表通りに面した自室のある五階に上がった。ドアの鍵を開け、中にはいって明かりをつけた。

それと同時に、弾丸が飛んできた。私の頭のすぐ近くのドア枠に穴があいた。

さらに何発か飛んできて、ドアに、ドア枠に、壁に穴をあけたが、そのときには私はもう、窓から死角になる安全な隅に頭を移動させていた。

通りの反対側には四階建てのオフィスビルが建っており、そこの屋上が私の部屋の窓の高さより少し高いところにあった。こっちの明かりはついている。そういった状況下で外をのぞき見ようとするのはあまり賢いこととは言えない。

電球を割るものが何かないかと探し、ギデオン聖書を見つけた。それを投げつけると、電球が割れ、こっちも暗くなった。

銃撃はもうやんでいた。

窓辺まで這っていき、眼の高さが窓敷居の高さを越えないよう気をつけて膝立ちした。通りの反対側の建物の屋上は暗く、高すぎ、屋上のへりより向こうは見えなかった。片眼で十分間スパイ活動をして得られたのは、首の凝りだけだった。

電話のところまで行き、フロントの若い女にホテル探偵を寄こすよう頼んだ。

やってきた探偵は白い口ひげをたくわえた、でっぷりとした男で、子供みたいな未発達なまるい額をしていた。そんな額をより大きく見せたいのか、やけに小さな帽子を後頭部にのせていた。名はキーヴァー、銃撃に興奮しまくっていた。

ホテルの支配人もやってきた。こいつも肉づきのいい男だったが、表情も声も態度も注意深く自制して、少しも取り乱していなかった。「しょっちゅう耳にするようなことではありませんが、といってもちろん、心配しなければならないようなことでもありません」とでも言わんばかりの顔をしていた。パフォーマンス中に仕掛けが壊れ、街頭で〝奇蹟〟を起こすのに失敗した行者みたいな。

新しい電球に取り替え、あえて明かりをつけ、銃痕を数えてみた。十個あった。

警官が来て、すぐに出ていき、しばらくしてまた戻ってきた。狙撃現場にはいかなる痕跡も残っていなかったということだった。ヌーナン署長が電話をかけてきて、現場捜査の責任者である巡査部長と話をしてから、私と話した。

「今、聞いたよ。撃たれたんだってな」と彼は言った。「こんなことをするやつの心あたりはないか?」

「見当もつかない」

「一発もあたらなかったのか?」

「ああ」

「まあ、それはよかった」と彼は心を込めた口ぶりで言った。「そいつが誰だったにしろ、必ず捕まえてやる。それだけは請け合うよ。警官をふたりほど残していこうか、念のために?」

「いや、結構だ。ありがとう」

「要るならそう言ってくれて、こっちは全然かまわないんだが」と彼はさらに一押ししてきた。

「いや、ほんとうに大丈夫だ」

彼はできるだけ早く署に顔を出すことを私に約束させた。さらに、パーソンヴィルの警察は私の下僕のようなものであり、私に何かあれば、彼の人生もまた潰えてしまうといったようなことまで言った。そんな与太まで聞かされ、ようやく電話を切ることができた。

警察官は帰っていき、私は荷物を別の部屋に移した。そう簡単には弾丸が飛び込んでこない部屋に。そのあと着替えをして、囁くギャンブラーとの約束を守るため、ハリケーン通りに向かった。


ダイナ・ブランド自身がドアを開けた。今夜はそのふっくらとした大きな唇にきちんと紅が引かれていた。それでも茶色の髪はやはり手入れをする必要があり、分け目もいい加減だった。着ているオレンジ色のシルクのワンピースにはいくつかしみがついていた。

「まだ生きてたのね」と彼女は言った。「あんたって不死身なのね。はいって」

散らかった彼女の家の居間にはいった。ダン・ロルフとマックス・ターラーがカード遊びのピナクルをやっていた。ロルフは私に向かってただうなずいてみせ、ターラーは立ち上がって私と握手した。

そして、そのしゃがれた囁き声で言った。

「ポイズンヴィルに宣戦布告したそうだな」

「おれがしたんじゃない。この市の風通しをよくしたがってる依頼人がおれにはいるというだけのことだ」

「風通しを〝よくしたがってる〟じゃなくて〝よくしたがってた〟だろ？」と彼は坐りながら私のことばを正した。「そういうことならやめたらどうだ？」

一席ぶたざるをえなくなった。

「いや、やめない。ポイズンヴィルから受けたもてなしがどうにも気に入らないんでね。だからこの機会に借りを返そうと思ってる。あんたはまたギャンブルの仕事に戻り、これであんたの仲間はみんな元の鞘に収まるわけだ。すんだことはすんだことにして。だからあんたとしちゃ、そりゃもう放っておいてほしいところだろう。こっちももう放っておいてくれと一度は思ったよ。だからそのときに放っておいてもらえたら、今頃はもう汽車に乗ってサンフランシスコに帰ってただろう。だけど、放っておいちゃもらえなかった。あのでぶ署長にはことさら。あの男は二日のあいだに二回もおれの命を狙いやがった。それだけやられりゃ充分だ。今度はこっちがやつをずたずたにする番だ。それが、そう、まさにおれがこれからやろうとしてることだ。ポイズンヴィルはよく熟れてる。収穫してもいい頃だ。そういう収穫の仕事が好きでね。おれがこれからやるのはそういう仕事だ」

「命が持てばな」とターラーは言った。

「ああ」と私は認めて言った。「そう言えば、今朝新聞を読んでたら、ベッドでチョコレート・エクレアを食って、それを咽喉につまらせて死んだやつの記事が載ってたな」

「それも悪い死に方じゃないわね」とダイナ・ブランドがその大きな体を重厚なチェスターフィールド・ソファの上に横たえて言った。「ただ、そんな記事は今朝の新聞には載ってなかったけど」

彼女は煙草に火をつけ、マッチの燃えさしをソファの下の見えないところに捨てた。ロルフは意味もなくカードをずっと切りつづけていた。

ターラーが眉をひそめながらおれを見て言った。

「エリヒュー爺さんはあんたが一万ドルをおとなしくポケットに収めておいてくれることを望んだんだろ？　だったら、そのとおりすりゃいいようなもんだが」

「これでおれは性格がひねくれててね。殺されかけたんだ。黙ってるわけにはいかない」

「人を呪わば穴ふたつってな。でも、まあ、おれはあんたの味方だ。あんたのおかげでヌーナンにはめられずにすんだんだからな。だからなおさら言うんだが、こんなことは忘れて、サンフランシスコに帰ることだ」

「おれもあんたの味方だよ」と私は言った。「だからなおさら言うんだが、やつらとは手を切ることだ。やつらは一度あんたを裏切った。一度あることは二度ある。それよりなによりやつらはもう落ち目だ。事態が悪くならないうちに抜け出すことだ」

「おれは今も坐り心地がよすぎるほどの椅子に坐ってる」と彼は言った。「自分の世話は自分でできるよ」

「かもしれない。だけど、うしろ暗い金儲けというのはそういつまでも続けられるものじゃない。そんなことはいちいちあんたに言うまでもないだろうが。甘い汁はもう充分吸ったんだろ？　今がひけどきだよ」

彼は黒い髪の頭を少しだけ振って言った。

「あんたはなかなかの男だよ。ほんとにそう思うよ。だけど、あんたにしてもやつらの結束にひびは入れられない。それほどの結束なのさ。揺さぶりだけでもかけられると思ったら、おれはあんたにつくよ。おれがヌーナンのことをどう思ってるかは言うまでもないだろ？　だけど、あんたにしても無理だ。やめとくことだ」

「いや。エリヒュー爺さんの一万ドルの最後の五セントを使いきるまでやるつもりだ」

「だから言ったでしょ、この人は道理なんか言ったって聞かないクソ石頭なんだから」とダイナ・ブランドがあくびまじりに横から言った。「このあばら家には何か飲むものはないの、ダン？」

ロルフはテーブルから立ち上がると、部屋を出ていった。

ターラーが肩をすくめて言った。

「だったら好きにやりな。やり方もちゃんとわかってるなら。それはそうと、明日の夜、ボクシングを見にいかないか？」

それも悪くない、と私は答えた。ダン・ロルフがジンとつまみを持って戻ってきた。私たちはそれぞれ二杯ずつ飲んだ。ボクシングの話になって、〝私 vs ポイズンヴィル〟のことはもう話題にはならなかった。ターラーは明らかに私を説得するのをあきらめたようだった。と言って、私の頑固さに気を悪くしたふうでもなかった。それどころか、明日のボクシングに関する信用できそうな裏情報を教えてくれた。メインイヴェントで、キッド・クーパーが六ラウンドでアイク・ブッシュをノックアウトすることを覚えていたら、いくら賭けても損はないということだった。ターラーは何もかもよくわかっているようで、その情報はダイナとロルフには新しい知らせでもなんでもないようだった。

私は十一時過ぎに辞去した。途中、何事もなくホテルに戻った。

9 黒いナイフ

翌朝、眼が覚めるなり、アイディアが浮かんだ。パーソンヴィルの人口はせいぜい四万ほどだ。そんな市(まち)で噂を広めるのはそうむずかしいことではない。私は十時にはもう広めていた。ビリヤード場で広めた。葉巻屋でももぐり酒場でもソフトドリンクの店でも街角でも——ひとりかふたりぶらぶらしているやつがいたらそいつらにも広めた。こんなふうに。

「マッチ、持ってるかい？……ありがとう……今夜、ボクシングを見にいく？……聞いた話だが、ブッシュは六ラウンドに八百長でノックアウトされるんだってな……これはガセじゃないぜ。だってウィスパーから聞いたんだから……そうとも、蛇(じゃ)の道は蛇(へび)ってわけ」

人は裏情報が好きだ。それにウィスパーの名前がからめば、パーソンヴィルではその情報はとびきりのものになる。噂はうまく広まってくれた。おれが伝えた男の半分はおれと同じくらい熱心に広めてくれた。そう、自分がそういう情報を知っていることを見せびらかしたいがために。

私が始めたときの賭け率は七対四でブッシュのほうが優勢で、ブッシュがノックアウトするという賭け率は二対三だった。それが二時になる頃には、どこの店でも一対一以上の賭け率を提示しなくなり、三時半にはキッド・クーパーのほうが二対一で逆に優勢になった。

最後にはいった簡易食堂でも、ホット・ビーフ・サンドウィッチを食べながら、ウェイターと二、三人の客に教えてやった。

店を出ると、男が戸口で私を待っていた。ガニ股で、豚みたいにまえに長く突き出した顎をした男で、私に軽く会釈(えしゃく)すると、横に並んでついてきた。爪楊枝を口にくわえ、私の顔を横目でちらちら見ながら。角まで来ると、男は言った。

「そうじゃないことをおれは知ってるんだよ」

「なんの話だ?」と私は訊き返した。

「アイク・ブッシュがやられるって話だ。そんなことにはならないっておれはちゃんと知ってるんだよ」

「だったら何も心配することはないだろうが。ただ、賢いやつらは賭けた金の半分しか儲からなくてもクーパーに賭けてる。ブッシュがクーパーに殴られるままになったりしなきゃ、クーパーもそれほど強いわけじゃないんだけどな」

豚顎野郎はぐじゃぐじゃになった爪楊枝を吐き出すと、黄色い歯を剝き出しにして私に食ってかかってきた。

「ブッシュ本人からゆうべ聞いたんだよ。クーパーなんぞ屁でもないって。ブッシュがおれにそんな仕打ちをするわけがないだろうが――このおれに」

「ブッシュとは友達なのか？」

「そういうわけでもないけど。だけど、やつにだってわかってるんだよ、おれがひとこと――なあ、ほんとなのかよ、ウィスパーがあんたにそう言ったってのはほんとなのかよ？　掛け値なしで？」

「ああ、掛け値なしで」

彼は恨みがましく悪態をついた。「おれはあのネズミ野郎がそう言うからなけなしの三十五ドルを賭けたんだ。おれがその気になりゃあいつをムショ送りに――」男はそこでいきなり口をつぐみ、通りに眼をやった。

「なんでムショ送りにできるんだ？」と私は尋ねた。

「なんでもだ」と彼は言った。「いや、なんでもない」

私はほのめかした。

「ブッシュの弱みを握ってるなら、ちょいと話し合う価値はあるかもしれない。おれとしちゃブッシュに勝たせてやっても全然かまわないんだ。何か利用できるものを持ってるのなら、それをブッシュにぶつけて何が悪い？」

男は私を見て、歩道を見た。それからヴェストのポケットを探って、新しい爪楊枝を取り出すと、口にくわえてもごもごと言った。

「あんた、誰だ？」

おれはハンターだかハントだかハンティンソンだと名乗り、男の名前を尋ねた。男はマクスウェインといった。ボブ・マクスウェイン。その名が本名であることは市の誰に訊いてくれてもいい。男はそうも言った。

私はあんたを信じると言って、持ちかけた。

「どう思う？　ブッシュに揺さぶりをかけるというのはどうかな？」

マクスウェインの眼に小さな鋭い光が一瞬宿り、すぐまた消えた。

「駄目だ」彼は大きく息を吸ってから言った。「おれを見くびらないでくれ。そんなことは絶対――」

「あんたは絶対にやらない、人に騙されること以外はどんなことも絶対にな。なあ、マクスウェイン、あんたは彼に何もしなくていいんだ。ネタをくれ。そうすりゃおれがそのネタをうまく料理してやる――それがちゃんとしたネタなら」

マクスウェインはしばらく考えた。唇を舐めた拍子に爪楊枝が落ち、コートの前身頃にくっついた。

「おれがこのことに一枚嚙んでるなんて、絶対言うんじゃないぜ。いいな？」と彼は言った。

「おれはここの人間だ。そんな話が洩れたら、もうここにいられなくなる。それと、やつを警察に突き出したりはしないだろうな？　このネタを利用するのは、あくまでやつに真面目に闘わせるためだ。いいな？」

「もちろんだ」

彼は私の手を勢い込んでつかむと、念押しした。

「神に誓うか？」

「誓う」

「ブッシュのほんとの名はアル・ケネディ。二年まえフィラデルフィアで起きたキーストーン信託銀行襲撃事件に関わってたんだよ。シザーズ・ハガティ一味のギャングが銀行の使い走りをふたり殺した事件だ。アルが殺したわけじゃない。が、その事件に関わってたことには変わりない。フィラデルフィアじゃ、アルはよく殴り合いの喧嘩をやってたそうだ。いずれにしろ、ほかの仲間は捕まったが、アルは逃げた。だから、こんな田舎に身をひそめてるんだよ。だから、新聞にもカードにも顔写真を載せさせないんだよ。だから、ボクシングは超一流なのに、こんなところでくすぶってるんだよ。わかったかい？　このアイク・ブッシュというのは、実はキーストーンの件でフィラデルフィアの警察が追っかけてるアル・ケネディなのさ。わかったかい？　やつは銀行――」

「わかった、わかった」私はマクスウェインのメリーゴーラウンドを止めて言った。「お次はどうやっておれたちが彼に会うかだ。どうやる？」

「やつはユニオン通りのマクスウェル・ホテルに泊まってる。今頃は試合に備えてそこで体を休めてるんじゃないかな」

「何に備えてだ？　今は闘うつもりがないんだぜ。まあ、これからおれたちがその気にさせるわけだが」

「おれたち、おれたち！　どこからそんなに〝おれたち〟が出てくるんだ？　あんた、言ったよな――誓ったよな、おれの名前は出さないって」

「ああ」と私は言った。「今思い出したよ。アルというのはどんな男だ？」

「髪は黒で、どちらかというとすらりとしてて、耳が片方つぶれてて、眉毛がまっすぐ横に生えてる。話をしても乗ってくるかどうかわからないがな」

「それは任せてくれ。あとでどこで会う？」

「マリーの店にいるよ。おれの名前は絶対出すなよ――これは約束だからな」


マクスウェル・ホテルはユニオン通りに十軒ほどあるホテルのひとつで、店舗と店舗のあいだに狭いドアがあり、みすぼらしい階段を二階に上がると、そこがフロントになっていた。フロントといっても廊下が広くなっただけのような場所で、ペンキの剝げた木のカウンターの向こうに、同じくペンキの剝げた鍵と郵便物のラックがあった。カウンターの上には真鍮のベルと手垢に汚れた宿帳が置かれていたが、係は誰もいなかった。

八日分さかのぼると、宿帳にアイク・ブッシュの名前があった。住所はソルトレイク・シティ。部屋番号は二一四。ラックのその番号の棚には何もはいっていなかった。さらに少し階段をのぼり、その番号が書かれたドアをノックした。なんの応答もなかったので、あと二回か三回試して、階段に戻りかけた。

誰かが上がってきた。誰が上がってきたのか見きわめようと、階段のてっぺんで待った。相手がどうにか見える程度の明かりはあった。

アーミーシャツにブルーのスーツ、グレーの帽子といった恰好のすらりとした筋肉質の男だった。眼の上の眉が横にまっすぐに伸びている。

私は声をかけた。「やあ」

彼は立ち止まることも何かことばを発することもなく、ただうなずいた。

「今夜は勝つかい？」

「勝つつもりだ」と男は簡潔に答え、私の脇をすり抜けた。

彼の部屋まで彼を四歩歩かせたところでまた声をかけた。

「勝ってほしいね。あんたをフィラデルフィアに送り返したくはないからな、アル」

彼はもう一歩歩いてから、ゆっくりと体を反転させ、肩を壁についてもたれ、眼を眠そうにしてうなるように言った。

「はあ？」

「六ラウンドにしろ何ラウンドにしろ、あんたがキッド・クーパーみたいなへなちょこボクサーにやられたりしたら、おれは相当気分を害するからな」と私は言った。「だからそういうことはしないでくれな、アル。あんただってフィラデルフィアに帰りたくはないだろ?」

若いアルは顎を引いて私に向かってきた。そして、腕が届くところまで来ると立ち止まり、左半身を少しまえに出した。両手は両脇に垂らしたまま。私の手は両手ともコートのポケットの中だった。

彼は繰り返した。「はあ?」

私は言った。

「これだけ覚えておいてくれ——アイク・ブッシュが今夜勝たなきゃ、アル・ケネディは明日の朝、東行きの汽車に乗せられることになるだろうって」

彼はほんの一インチ、左肩をもたげた。私はポケットの中で銃を動かした、相手に充分伝わるよう。うなるように彼が言った。

「おれが勝たないなんて話をどこで仕入れた?」

「ただ聞きかじっただけだ。まあ、ほんとだとは思わなかったがな。フィラデルフィア行きの列車の切符のこと以外は」

「おれはおまえの顎を砕くべきなんだろうな、このクソでぶ」

「だったら今やったほうがいい」と私は言ってやった。「なぜって、今夜勝てば、もうおれに会うことはないだろうから。負けたら、また会うことになるだろうが、そのときにはあんたは両手とも自由が利かなくなってるからな」

マクスウェインはブロードウェーのビリヤード場、マリーの店にいた。

「会って話せたか？」と彼は訊いてきた。

「ああ。話はついた――やつが慌てて市を出たり、やつの背後にいる野郎にしゃべったり、おれの話になんの関心も示さなかったり、なんてことがないかぎり――」

マクスウェインはかなり神経質になっているようで、私に警告した。

「あんたも用心したほうがいいぜ。邪魔になったらやつらはあんたを消すかもしれない。やつは――おれは今からちょっとそこまで行って、人に会わなきゃならない」彼はいきなりそう言うと店を出ていった。


ポイズンヴィルのそのボクシングの試合は木造の大きな元カジノで行なわれた。街はずれにあり、カジノのまえは遊園地だった場所だ。八時半に着くと、まるで市じゅうの人間が集まってきたかのようだった。大変な数の観客がメインフロアにぎっしりと並べられた折りたたみ椅子に、肩を寄せ合って坐っていた。貧弱なバルコニーのベンチはさらにぎゅう詰め状態だった。

煙。におい。熱気。騒がしさ。

私の席はまえから三列目のリングサイドだった。そこまで歩く途中、さほど遠くない通路側の席にダン・ロルフが坐っているのが見えた。その隣りにダイナ・ブランド。やっと髪を整えたようで、ウェーヴがかかっていた。また、着ているグレーの毛皮のコートも見るからに高価そうな代物だった。

「クーパーに賭けた？」挨拶を交わしたあと、ダイナが訊いてきた。

「いや。そっちはたっぷり賭けたのか？」

「賭けたいと思ったほどは賭けなかった。オッズがもっとよくなるんじゃないかと思って様子を見てたんだけど、そしたらとんでもないことになっちゃったでしょ？」

「市（まち）じゅうの誰もが八百長でブッシュが負けることを知ってるみたいだ」と私は言った。「四対一なんてオッズなのに百ドル賭けてるやつをさっき見かけたよ」私はロルフ越しに上体を屈め、グレーの毛皮のコートの襟に隠れた彼女の耳に口を近づけて囁いた。「あの話は流れた。まだ時間のあるうちに賭け直したほうがいい」

　血走った彼女の眼が大きくなった。そして暗くなった。不安に、欲に、好奇心に、疑惑に負けて。

「ほんとうなの？」そう訊き返した彼女の声はかすれていた。

「ああ」

　彼女は口紅を塗った唇を噛み、眉をひそめ、また訊いてきた。

「その情報、どこで仕入れたの？」

　私は答えなかった。彼女はさらに唇を噛み、訊いてきた。

「それにはマックスもからんでるの？」

「彼とはあのあと会ってない。彼も来てるのか？」

「と思うけど」と彼女は答えたものの、見るからに心ここにあらずといった体で、どこか遠くを見ていた。まるで何かを数えてでもいるかのように唇を動かしていた。

私は言った。「どっちにしろ、好きにすればいい。ただ、これはまちがいないよ」

彼女は身を乗り出して私の眼をじっとのぞき込んだ。そして、歯を合わせ、かちりと鳴らすと、バッグを開け、コーヒーの缶ぐらいの大きさの札束を取り出して、その一部をロルフに押しつけた。

「ダン、これだけブッシュに賭けて。まだ一時間あるから、賭け率をよく見きわめてから賭けて」

ロルフは金を受け取り、言われた用を足しに席を離れた。私は彼の席に坐った。私の前腕に手を置いて彼女が言った。

「あのお金をあたしに損させたりしたら、あんた、泣きを見るわよ」

私は彼女がとんでもなく愚かなことを言ったような顔をしてやった。

寄せ集め同士の前座の四回戦が続いた。ターラーを探しつづけたが、どこにもいなかった。ダイナは私の横で体をもぞもぞさせていた。試合にはほとんど注意を払っていなかった。私がその情報をどこで仕入れたのか問い質すことと、これがうまく行かなかったらどういうことになるか、地獄の業火(ごうか)のような激しい呪いのことばで私を脅すこと、自分の時間はすべてそのどちらかに振り分けていた。

セミファイナルの試合中、ロルフが手にいっぱいの券を持って戻ってきて、それを彼女に渡した。私が自分の席に戻ろうとすると、穴のあくほどその券を見つめ、その眼を上げることもなく言った。

「試合が終わったら、外で待ってて」

私が自分の席に腰をすべり込ませたところで、キッド・クーパーがリングに上がってきた。麦藁色の髪にがっしりとした体格。血色のいい若造だった。ただ、顔はつぶれており、ラヴェンダー色のトランクスの上の腹のまわりに贅肉がつきすぎていた。アイク・ブッシュ、またの名をアル・ケネディは、反対側のコーナーからロープをくぐってリングインした。彼のほうが体はよく見えた――すらりとしていながら、筋肉が畝になってすじをつくっていた。ただ、その顔は青ざめ、不安げだった。

ふたりはリングアナウンサーに紹介されると、レフェリーからのお定まりの注意を受けるためにリング中央まで行き、そのあとまたコーナーに戻ってガウンを脱いだ。そして、ふたりともロープにもたれて腹筋を伸ばした。ゴングが鳴り、試合が始まった。

クーパーは不器用を絵にしたようなへぼボクサーだった。あたれば効果はありそうな、大振りのフックを左右両方放つことができたが、脚が二本ありさえすれば誰でもよけられるようなパンチだった。一方、ブッシュには気品すらあった――脚もよく動き、なめらかでスピードのある左を出すことができ、右もすばやく引くことができた。このスリムなボクサーがその気になっていたら、クーパーを同じリングに上げるだけで犯罪行為というものだ。しかし、ブッシュにその気はなかった。勝とうとはしていなかった。手をフルに使ってむしろ勝つまいとしていた。

クーパーはベタ足でよちよちリングを動きまわり、照明器具からコーナーポストまであらゆるものに大振りのフックを振るっていたが、振りまわしてたまたまあたれば儲けものとでもいった按配だった。ブッシュはさかんに出はいりを繰り返し、叩き込むつもりになったらいつでもクーパーの赤ら顔にグラヴを叩き込んでいたが、そのパンチには力も心もまるで込められていなかった。

　そんな試合を見せられ、客たちは一ラウンドが終わるまえから早くもブーイングを始めた。二ラウンドも相変わらずしょっぱかった。こっちはそうそう落ち着いてはいられなくなった。見るかぎり、私との話し合いがブッシュにはなんの影響も与えていないかのように見えた。ダイナ・ブランドがしきりと私の注意を惹こうとしているのが視野の隅に見え隠れした。熱くなっていた。私は努めて彼女の様子に気づかないふりをした。

　三ラウンドもルームメート同士のなれ合いが続き、「そいつらをつまみ出せ」だの「相手にキスしてやったらどうだ?」だの「ちゃんとファイトさせろよ」といったヤジが客席から飛び交いはじめた。ボクサー・ワルツに乗って、ふたりが私がいる側のコーナーにやってきたとき、客のブーイングがいっときやんだ。

　その機を逃さず、私は手をメガホンがわりにして叫んだ。

「アル、とっととフィラデルフィアに帰りやがれ」

　そのときブッシュは私に背を向けていた。クーパーと揉み合っていた。が、そこで体を入れ替えると、クーパーをロープに押しつけた。ブッシュと目が合った。

　会場のどこか別の場所から別の声がした。

「アル、とっととフィラデルフィアに帰りやがれ」

たぶんマクスウェインだろう。

むくんだ顔を起こして、私の横にいた酔っぱらいも同じことばをわめいた。そいつはそのあとそれが何か上出来のジョークだったかのように大笑いした。それにほかのやつも加わった。理由もわからず。それでもそれがブッシュを苛立(いらだ)たせたのにちがいない。

眉の黒い一直線の下で彼の眼がぎょろぎょろと左右に動いた。

そのとき、クーパーの大振りのフックがブッシュの顎の横にまぐれあたりした。

ブッシュはレフェリーの足元に倒れた。

レフェリーはたったの二秒でファイヴ・カウントを取った。が、そこでゴングが鳴った。

私はダイナ・ブランドを見やり、声をあげて笑った。ほかにできることはなかった。彼女も私を見たが、笑わなかった。ダン・ロルフほどにも青白い顔をしていた。そして、彼よりはるかに怒っていた。

ブッシュのセコンドはブッシュをコーナーまで引きずっていき、マッサージをするにはしたが、それは形ばかりのもので、ブッシュは眼を開けると、自分の足をじっと見た。ゴングが鳴った。

キッド・クーパーはトランクスを引き上げながら、よたよたとまえに出てきた。ブッシュはへぼクーパーがリング中央に来るまで待ってから闘いに備えた。すばやく。

ブッシュの左のグラヴが下におろされ、クーパーの腹にめり込んだ。実際、グラヴが見えなくなるほど。クーパーは「うぐ」という声を咽喉から洩らし、体をふたつに折ってあとずさった。

ブッシュはすかさず右のストレートをクーパーの口に、さらに左をクーパーの腹に沈めた。クーパーはまた「うぐ」という声を洩らし、膝をがくがくさせた。

ブッシュはクーパーの側頭部に一発ずつパンチを浴びせ、右手を曲げ、長い左でクーパーの顔面を慎重に押して打ちやすい位置に置き、自分の顎の下から右のパンチをクーパーの顎にまっすぐに叩き込んだ。

会場にいた誰もがそのパンチの痛みを感じ取ったことだろう。

クーパーはマットに倒れ、一度バウンドして動かなくなった。レフェリーは今度は三十秒かけてテンカウントを取った。三十分かけても同じだっただろう。キッド・クーパーは失神していた。

どうにかようやくカウントを数え終えると、レフェリーはブッシュの手を上げた。ふたりとも幸せそうな顔はしていなかった。

何かきらりと光るものが私の眼をとらえた。小さなバルコニーのひとつから縞々で銀色の小さなものが斜めに飛んできた。

女の悲鳴が聞こえた。

縞々で銀色の小さなものはリングの上でその飛行をやめた。どすんともぷつんとも聞こえる音とともに。

レフェリーから腕を振りほどくようにして、アイク・ブッシュがキッド・クーパーの上にくずおれた。ナイフがブッシュのうなじに突き刺さっていた。その黒い柄が見えた。

10 求む、犯罪報告――犯罪者については男女を問わず

三十分後、会場を出ると、ダイナ・ブランドが小型のマーモンの運転席に坐っていた。道路に立っているターラーと話していた。

角張った顎を突き出し、赤い大きな口でことばを紡ぎ出していた。口角に刻まれた深くて厳しい皺ともども、その赤い大きな口がいかにも無慈悲に見えた。

ターラーのほうも彼女と同じくらい不機嫌そうだった。その可愛い顔もオークのように黄ばんでざらついていた。動いている唇が紙のように薄く見えた。

なんとも愉しそうなファミリー・パーティだった。彼女に見つかり、大声でこんなことを言われなければ、ふたりに加わってはいなかっただろう。

「なんとなんとね。絶対来ないと思ってたわ」

私は車のところまで行った。ボンネット越しにターラーが私を見た。およそ友好的な態度とは言えなかった。

「ゆうべ、おれは警告したよな。サンフランシスコに帰りなって」彼の囁き声がほかの人間の

どんな叫び声より耳ざわりに聞こえた。「同じことをもう一度言ってやるよ」

「何はともあれ、ありがとう」そう言って、私は車に乗り込み、ダイナの横に坐った。

「これはおまえがおれをコケにした最初じゃない。最後だ」

ダイナはエンジンをかけると、うしろを振り向き、肩越しに彼にさえずった。

「もうくたばっちゃったら、マイ・ダーリン！」

街中にはいった。

「ブッシュは死んだの？」ブロードウェーに車を乗り入れると、ダイナが言った。

「まちがいなく。仰向けにしたら、ナイフの切っ先が咽喉から出ていた」

「彼らを裏切るとどういうことになるか、わかっていてもよかったのにね。何か食べない？　あたし、今夜の試合で千百ドル近く儲かっちゃった。あの人はそれが気に入らないみたいだけど。まあ、それはそれで気まずいことではあるけどさ。あんたはどうだったの？」

「おれは賭けなかった。しかし、あんたのマックスとしちゃ、そりゃ気に入らないだろうな」

「賭けなかった？」と彼女は大きな声を出した。「あんた、どこまで馬鹿なの？　ああいうことが仕組まれてることを知っていながら賭けなかったなんて、そんな人がいるなんて聞いたことがないわよ」

「ほんとうに仕組めたかどうか確信が持てなかったんだ。いずれにしろ、ウィスパーはこのなりゆきを面白く思っちゃいない。だよな？」

「そりゃそうでしょうが。しこたますっちゃったんだから。なのに、あたしのほうは賢くも勝ち組に乗り替えたんだから。それで頭にきちゃってるのよ」彼女は中華料理店のまえに乱暴にマーモンを停めた。「でも、あんな男なんかくそ食らえよ。あんなチビのはったり賭博師なんか」

彼女は潤んで光る眼にハンカチをあてて、車を降りた。

「ああ、お腹すいた」私の腕を引っぱりながら歩道を横切って言った。「炒麺(チャウメン)を一トンほどおごってくれる?」

一トンは食べなかったものの、それでも彼女は自分の山盛りの一皿と私の分も半分たいらげた。車に戻り、彼女の家に向かった。

ダン・ロルフはダイニングルームにいた。彼のまえのテーブルにはウォーターグラスとラベルのない茶色の瓶が置かれていた。ロルフは背すじを伸ばして椅子に坐り、瓶をじっと見つめていた。部屋にはアヘンチンキのにおいが漂っていた。

ダイナ・ブランドはコートを脱ぐと、半分は椅子の上に、半分は床の上に放り、ロルフに向けて指を鳴らして、じれったそうに言った。

「お金はもう受け取った?」

彼は瓶から眼をそらすこともなく、上着の内ポケットから札束を取り出してテーブルに放った。ダイナはその札束を取り上げると、二度数え、唇を鳴らし、バッグに押し込んだ。

それからキッチンに行って氷を割りはじめた。私は椅子に坐って煙草に火をつけた。ロルフは相変わらず瓶を見ていた。私にも彼にもお互い話すことはなさそうだった。しばらくしてダイナがジンとレモンジュースと炭酸水と氷を持って戻ってきた。

　ふたりで飲んだ。ダイナがロルフに言った。

「マックスは滅茶苦茶怒ってる。あんたが最後の最後でブッシュに賭けたのを聞きつけたのよ。で、あのちっちゃなモンキーはあたしが裏切ったって思ったみたい。だったらあたしはどうすりゃよかったのよ？　あたしがやったのはいくらかでも分別がある人なら誰でもやることよ。誰だって勝ち組になりたいでしょうが。仕組まれてたことにはあたしはなんの関係もないんだから。赤ん坊みたいにきれいなものさ。でしょ？」と彼女は私に訊いた。

「ああ」

「もちろんそうよ。でも、マックスがほんとに気にしてるのはさ、ダンがあたしのお金だけじゃなくて、マックスのお金もブッシュに賭けて、結局、マックスも儲けたんじゃないかって、人に思われることなのよ。そのことをなにより心配してるのさ。まあ、それは運が悪かったとは思うけどさ。でも、彼なんかどうなろうとあたしの知ったこっちゃないわ、あんなシラミたかりのチビ助なんか。今はとにかくもう一杯飲みたい気分」

　そう言って、彼女は自分のグラスと私のグラスにジンを注ぎ足した。ロルフは一杯目にまだ口をつけていなかった。相変わらず瓶を見つめていた。彼が言った。

「そりゃそういうことをされて、彼が喜ぶなんてことは、きみにしても期待するのは無理だろうな」

　ダイナは顔をしかめ、不快げに言った。

「あたしが期待したいって思ったら、なんだってできるの。それにあたしにあんな口を利くなんて。そんな権利はあの人にはないの。あたしは彼に飼われてるんじゃないんだから。もしかして彼がそんなふうに思ってるのなら、そうじゃないことを思い知らせてやるだけよ」彼女は酒を呷り、テーブルに叩きつけるようにしてグラスを置くと、椅子の上で体をねじって私のほうを向いた。「あんたがエリヒュー・ウィルソンの一万ドルをこの市の浄化に使うっていうのはほんとの話？」

「ああ」

血走った彼女の眼が貪欲にぎらりと光った。

「もしあたしがあんたのその仕事を手伝ったら、一万ドルのうちの何ドルかは――？」

「そんなことはきみにはできないよ、ダイナ」とロルフが言った。その声は不明瞭だったが、やさしげで、それでいてきっぱりとしていた。大人が子供を諭しているかのような声音だった。

「それはあまりに汚いよ」

ダイナはゆっくりとロルフに顔を向けた。ターラーと話していたときと同じような口元になっていた。

「あたしがこの人の手伝いをしたら、それはあまりに汚いことになるって、あんた、今そう言ったの？」

彼は何も言わなかった。瓶から眼を上げようともしなかった。彼女の顔が赤くなった。いかつく残忍な顔になった。ただ、声はやさしく甘かった。

「肺にちょっと病気を抱えてるからって、あんたみたいな高潔な紳士があたしみたいな汚い尻軽女と一緒にいなくちゃならないなんて、ほんと返す返すも気の毒なことよね」

「肺病は治る」と彼はおもむろに言って立ち上がった。頭のてっぺんまでアヘン漬けになっていた。

ダイナ・ブランドは弾けるように椅子から立ち上がると、テーブルのまわりをまわって彼のところに行った。彼はとろんとした眼でぼんやりと彼女を見た。彼女は自分の顔を彼の顔に近づけて言った。

「今のあたしもあんたにとってあまりに汚い女？」

ロルフは抑揚のない声で言った。

「おれは友達をこの男に売るのはあまりに汚いって言ったんだ。それはどう考えてもそのとおりだろうが」

彼女は彼の細い手首をつかむと、ねじり上げ、彼に膝をつかせた。そして、もう一方の手で彼のこけた頬を平手で叩いた。両頬をそれぞれ六回ずつ。そのたびに彼の頭が揺れた。自由が利くほうの手を上げて顔を守ることもできただろうに、彼はそうはしなかった。

彼女は手首を放して彼に背を向けると、ジンと炭酸水に手を伸ばした。笑みを浮かべていた。あまり好きにはなれない笑みだった。

ロルフは眼をぱちくりさせながら立ち上がった。彼女につかまれた手首が赤くなっていた。顔も赤くなっていた。背すじを伸ばし、とろんとした眼で私を見た。

無表情なところは顔も眼も変わっていなかった。自分のコートの下に手を伸ばすと、黒いオートマティックを取り出した。そして、それを私に向けて撃った。

ただ、震えた手では速さにも正確さにも欠けた。私には彼にグラスをぶつけるだけの余裕があった。そのグラスは彼の肩にあたり、彼が撃った弾丸(たま)は上に大きく逸れた。

彼が二発目を撃つまえに私は跳んだ。彼に向かってジャンプし、銃を叩いて下に向けさせた。二発目の弾丸(たま)は床にめり込んだ。

私は彼の顎に一発見舞った。彼は倒れ、そのままのびてしまった。

私は振り向いた。

ダイナ・ブランドは炭酸水の容器を持って、私の頭をぶっ叩こうとしていた。叩かれたら頭の骨ぐらいぐしゃりとなりそうな、充分重さのあるガラスのサイフォンだった。

「やめろ」と私は怒鳴った。

「何も気絶させなくてもいいでしょうが」と彼女は歯を剝き出して言った。

「もうすんだことだ。それより起こしてやったほうがよさそうだ」

彼女はサイフォンを置いた。私は彼女がロルフを二階の彼の寝室に運ぶのを手伝い、彼の眼が動きだしたのを見届けると、あとは彼女に任せて、階下(した)のダイニングルームに降りた。十五分後、彼女も降りてきた。

「彼は大丈夫」と彼女は言った。「でも、あそこまでしなくたって、あんたならもっと簡単にあしらえたんじゃないの?」

「ああ。だけど、おれは彼のためにやってやったんだ。なんで彼がおれを撃とうなんてしたか、わかるか?」

「あんたを撃てば、マックスを売る相手がいなくなるから?」

「ちがう。あんたが彼を手荒に扱うところをおれに見られたからだ」

「話が見えないんだけど」と彼女は言った。「だって、そういうことをしたのはあたしなのよ」

「彼はあんたに夢中だ。だけど、あんたがさっきみたいなことを彼にしたのはこれが初めてじゃない。彼の反応を見るかぎり、あんたに筋力で対抗しても無駄だということを彼は悟ってるみたいだった。だけど、あんたに顔を殴られるところをほかの男に見られるなんてことを彼が愉しんでると思ったら、それは大まちがいだ」

「あたしって男をよく知ってるって思ってた」と彼女はまるで愚痴をこぼすように言った。「でも、なんなの、まったくわかってなかったのね! 男って頭がおかしいのよ、どいつもこいつも!」

「だからちょいとぶっ叩いて、自尊心を取り戻させてやったんだ。わかるだろ、女に平手打ちを食らってるような情けない男じゃなくて、一人前の男として扱うことで」

「あんたがそう言うなら」と彼女はため息まじりに言った。「もう降参よ。飲むしかないわね」

またふたりで飲んだ。私は言った。

「ウィルソンの金からいくらか分けまえがもらえるなら、おれの手伝いをしてもいいと言ったね。分けまえならある」

「いくら?」

「いくらでも。あんたの働きによっていくらでも」

「曖昧(あいまい)ね」

「それはあんたの手助けも同じなんじゃないのか、というのがおれの考えだ」

「あら、そう? あたしはあんたをいっぱい助けてあげられる。だからあたしにはできないなんて思わないことね。あたしはこのポイズンヴィルって市(まち)をよく知ってる女よ」そう言って、グレーのストッキングを履いた膝を見た。そして、片脚をおれのほうに向けて振ってみせ、また怒って言った。「見て。また伝線してる。あんた、こんなの見たことある? まったくもう! もう裸足になるしかないわね」

「あんたは脚が太すぎるんだよ」と私は言った。「だから生地が無理に引っぱられるんだ」

「うるさいわねえ。もう黙って。そんなことよりこの村を浄化するって、いったいどんなことを考えてるのさ?」

「もし嘘をつかれたわけじゃないとすると、ポイズンヴィルを今のような甘く芳(かんば)しい泥沼にしちまったのは、ウィスパー、フィンランド人のピート、ルー・ヤード、それにヌーナンの四人だそうだ。エリヒュー爺さんにもその責任の一端はあるにしろ。しかし、だからといって、彼だけが悪いというわけでもなさそうだ。たぶん。それに、なんといっても彼は依頼人だからね。彼にはいくらか手心を加えてやろうと思ってる。

今のところ考えてるのは、なんでも掘り返して、彼らに関連づけられる汚い仕事を全部暴いたら、それを触れまわることだ。なんなら広告を出してもいい。〝求む、犯罪報告——犯罪者については男女を問わず〟ってな。やつらがおれの思ってるぐらいの悪なら、やつらを吊るせるネタのひとつやふたつ、見つけるのはそうむずかしくはないだろう」

「ボクシングの試合で八百長をやめさせたのはそのためだったの？」

「あれはただの実験だ——何が起こるか見るための」

「それがあんたたち〝科学的な探偵〟とかのやることなの？　あきれるわね、まったく。そういうことをやるのが非情で頑固なでぶ中年探偵だとしてもさ。そんないい加減なやり方、聞いたこともない」

「きちんと計画すれば、ただそれだけでうまく行くこともある。ただ引っ掻きまわすだけでうまく行くこともある——生き延びられるだけタフでいられて、結果が出たときには見たいものが見られるよう、ちゃんと眼を開けていられるようなら」

「もう一杯やりたくなった」と彼女は言った。

11　もってこいのスプーン

ふたりとももう一杯飲んだ。

彼女はグラスを置くと、唇を舐めて言った。

「掻きまわすのがあんたのやり方なら、だったら、もってこいのスプーンがあるんだけど。ヌーナンの弟のティムの話はもう聞いた？　二年ほどまえモック湖で自殺したんだけど」

「いや、知らない」

「知らなくて当然かもね。でも、ほんとは自殺したんじゃないのよ。マックスが殺したの」

「ふうん」

「ちょっとちょっと、ちゃんと起きてよ。これ、ほんとの話なんだからさ。ヌーナンはティムの父親がわりだったのよ。だからちゃんとした証拠をヌーナンに示せば、彼はしゃかりきになってマックスを追いつめるわ。あんたがやりたいのはそういうことなんでしょ？」

「ちゃんとした証拠があるのか？」

「ティムが死んだとき、ふたりの人間がそばにいたのよ。で、ティムは死ぬ直前そのふたりにマックスにやられたって言ったのよ。ふたりともまだ市(まち)にいるわ。ひとりはもうあまり長くはないみたいだけどさ。どうよ、これ？」

彼女はほんとうのことを話しているように見えた。もっとも、相手が女の場合――青い眼の女の場合はなおさら――そう見えることに必ずしもなんらかの意味があるとはかぎらないが。

「もっと聞こうじゃないか」と私は言った。「もっと具体的で詳(くわ)しいことを教えてくれ」

「いいわよ。あんた、モック湖に行ったことある？　このあたりの夏のリゾートなんだけどさ、峡谷の道を北に三十マイルほど行ったところにあるの。しけたところだけど、夏は涼しいの。だから人気があるのよ。去年の夏、八月の最後の週末のことよ。あたしはホリーって男と一緒だった。彼は今はもうイギリスに帰っちゃったけどさ。でも、それはあんたにはどうでもいいことよね。ホリーはこのことになんの関係もないから。でも、なんかお婆さんみたいな男でさ。面白かった——白いシルクのソックスを裏返しにして履くのよ。ほつれた糸で足を傷めないようにって。そう言えば、先週彼から手紙が来てたっけ。どこかその辺にあるはずよ。これもどうでもいい話だけどさ。

とにかくあたしたちはその湖畔にいて、マックスもいた。その頃よく遊んでた子と。マートル・ジェニソンとね。彼女は今、市立病院に入院してる。腎臓の病気で死にかけてるの。すらりとしたブロンドで、上品な感じの子よ。あたしはあの子が好きだった。ただ、飲むとどうしようもなく騒がしくなるんだけど、そんな彼女にティム・ヌーナンが首ったけだったのよ。でも、その夏、彼女のほうはマックス以外、誰ともつきあうわけにはいかなかった。

それでも、ティムはしつこく彼女につきまとった。ティムは大男で、見てくれも悪くないアイルランド男なんだけど、実際の話、頭が悪くてさ、ケチな悪党だった。お兄さんが警察署長ということだけで、なんとか世渡りができてるみたいな男だった。いずれにしろ、マートルにぞっこんなものだから、彼女の現われるところには、遅かれ早かれ必ずティムも現われた。でも、彼女はそういうことをマックスに告げ口したりしなかった。ティムのお兄さん、つまり警察署長との関係がまずくなるようなことをマックスにさせたくなかったのね、きっと。

その土曜日にはもちろんティムもモック湖にやってきた。マートルとマックスはふたりだけでやってきていて、あたしとホリーはその他大勢と一緒だった。それでも、マートルと話したら、彼女、ティムから手紙をもらったって言って、その手紙には、その夜ちょっとだけでもホテルの敷地内にある東屋で会ってほしい、会ってくれないと自殺する、なんて書いてあったんだって。ふたりで笑っちゃったわ——そんなの、嘘に決まってるんだから。あたしは彼女に行かないようにって言った。でも、彼女、けっこう飲んでいて、気分が高揚してたのね。今日こそはっきり言ってやるなんて言ったのよ。

その夜、あたしたちはみんなホテルでダンスをしてた。マックスもしばらく一緒だった。そのうち見かけなくなったけど。マートルはこの市の弁護士のラトガーと踊ってたんだけど、しばらくするとひとりでダンス会場の脇のドアから出ていった。あたしのそばを通るとき、あたしにウィンクしてみせたんで、あたしにはすぐにわかった。ティムに会いにいくんだろうって。でも、彼女がドアを出たのとほぼ同時に銃声が聞こえた。その音に注意を払った人は誰もいなかったけど。あたしもマートルとティムのことを知らなかったら、気づかなかったと思う。

それはともかく、あたしはホリーにマートルの様子を見てくるって言って、彼女のあとを追って会場を出た。ひとりだけで。マートルが出てから五分くらいは経ってたと思う。外に出ると、東屋のひとつのそばに明かりがともっていて、そこに人だかりができてた。あたしもそこまで行ってみると——こういう話をしてると、なんだかやけに咽喉が渇くわね」

私はそれぞれのグラスにジンをたっぷりと注いだ。彼女はキッチンに行き、炭酸水と氷を持ってきた。それでジンを割って飲んだ。改めて腰を落ち着けて、彼女は話を続けた。

「そこにはティム・ヌーナンがいた。こめかみに穴があいていて、彼の銃がその脇に落ちてた。

そこにはほかに十人ぐらい人がいて、ティムのまわりに立っていた。ホテルの人に、宿泊客に、ヌーナンの部下のひとりもいた。マクスウェインという刑事よ。マートルはあたしに気づくなり、あたしの腕を引っぱって人垣から離して、ちょっとした木立の陰まで連れていった。

そして言ったのさ。『マックスが殺したのよ。どうしよう?』って。

あたしはどういうことなのかって彼女に訊いた。そしたら彼女が言うには、銃が撃たれて光ったのが見えたんで、最初はほんとにティムが自殺したんだって思ったそうよ。まだ遠く離れてて、まわりは暗かったんで、それ以外は何も見えなかったみたい。それでも、ティムのところまで駆けていくと、ティムは転がりながらうめいてた——『彼女のことでこんなことまですることはないのに。おれだって——』って。そのあとは聞き取れなかったそうよ。ティムはそのあとも地面を転がりつづけた。こめかみから血を流しながら。

マートルはマックスの仕業にちがいないと思った。でも、確かめる必要があった。だからその場に膝をついてティムの頭を持ち上げて尋ねた。『誰にやられたの、ティム?』って。

ティムはもうほとんど死にかけていた。でも、死ぬ直前に言ったのよ、『マックス!』って。

彼女はあたしに何度も尋ねたわ、『あたしはどうすればいいの?』って。あたしはティムのそのことばを聞いたのは、彼女のほかにもいたのかどうか尋ねた。すると、刑事も聞いたって彼女は言った。彼女がティムの頭を抱え上げてるときに最初にやってきたのがその刑事だったのよ。ティムの声が聞こえる範囲にほかには誰もいなかった。でも、その刑事はいた。

あたしはティム・ヌーナンみたいなクズを殺したことなんかで、マックスが面倒なことになってほしくなかった。その頃のマックスはあたしにとってなんでもない人だったけどさ、でも、あたしは好きだったのよ、彼のことが。ヌーナンのほうは兄弟ともども大嫌いだった。ただ、あたしはマクスウェインという刑事を知ってた。というか、彼の奥さんを知ってたんだけどさ、マクスウェインはとてもいい人だった。エースから始まるポーカーのストレートみたいにまっすぐな人だったのよ、警察にはいるまではさ。でも、警察官になると、ほかの警察官とおんなじ道を歩んでしまった。彼の奥さんはそれでもぎりぎりまで耐えたんだけど、最後にはやっぱり離婚しちゃった。

それはともかく、マクスウェインを知ってたんで、なんとかなるかもしれないって、わたし、マートルに言ったのよ。いくらかつかませるだけでマクスウェインの記憶はあやふやなものになるかもしれないし、それが駄目でも、マックスならマクスウェインを意のままにすることもできるんじゃないかって思ったの。それにマートルは自殺をほのめかすティムの手紙を持っていた。マクスウェインが話を合わせてくれたら、ティムのこめかみの穴は彼の銃でできたわけだし、遺書もあるわけだから、それですべてうまく行く。

そう思って、あたしはマートルを木陰に残して、マックスを捜しに戻った。彼は近くにはいなかった。そこにはそれほど多くの人がいたわけじゃなくて、ホテルのほうからは楽団が奏でるダンス音楽が聞こえてた。マックスを見つけることができないまま、またマートルのところに戻ると、あたしのいないうちに彼女も考えたのね。マックスに知られたくないって言うのよ、つまり、彼がティムを殺したことを自分が知ってることをね。きっとマックスが怖かったんだと思う。

この意味、わかる？　彼女、このあとマックスと別れることになったときのことを考えたら怖くなったのよ。だって、彼女はマックスを刑務所送りにできる情報を持ってるんだから、そのことをマックスが知ったら、彼女を邪魔者扱いするかもしれないでしょ？　彼女の気持ちは今のあたしにはよくわかる。そのあとあたしにも同じようなことがあったんだけど、結局、彼女と同じように口を閉じてることにしたもの。いずれにしろ、あたしたちは、マックスに知られることなく、うまくことを収められれば、それに越したことはないって思った。あたし自身はどっちみちこんなことで自分がめだっちゃうのは嫌だったしさ。

で、マートルだけティムを取り囲んでいる人たちの中に戻って、マクスウェインを捕まえると、脇に引っぱって、取引きを持ちかけたのよ。持ってたお金のうち二百ドルを渡して、ボイルとかいう男に千ドルで買ってもらったダイアの指輪もあげた。あたしは思った、マクスウェインはあとで絶対またせびってくるって。でも、実際にはそんなことはなくて、マートルとの約束をちゃんと彼は守った。でもって、ティムの手紙もあったんで、自殺説を彼も支持してくれた。

ヌーナン署長はどこかきな臭いものを感じたみたいだけど、それを裏づけるものがなかった。マックスが関わってることを疑ってたみたいだけど、マックスには鉄壁のアリバイがあったのよ。そういうことに関して、あの人はぬかりないの。それで、ヌーナンも最後にはマックスを容疑者からはずしたんだけどさ、事件が見た目どおりのものだとはずっと思ってなかったみたい。マクスウェインを警察から叩き出したのもそのせいよ、きっと。

　マックスとマートルはそのあとしばらくして別れた。別に喧嘩とかしたわけじゃなくて、ただ別れたの。でも、あたし、思うんだけど、マートルはその事件のあと、彼のそばで平気な顔をしてるのが辛くなったんじゃないかな。あたしの知るかぎり、マックスはマートルが何か知ってるんじゃないかって疑ってたわけじゃないんだけどね。それで今は、さっきも言ったけど、彼女、病気なのよ。もうあんまり長くないみたい。でも、訊かれても、彼女には真実を話す勇気はないでしょうね。マクスウェインのほうは自分の得になるようならきっとしゃべるわ。まだ市（まち）にいるんじゃないかな。ふたりが知ってるこの情報は、マックスにしてみれば絶対知られたくない情報で、ヌーナンが飛びついてくる情報よ。これだけでも揺さぶりをかけるのには充分じゃない？」

「ほんとうに自殺だったという可能性はないのか？」と私は尋ねた。「最後の最後になって、ティム・ヌーナンがマックスをはめるすばらしいアイディアを思いついたなんてことは？」

「あんな中身も何もない男が自分を撃った？　ありえない」

「だったらマートルが撃った可能性は？」

「それはヌーナンも見逃さなかった。でも、銃が撃たれたとき、彼女はまだ現場までの坂道を三分の一も歩いてなかったのよ。ティムのこめかみには火薬痕が残っていた。遠くから撃たれて坂を転がったわけじゃないのさ。だからマートルはすぐに容疑者からはずされた」

「だけど、マックスにはアリバイがあるんだろ？」

「ええ、そう。彼にはいつもアリバイがあるのよ。そのときもホテルの建物の反対側にあるホテルのバーにいた。ずっとね。それについては四人の男がそう言ってる。誰にも訊かれないうちから言ってたわね。誰に対しても何度も。バーにはほかにも人がいたけど、その人たちはマックスがいたかどうか覚えてなかった。でも、その四人は覚えてた。マックスが覚えてほしいと思ったことならなんでも覚えてるような四人にしろ」

彼女の眼が一度大きくなってから、そのあと、黒いふち取りのある裂け目ほどにも細くなった。彼女は私のほうに身を乗り出した。その拍子に肘がぶつかり、彼女のグラスがひっくり返った。

「その四人のひとりがピーク・マリーなんだけど、彼とマックスは今は仲がよくないから、今ならもしかしたらほんとのことを話すかも。ブロードウェーでビリヤード場をやってるわ」

「マクスウェインだが、ひょっとしてファーストネームはボブじゃないか？」と私は尋ねた。

「ガニ股で、豚みたいにまえに突き出た顎をしてるやつじゃないか？」

「その人よ。知ってるの？」

「知ってるというほどでもないが。今は何をしてるんだ？」

「けちな詐欺師。それよりあたしがこれまで話したこと、どう思う？」

「悪くない。使えそうだ」

「だったらこのあとはお金の話ね」

私は彼女の眼の中の業欲に笑みを向けて言った。

「それはまだだ、嬢ちゃん。小銭をばら撒くのは、この情報で事態が動くかどうかちゃんと見きわめてからだ」

彼女は私をどけち呼ばわりして、ジンに手を伸ばした。

「いや、おれはもういい。ありがとう」と私は言って腕時計を見た。「もう五時になる。今日は忙しくなりそうだ」

彼女はまた腹がへったようだった。そう言われて、私も自分が空腹であることに気づいた。ワッフルとハムを焼いてコーヒーをいれるのに、三十分ちょっとかかった。それらを胃に詰め込むのにさらにかかり、コーヒーのおかわりを飲みながら煙草を吸うのにも少しかかり、彼女の家を辞去する用意ができたときには、六時をとうに過ぎていた。


ホテルに戻ると、冷たい水風呂にはいった。身も心も大いに引きしまった。身も心も大いに引きしめる必要があった。四十歳の今もジンを睡眠がわりに摂ることができるとはいえ、それは楽にできる芸当ではない。

着替えをして、短い書きつけを書いた。


死ぬ直前、ティム・ヌーナンはマックス・ターラーに撃たれたとわたしに言いました。彼がそう言うところはボブ・マクスウェイン刑事も聞いていました。わたしはマクスウェイン刑事に現金二百ドルと千ドルの値打ちのあるダイアの指輪をあげて、このことを黙っているように頼みました。自殺に見せかけるようにと。

その書きつけをポケットに入れて階下に降り、ほぼコーヒーだけの朝食を摂って市立病院に向かった。

面会時間は午後からだったが、コンティネンタル探偵社の身分証を見せびらかし、一時間の遅れが何千という命に関わりかねないとほのめかし、マートル・ジェニソンに会わせてもらった。

彼女は三階の病室にただひとりぽつねんといた。ほかの四つのベッドは空いていた。彼女は二十五歳でも五十五歳でも通りそうだった。顔はむくんで、吹き出ものができていた。三つ編みにされた生気も腰もない黄色い髪が二本枕に伸びていた。

私はそこまで案内してくれた看護婦が立ち去るのを待って、持ってきた書きつけを病人のまえに差し出して言った。

「これにサインをしてくれないか、ミス・ジェニソン？」

彼女は、まわりのぶ厚い肉のせいで、なんの特徴もないただの黒にすぎなくなってしまった醜い眼で私を見た。それから書きつけを見て、最後に不恰好にむくんだ手を上掛けの下から出して書きつけをつかんだ。

そして、私が書いた五十二語を読むのに五分近くもかかるふりをした。そのあと上掛けの上に書きつけを落として言った。

「誰から聞いたの?」耳ざわりな甲高い声だった。苛立っていた。

「ダイナ・ブランドに言われてきた」

彼女は訊きたがった。

「彼女、マックスと別れたの?」

「おれの知るかぎりそういう話は聞いてない」と私は嘘をついた。「こういうものが手元にあれば、いざというときに役に立つと思ったんじゃないかな」

「そうして馬鹿な咽喉を掻き切られたいのね。鉛筆を貸して」

私は万年筆を貸して、彼女が書きつけの下に署名するあいだ、下敷きがわりに持っていた手帳を差し出し、彼女が署名し終えると、すばやく書きつけを取り戻した。それを振ってインクを乾かしていると、マートルが言った。

「彼女がそんなものを欲しがってもわたしは全然かまわない。誰が何をしようと今さらなんだっていうの? どいつもこいつも地獄に堕ちりゃいいのよ!」そう言うと、くすくす笑い、上掛けを膝のところまではぐった。きめの粗い白いネグリジェに包まれた無残にむくんだ体があらわになった。「あなた、こんなわたしを好きになれる? 見て。わたしはもう終わってるのよ」

私は彼女の上に上掛けを戻して言った。

「ありがとう、ミス・ジェニソン」

「なんでもないわ。わたしにはもう何もかもどうでもいいから。でも」——むくんだ彼女の顎が震えていた――「これって地獄ね。こんなふうに醜くなって、死んでいくのって」

12　新しい取り決め

次にマクスウェインを捜した。彼の名は市の住所氏名録にも電話帳にもなかった。ビリヤード場や葉巻屋やもぐり酒場に足を運び、まず店内を見まわしてから、さりげなく訊いてまわったりもしたが、何も得られなかった。ガニ股を捜して通りを歩きもしたが、これまた無駄だった。昼寝をしてから夜また捜そうと思い、とりあえずホテルに戻った。

ロビーの奥の隅で新聞を読んでいた男が新聞の向こうから顔を出し、私のところまで寄ってきた。ガニ股に豚顎。マクスウェイン。

私はぞんざいにうなずいてみせ、エレヴェーターのあるほうに向かった。私のあとをついてきて、マクスウェインがもごもごと言った。

「おい、時間あるか?」

「ああ、ちょっとなら」私は立ち止まりはしたが、わざと無関心を装った。

「人目に立たないところがいいんだがな」と彼は言った。そわそわしていた。

私は自分の部屋までついてこさせた。彼は椅子の背をまえにしてまたがって坐ると、マッチ棒を口にくわえた。私はベッドに腰かけ、彼が何か言うのを待った。彼はしばらくマッチ棒を噛んでから、やがて話しはじめた。

「あんたには正直でいようと思ってさ、兄弟、それで――」

「それで正直に言いにきたのか、昨日おれに近づいてきたのはおれのことを知ってたからだって」と私は先まわりして言った。「自分に賭けろなんてブッシュはあんたには言わなかった。だからあんたはそもそもブッシュになんか賭けてなかった。あんたがブッシュの前科を知ってたのは、それはあんたが以前はお巡りだったからだ。で、そのネタをおれにまわせば、おれがそれをうまく利用するかもしれない。そうすればいくらか儲かるかもしれない。そう思った。そのことをわざわざ正直に言いにきたのか?」

「そこまで洗いざらい話すつもりはなかったがな」と彼は言った。「だけど、そこまで言われちまったら、こりゃもう〝イエス〟と言わざるをえないな」

「で、儲けたか?」

「六百ばかりな」そう言って、マクスウェインは帽子をうしろに押しやり、噛んだマッチ棒の先で額を掻いた。「だけど、そのあとサイコロ博打で全部すって、さらに二百ちょっと負け越しちまった。どう思うよ? 濡れ手で粟(あわ)みたいに六百稼いでおきながら、今朝は人に五十セントたからなきゃ、朝飯代もないとはよ」

それはさんざんだったが、だいたいのところ世の中というのはそうしたものだ、と私は言った。

「まあな」彼はそう言って、マッチ棒をまた口に戻してさらにくちゃくちゃやってからつけ加えた。「で、思ったわけだ、おれも以前はお巡りだったわけで、そういうことにかけちゃ――」

「なんでヌーナンはあんたをお払い箱にしたんだ？」

「お払い箱？　何がお払い箱だ？　こっちから辞めたんだよ。ちょいと金がはいってさ――女房が交通事故で死んだときに――保険だよ、保険――で、辞めたのさ」

「ヌーナンは弟が自殺したときにあんたを馘にしたって聞いたが」

「だったらまちがって聞いたんだよ。辞めたのは確かにその頃だがな。ヌーナン本人に訊きゃいい、マクスウェインは自分から辞めたのかどうかって」

「まあ、おれにはどうでもいいことだ。それよりなんでおれのところに来たのか話してくれ」

「今のおれはすっからかんだ。あんたはコンティネンタル社の調査員なんだってな？　そんな調査員のあんたがこの市でいったい何をしようとしてるのか。これでおれはけっこう鼻が利くんだよ。それにおれはこの市の両方の側で起きてることに通じてる。つまり、おれにはあんたのためにやれることがいっぱいあるってことだ。元お巡りとして。両方の側の内幕を知ってる人間として」

「おれのタレ込み屋になりたいのか？」

彼は私の眼をまっすぐに見て、抑揚のない口調で言った。

「人のことを思いつくかぎり汚いことばで呼ぶことはないんじゃないか」

「今すぐ仕事をやろう、マクスウェイン」私はマートル・ジェニソンの書きつけを取り出して彼に渡した。「そこに書かれてることについて教えてくれ」

彼は注意深く読んだ。ことばに合わせて唇を動かすたびにくわえたマッチ棒が上下した。立ち上がると、書きつけをベッドの上に——私の横に——置いて、それを睨むように見ながら、やけにもったいぶった口調で言った。

「まず調べなきゃならないことがある。すぐに戻るから、戻ってきたら全部話すよ」

私は声をあげて大笑いした。

「馬鹿を言うんじゃない。おれがあんたをこのままここから出すわけがないことぐらい、あんたにだってわかりそうなもんだがな」

「いや、わからない」と彼は相変わらずもったいぶって首を振りながら言った。「ほんとのところ、あんたにだってわかっちゃいない。おれをここから出さないようにしたものか、どうしたものか。あんたにわかってるのはせいぜいそこまでだ」

「だったら、その答はイエスだ」と言いながら私は考えた。彼がかなり手強そうなこと、私より六歳か七歳若いこと、それに体重は私より二十ポンドから三十ポンドは重いことを頭の中で考えた。

彼のほうはベッドの裾に立って、相変わらずもったいぶった眼つきで私を見ていた。ベッドに腰かけ、私も彼を見ていた。どんな眼つきをしていたにしろ、そのときの眼つきで。そんな状態が三分近く続いた。

私はその時間を互いの距離を計るのに使った。さらに、上体を倒してベッドに仰向けになり、尻をてこの支点のようにすれば、彼のほうから私に襲いかかってきた場合、彼の顔に踵を叩き込むことは可能かどうか考えるのに。銃を使うには彼は近くにいすぎた。私がこの頭の中での地図製作をちょうど終えたところで、彼が言った。

「あんなしみったれた指輪は千ドルなんかしやしなかった。うまくやったんで二百ドルにはなったけどさ」

彼は首を振って続けた。

「まず訊きたいのはこの書きつけを使ってどうするつもりかってことだ」

「ウィスパーを押さえる」

「そういうことじゃない。おれをどうするつもりなのか訊いてるんだ」

「あんたには一緒に警察まで行ってもらう」

「それはできない」

「どうして？　あんたはただの証人なんだぜ」

「ヌーナンにしてみりゃ、収賄罪で、あるいは事後従犯で、あるいはその両方で吊るせる証人ってことになる。やつはそういうチャンスがあるってだけで大喜びするだろう」

こんな言い合いをしていてもなんにもならない。私は言った。

「そりゃ残念だが、それでもあんたは彼に会いにいかないと」

「だったら連れていけよ」

私は背すじをさらに伸ばして腰のうしろに手をやった。

このろくでもないクソ野郎は私につかみかかってきた。私は上体を倒してベッドに仰向けになると、尻を支点に回転し、足を蹴り上げた。狙いは悪くなかったのだが、うまくはいかなかった。マクスウェインが慌てすぎたせいだ。そのためベッドにぶつかり、ベッドが動き、その拍子に私はベッドから転げ落ちた。

床に仰向けに倒れたものの、すばやくベッドの下に転がり込みながら、同時に腰から銃を引き抜いた。

彼のほうは目標を見失い、勢いあまってベッドのフットボードを飛び越え、ベッドそのものも飛び越え、もんどりうって後頭部から床に倒れた。私のすぐそばに。

私は彼の左眼に銃口を突きつけて言った。

「あんたのせいでお互いとんだ道化芝居をやっちまったな。おれが立ち上がるまでじっとしてろよ。さもないと、頭に穴をあけて脳味噌を頭蓋骨から染み出させるぞ」

私は立ち上がり、書きつけをポケットに入れ、彼を立たせた。

「帽子のへこみを直したら、ネクタイもちゃんとまえにやって整えろ。一緒に街中を歩いて、おれに恥ずかしい思いをさせないでくれ」私は彼の身体検査をして武器になりそうなものは何も持っていないことを確かめ、さらに続けた。「このあとおれはこの銃をコートのポケットに入れてずっと握ってる。そのことをちゃんと覚えてるのも忘れるのもそれはあんたの勝手だ」

彼は帽子とネクタイを直して言った。

「なあ、聞いてくれ。こりゃもう抜けられそうにないみたいだ。もうじたばたしても始まらない。おれがこのあといい子でいたら、さっきのごたごたは忘れてくれるか？　わかるだろ――

あんたに無理やり引っぱられてきたわけじゃないって思われたほうが、おれの立場はよくなるだろ?」

「よかろう」

「恩に着るよ、兄さん」


ヌーナンは食事を摂りに外に出ていた。私とマクスウェインは署長室の外のオフィスで三十分ほど待った。彼が帰ってくると、いつもどおりの挨拶になった。調子は?……それはいい……などなど。ヌーナンはマクスウェインには何も言わなかった。さも不快げな眼を向けただけだった。

署長室にはいっても、元刑事を無視しつづけ、私のために椅子を一脚机のそばまで持ってくると、自分は自分の椅子に坐った。

私は病気の女の書きつけをヌーナンに見せた。

一目見るなり、ヌーナンは弾かれたように椅子から立ち上がり、メロンほどの大きさの拳をマクスウェインの顔に叩き込んだ。

すさまじいパンチで、マクスウェインは部屋を風のように横切り、壁まで吹っ飛んだ。その衝撃に壁が軋み、ヌーナンと市の要人がゲートルを巻いた誰かを歓迎している額入り写真が床に落ちた。殴られた男と一緒に。

でぶ署長はマクスウェインのところまで行くと、額入り写真を取り上げ、それでマクスウェインの頭と肩を叩いた。額が粉々になるまで。

そしてまた机に戻ると、息を切らせ、微笑みながら、私に陽気に言った。

「こいつこそ、正真正銘、掛け値なしのネズミ野郎だ」

マクスウェインは上体を起こし、鼻と口と頭から血を流しながら、まわりを見まわした。

ヌーナンがそんなマクスウェインに向かって吠えた。

「こっちへ来い、このクソ」

マクスウェインは「はい、署長」と言って、どうにか立ち上がると、足早に机のところまで行った。

ヌーナンは言った。「包み隠さず話せ。おれに殺されたくなきゃ」

「はい、署長。マートルが言ってるとおりです。ただ、指輪は千ドルもしませんでしたが。でも、おれを黙らせておくために彼女がそれと二百ドルくれたのはほんとです。というのも、ちょうどそこにおれがいたからです。彼女が『誰がやったの、ティム?』って訊いたら、ティムが『マックス!』って答えたときに。ティムは大きな声ではっきりそう言いました。死ぬまえにそれだけは言いたかったんでしょう。実際、そのあとすぐ死んだんです。そう言うのとほとんど同時に。全部ほんとのことです、署長。ただ、指輪はそんなに値打ちは――」

「指輪の話なんか誰も聞いてない!」とヌーナンは怒鳴った。「それとおれのオフィスの絨毯を血で汚すな」

マクスウェインはポケットから汚れたハンカチを取り出すと、鼻と口にあて、さらに続けた。

「そういうことだったんです、署長。あのときおれが言ったとおりのことが起きたんです。ただ、マックスがやったってティムが言うのを聞いていながら、おれがずっと黙ってたところを除くと。そんなことすべきじゃなかったのはわかってます。でも——」

「黙れ」とヌーナンは言って、机の上のボタンを押した。

制服警官がひとりはいってきた。ヌーナンはマクスウェインを親指で示して言った。

「こいつを地下に連れていって、〝壊し班〟にたっぷり可愛がらせてやれ。ぶち込むのはそのあとだ」

マクスウェインは情けない声で哀訴しかけた。「署長……！」そのあとさらにことばを続けるまえに警官に連れ出された。

ヌーナンは葉巻を私に差し出して勧め、もう一方の手で書きつけを叩きながら言った。

「これに署名した女はどこにいる？」

「市立病院だ。死にかけてる。検事を遣(や)って彼女から正式の供述書を取るかい？　その書きつけだけじゃ法的に弱いからね。それらしくでっち上げはしたが。あともうひとつ——ピーク・マリーとマックスは今は不仲だそうだ。マリーはマックスのアリバイを証言したひとりだったたんだろ？」

ヌーナンは「そうだ」と言って受話器を取り上げると、「マグロウ」とまず言ってから続けた。「ピーク・マリーを捕まえて出頭要請しろ。それからナイフ投げの一件だが、トニー・アゴスティをしょっぴいてこい」

受話器を置くと立ち上がり、やたらと葉巻を吸って煙越しに言った。

「あんたは何かと心得てるんだな。こういう仕事はどういう仕事なのかってことをよく知ってる。ちゃんと耳を傾けなきゃならない相手というのは、こっちにもいればあっちにもいる。警察の長というだけじゃ、そいつがほんとに〝長〟かどうかはわからない。あんたがある男のトラブルの種になり、その男がおれのトラブルの種になるということもありうる。おれがあんたのことをいいやつだと思ったところで、そんなことにはなんの意味もない。おれはおれでおれとうまくやってくれるやつらとうまくやるしかない。おれの言いたいこと、わかるか？」

おれは頭を上下させて、わかったという意を伝えた。

「そう、今まではそうだった」と彼は続けた。「だけど、これからはちがう。これからはまた別だ。新しい取り決めになる。おふくろがくたばったとき、ティムはまだほんの子供だった。おふくろはおれに言ったよ、『あの子の面倒を見て、ジョン』ってな。おれはおふくろに約束した、必ず見るって。なのにウィスパーに殺された。それもクソ女のために」彼は手を伸ばしておれの手を取った。「おれが何を言おうとしてるかわかるか？　あれからもう一年半にもなるのに、あんたが初めてだ、やつを挙げるチャンスをくれたのは。だから、これだけは約束しよう。あんたのことを大きな声で悪しざまに言うようなやつは、ここパーソンヴィルにはひとりもいないってな。今日からはひとりもな」

聞いて気分が悪くなることばではなかったので、おれは思ったとおりそう言った。そのあともおれたちは互いに耳に心地よいことばかりをいちゃいちゃと言い合った。そこへそばかすの散った丸顔に極端に鼻の上向いた痩せた男が、警官に連れられてはいってきた。それがピーク・マリーだった。

「おれたちは今、ティムが死んだときのことを話し合ってたんだが」と署長はマリーに椅子と葉巻を勧めて言った。「ウィスパーはどこにいたのか。おまえもあの夜はモック湖にいただろ?」

「ええ」とマリーは答えた。鼻の先が急にとがって見えた。

「で、ウィスパーと一緒だったんだよな?」

「ずっとじゃありませんけどね」

「でも、銃が撃たれたときは一緒だった?」

「いいえ」

署長の緑がかった眼が小さくなってきらりと光った。彼はむしろ柔らかい声音で訊いた。

「彼がどこにいたかわかるか?」

「いいえ」

署長はどこまでも満足げな吐息を洩らすと、椅子の背にもたれて言った。

「おふざけはなしだぜ、ピーク。あのときは、おまえ、彼と一緒にバーにいたって言っただろうが」

「ああ、言いましたよ」と痩せた男はあっさり認めて言った。「だけど、そんなこと、なんの意味もないですよ。ただ、やつに頼まれただけなんだから。そう言うようにって。こっちは友達を助けるのに吝かじゃなかった。ただそれだけのことですよ」

「だったら偽証罪に問われるのも吝かじゃないか?」

「ちょっとちょっと」マリーはそのあと盛大に痰壺に痰を吐いてから言った。「おれは法廷でそう言ったわけじゃないんですよ」

「だったら、ジェリーとジョージ・ケリーとオブライエンはどうだ?」と署長は尋ねた。「やつらもウィスパーに頼まれたから一緒にいたと証言したのか?」

「ほかの連中のことは知らないけど、オブライエンはそうだね。おれはバーから出ようとしたら、ウィスパーとジェリーとケリーに出くわしたんです。で、また戻って一緒に一杯やったんです。そのときティムが殺された話をケリーがしたら、ウィスパーが言ったんです、『おれたちみんなにアリバイがあって悪いことはない。おれたちはずっとここにいた、いいな?』って。そのあとカウンターの中にいたオブライエンを彼が見たら、オブライエンのほうから『あんたらはずっとここにいた』って言ってきた。ウィスパーはさらにおれの顔を見るんで、おれも同じことを言いましたよ。だけど、最近はね、やつをかばいだてする理由がないんでね」

「ケリーは、ティムは殺されたって言ったんだな? 死んでるところを見つかったんじゃなくて」

「殺された。はっきりそう言いましたよ」

署長は言った。

「ありがとよ、ピーク。ほんとはもっと早くにそう言ってもらいたかったがな。ま、すんだことはすんだことだ。子供は元気か？」

子供たちは元気だが、いちばん下の赤ん坊がなかなか肥ってくれない、とマリーは言った。

署長は検察局に電話して、マリーが帰るまえに、ダートと速記者にマリーの供述書を作成させた。

そのあとダートと速記者を連れて、マートル・ジェニソンの正式の供述書をつくるため市立病院に向かった。私は同行しなかった。少し眠ることにして、署長にはあとで会おうと言い、ホテルに戻った。

13　二百ドル十セント

ヴェストのボタンをはずしていると、電話が鳴った。

ダイナ・ブランドからだった。十時からずっとかけているのに、と文句を言われた。

「あたしが言ったことだけど、もう何かした？」

「今やってる。うまく行きそうだ。今日の午後には片がつくんじゃないかな」

「だったらやめて。あたしと会うまで待って。今からこっちに来れる？」

私は白いシーツが敷かれた、あとは寝ればいいだけのベッドを見て言った。「ああ」どうしてもあまり熱のこもらない声音になった。

また水風呂にはいりはしたが、あまり効果はなく、バスタブの中で危うく眠りそうになった。呼び鈴を押すと、ダン・ロルフがドアを開けた。ゆうべのことなど何もなかったかのような顔をしていた。ダイナ・ブランドも玄関ホールに出てきた。コートを脱ぐのを手伝ってくれた。黄褐色のウールのワンピースを着ていたが、片方の肩の縫い目が二インチほどほつれていた。私を居間に案内し、チェスターフィールド・ソファに――私の横に――坐ると彼女は言った。

「あんたにお願いごとがあるんだけど。あたしのことは好きでしょ？」

ああ、と私は認めた。すると、彼女は私の左手の指関節を温かい人差し指でつついて言った。

「ゆうべあたしがあんたに話したことについてはもう何もしてほしくないのよ。待って待って。最後まで話させて。ダンの言ったことは正しかった。あたしはマックスをあんなふうに売るべきじゃなかった。それって汚すぎるよね。それにあんたの狙いはヌーナンなんでしょ？　だから、そう、あたしの言うことを聞いてくれて、マックスのことはそっとしておいてくれたら、かわりにヌーナンを永久に追放できるネタを教えてあげる。そっちのほうがあんたもいいでしょ、でしょ？　あんた、あたしのことが好きでしょ？　だから、マックスが言ったことに頭にきちゃって、あたしがたまたま口走っちゃったことなんかで、あたしをうまく利用するなんてさ、そんなことは絶対しないでしょ、でしょ？」

「ヌーナンの弱みというのはなんなんだ？」と私は尋ねた。

彼女は私の上腕筋を揉むような真似をして囁いた。「約束してくれる？」

「約束はまだ早い」

彼女はふくれっつらをして言った。

「あたしはマックスとは金輪際(こんりんざい)もう切れたの。ほんとに。それでもよ。あたしを裏切り者にする権利はあんたにはないのよ」

「ヌーナンがどうしたんだ？」

「先に約束して」

「それはできない」

彼女は私の腕に爪を立て、ぴしゃりと言った。

「ヌーナンのところにはもう行ったのね？」

「ああ」

彼女は私の腕を放し、眉をひそめてから肩をすくめ、むっつりと言った。

「だったら、もうどうしようもないわね」

私は立ち上がった。すると声がした。

「坐れ」

しゃがれた囁き声——マックス・ウィスパー・ターラーの声だった。

振り向くと、ダイニングルームのドア口に立っていた。その小さな手に大きな銃を持っていた。頰に傷痕のある赤ら顔の男がその背後に立っていた。

私が坐ると、玄関ホールに出るドアもふさがれた。ターラーがジェリーと呼んでいるのを聞いたことがある、しまりのない口元をした顎のない男が両手に銃を持って、ドアを抜けて中にはいってきた。キング通りの店にいたブロンドの男のうちの痩せたほうもいた。ジェリーの肩越しに私を見ていた。

ダイナ・ブランドが立ち上がり、ターラーに背を向け、私に言った。その声は怒りにしゃがれていた。

「これはあたしがやったことじゃないからね。マックスはひとりで来て、このまえあたしに言ったことを謝ってくれて、ヌーナンをあんたに突き出せばけっこうなお金になるって話をしてきたのよ。でも、それって罠だったのね。なのに、あたしはまんまと引っかかっちまった。ちくしょう！　あたしがその話をあんたにするあいだ、彼は二階で待ってることになってたのに。ほんとにあたしは知らなかったのよ。あたしは何も――」

ジェリーがいかにも気楽な声でものうげに言った。

「脚を撃ったら、この女も坐って、たぶん黙ると思いますけど。やりますか？」

ダイナがあいだに立っているので、ターラーの顔は見えなかった。彼の声がした。

「今はやめとけ。ダンはどこにいる？」

痩せたブロンドの若造が答えた。

「二階のバスルームの床に伸びてます。ぶっ叩かなきゃならなかったんで」

ダイナ・ブランドは振り返くと、ターラーと向き合った。太いふくらはぎを包むストッキングがよれてS字を描いた。

「マックス・ターラー、あんたって人はどこまでさもしい――」

ターラーは例の囁き声で悠然と応じた。

「口を閉じて、そこをどけ」

驚いたことに、彼女はその両方の指示に従った。ターラーが私に話しているあいだもおとなしくしていた。

「おまえとヌーナンであいつの弟殺しの罪をおれにおっかぶせようってか？」

「おっかぶせるまでもない。自然のなりゆきでそうなったということだ」

ターラーは私を見て、その薄い唇をへの字に曲げて言った。

「おまえもあいつに負けないほどの悪だったとはな」

「おいおい、しっかりしてくれ。あいつがあんたをはめようとしたときには、おれはあんたの側についただろうが。今度はあいつにしてもちゃんとした根拠があってやってることだ」

ダイナ・ブランドにまた火がついた。部屋の中央で、腕を振りまわし、またわめきはじめた。

「ここから出てって。みんな。どうしてあたしがあんたたちの世話までしなくちゃいけないの？　出ていけ！」

ロルフをぶっ叩いたブロンドの若造がジェリーの脇をすり抜け、にやにや笑いながら部屋にはいってきた。そして、ダイナの腕を無理やりつかむと逆手にして、背中でねじ上げた。

ダイナは体を反転させると、若造のほうに向き直り、もう一方の手を拳にして男の下腹部に叩き込んだ。かなり威力のある一撃だった――男のパンチと変わらなかった。若造はつかんでいた彼女の手を思わず放すと、うしろに何歩かよろめいた。

そして、口を目一杯開いて大きく息を継ぐと、腰からブラックジャックを抜いてまたまえに出てきた。笑みはすっかり消えていた。

ジェリーが笑うと、なけなしの顎が見えなくなった。

ターラーがざらついた囁き声で言った。「やめとけ！」

若造は聞いていなかった。ダイナに向かって怒鳴った。

彼女は銀貨のような硬い視線で若造を見ていた。ほぼ全体重を左の足にかけていた。ブロンドの坊やがさらに近づくと、彼女の右のキックが飛んでくるにちがいない。

若造は何も持っていない左手で彼女をつかむふりをし、その隙に彼女の顔にブラックジャックを叩き込もうとした。

ターラーがまた言った。「やめとけ」そして撃った。

その銃弾はブロンドの若造の右眼の下にあたった。その勢いに体がねじれ、若造はうしろ向きになってダイナの腕に倒れ込んだ。

チャンスがあるとすれば今しかなかった。

騒ぎの中、私は腰に差した銃をつかむと、引き抜き、ターラーを撃った。肩を狙って撃った。それがまちがいだった。体のど真ん中を狙って撃っていたら、仕留められていただろう。顎なしジェリーはただ無意味に笑っているだけの男ではなかった。彼のほうが早かった。彼が撃った銃弾が私の手首を焦がした。私のほうは狙いをはずした。私が撃った弾丸(たま)はターラーにはあたらず、彼のうしろにいた赤ら顔の男に命中した。

手首の怪我がどれほどひどいものかもわからないまま、私は銃を左手に持ち替えた。ジェリーが私を狙って二発目を撃ってきた。が、ダイナが死体をジェリーに向けて放り出し、ジェリーの狙いをはずさせてくれた。死んだ若造の黄色い頭が膝にぶつかり、ジェリーはバランスを崩した。その機を逃さず、私はジェリーに飛びかかった。

飛びかかったおかげでターラーの撃った弾丸(たま)からも逃れることができた。私とジェリーはもつれ合って玄関ホールに転げ出た。

ジェリーはさほど手強くはなかった。それでも、こっちに余裕があったわけではない。背後にはターラーがいる。ジェリーにパンチを二発見舞い、蹴り、少なくとも一度は銃で殴り、私の下で彼がぐにゃりとなると、隠れ場所を探した。気絶したふりをしている可能性もあったので、顎があるあたりを指でつついて確かめてから、四つん這いになって逃げた。ドアから死角になるところまで這っていった。

壁にもたれてしゃがみ込み、ターラーがいるあたりに銃を向けて、待った。しばらくのあいだ、自分の脳味噌が歌っている血の歌しか聞こえなかった。

私が転げ出たドア口からダイナが顔を出し、ジェリーを見て、私を見た。そして、歯と歯のあいだに舌をのぞかせて笑い、首を振って、あとについてくるようにと仕種で示し、また居間に戻った。私は慎重に彼女のあとについて居間にはいった。

ターラーが部屋の中央に立っていた。手には何も持っておらず、表情もからっぽだった。小さな口に浮かんでいる残忍さを除くと、洋服屋のショーウィンドウでスーツを見せびらかしているマネキンと変わらなかった。

ダン・ロルフがその背後に立っていた。小男のギャンブラーの左の腎臓のあたりに銃口を向けて。顔をほとんど血だらけにして。ブロンドの若造——今は私とロルフのあいだの床に倒れて死んでいた——に相当こっぴどく殴られたのだろう。

ターラーに笑みを向けて、私は言った。「こりゃいい」そこでロルフがもう一丁銃を持っているのに気づいた。それはぽっこりと肉のついた私の腹に向けられていた。それについては〝こりゃいい〟などとは言っていられなかった。ただ、私が手にしている銃もほぼ水平に向けられていた。チャンスは五分五分。

ロルフが言った。

「銃をおろせ」

私はダイナを見やった。われながらさぞ当惑した顔をしていたのだろう。彼女は肩をすくめて言った。

「どうやらこれはダンのパーティみたいね」

「そうなのか？　だったら誰かが彼にこういうやり方はおれの好みじゃないと伝えてやるべきだな」

ロルフは繰り返した。「銃をおろせ」

私はそれに異を唱えて言った。

「冗談じゃない。おれはこいつを捕まえるのに二十ポンドも体重を落としたんだ。同じ目的のためならあと二十ポンドだって落とせる」

ロルフは言った。

「あんたらのあいだに何があろうと、おれにはなんの関係もないことだ。あんたらのどっちにしろ、便宜を図るつもりはおれには――」

そのときにはダイナはもう部屋を横切っていた。彼女がロルフのうしろまで行ったところで、私は彼女に声をかけて、ロルフの話をさえぎった。

「今あんたがロルフをなんとかしてくれたら、あんたにはまちがいなく友達がふたりできる。おれとヌーナンだ。あんたにしてももうターラーのことは信用できない。信用もできない相手を助けても意味がない」

彼女は声に出して笑って言った。

「だったらお金の話をしてよ、ダーリン」

「ダイナ！」とロルフが怒鳴った。彼は窮地に陥っていた。ダイナに背後にまわられ、彼女にはロルフを意のままにできる力があった。ロルフが彼女を撃つとは思えない。さらに、何物をもってしても、一度やると決めたことを彼女に思いとどまらせることはできない。

「だったら百ドルだ」と私は言った。

「冗談じゃないわ」と彼女は叫んだ。「やっとあんたからお金の話が聞けたと思ったら百ドル？　安すぎるわよ」

「二百ドル」

「あんたって思いきりがいいのね。でも、あたしにはまだ聞こえない」

「だったら、自分から聞こうとすることだ」と私は言った。「おれにロルフの手から銃を撃ち落とさせないようにするには充分な額だ。これ以上は出せない」

「最初は景気がよかったのに。弱気にならないでよ。とにかくもう一声ね」

「二百ドルと十セント。それで終わりだ」

「あんたってほんとに救いようのないけちね」と彼女は言った。「そんなお金じゃとてもとても」

「だったら好きにしろ」私はターラーにわざとしかめっ面を向けて警告を与えた。「何が起きてもおとなしくしてろよ」

ダイナが叫んだ。

「ちょっと待って！　あんた、ほんとに何かおっ始める気？」

「あんたが何をしようと、おれはターラーを連れて出る」

「二百ドルと十セントだね？」

「ああ」

「ダイナ」とロルフが私の顔から眼をそらすことなく言った。「まさかきみは――」

彼女は笑った。そして、ロルフの背後に近づくと、その逞しい腕を彼にまわして彼の腕を下におろさせ、脇にぴたりとつけさせ、自由を奪った。

私は右腕でターラーをまえからどかし、彼に銃を向けたまま、ロルフの手から銃をつかみ取った。ダイナはロルフを押さえ込んでいた腕をほどいた。

ロルフはダイニングルームのドアのほうに二歩進み、疲れきった声で言った。「こんなことをしても――」そこで床にくずおれた。

ダイナがすぐに駆け寄った。私はまだ気絶しているジェリーの脇を通って、ターラーを玄関ホールに連れ出し、正面階段の下のアルコーヴまで引っぱっていった。そこに電話があったのを覚えていた。

ヌーナンに電話し、マックス・ウィスパー・ターラーを捕まえたと言い、居場所を伝えた。

「これはたまげた！」とヌーナンは言った。「おれが行くまで殺すんじゃないぞ」

14　マックス

マックス・ウィスパー・ターラーが捕まったというニュースはあっという間に広がった。ヌーナンとヌーナンが連れてきた警官たちと私とでこのギャンブラーを警察に連行したときには、われわれを一目見ようと、少なくとも百人ほどの野次馬が署のまわりに集まっていた。

誰もがあまり嬉しそうな顔をしていなかった。ヌーナンの部下たち――よく言って〝みすぼらしい〟連中――はみな緊張した青白い顔をしていた。ただ、ヌーナンだけがミシシッピ川以西でいちばん誇らしげな男の顔をしていた。このあとターラーに厳しい取り調べをしなければならないという〝不運〟も、彼の幸せの邪魔にはなりそうになかった。

ターラーはと言えば、警察の高圧的な扱いにも屈していなかった。弁護士とは話すが、それ以外の者とは誰とも話さないと言って、頑として譲らなかった。ヌーナンとしてもそんなターラーをあまり手ひどく扱うわけにはいかなかった。どれほど憎んでいようと。〝壊し班〟に任せるわけにもいかない相手だった。署長の弟を殺した心底憎い男ながら、乱暴に扱うにはターラーはポイズンヴィルでは名士すぎた。

で、ターラーとのやりとりに疲れると、ただ檻に入れるだけのために階上に送った。留置場は市庁舎の最上階にあった。私は署長の新しい葉巻に火をつけ、彼が病院でマートルから録取してきた供述の詳細を読んだ。ダイナとマクスウェインからすでに聞いていたこと以外、新たな情報は何もなかった。

署長は私を自宅の夕食に招待したがった。私は撃たれた手首が痛くなったと嘘をついて辞退した。ほんとうのところ、手首の傷はちょっとした火傷程度のものだった。

そんな言いわけをしていると、ふたりの制服警官が赤ら顔の男を連れてきた。ターラーを撃ちそこなった私の流れ弾丸を食らった男だ。男は私の弾丸を脇腹に食らい、騒ぎのさなかに裏口からこっそり抜け出して、町医者の治療を受けていたところをヌーナンの部下に捕まったのだった。しかし、その男からはどんな情報も引き出せなかった。署長は警護をつけて男を病院に入院させた。

私は立ち上がり、辞去するまえに言った。

「ウィスパーに関する情報をくれたのはダイナ・ブランドだ。彼女とロルフについてはなんの咎(とが)めだてもしないようにあんたに頼んだのはそのためだ」

彼は私の左手をつかんだ。ここ二時間のあいだに五回目か六回目だ。

「あんたがあの女のことは悪いようにしないでくれと言うなら、そのことばだけで充分だ」と彼は請け合った。「彼女があの男を挙げるのに大いに役立ってくれたというなら、何か欲しいものができたときには、その名をおれに言うだけでいい。おれがそう言ってたとあんたから彼女に伝えておいてくれ」

そうする、と私は応じて、清潔な白いシーツが敷かれたベッドを思い描きながらホテルに向かった。すでに八時近く、胃袋が私の注意を惹いてきた。その注意に応じて、ホテルの食堂で胃袋を満足させてやった。

そのあと革張りの椅子の誘惑には勝てず、葉巻に火をつけて、ロビーで一服した。その一服が旅行中のデンヴァーの鉄道会社監査役との会話につながった。私がセントルイスで知っていた男をその監査役もたまたま知っていたのだ。そのときだ。通りから激しい銃声が聞こえた。ドアまで行くと、銃声は市庁舎のほうから聞こえているのがわかった。私は監査役と握手して別れ、銃声のするほうに向かった。

市庁舎までの道のりを三分の二ほど行ったところで、一台の車が通りをこっちに向かってかなりのスピードで走ってきた。後部座席に乗っているやつがうしろに向けて銃を撃っていた。

私は路地に駆け込み、銃を抜いた。車が真横に来ると、前部座席に坐っているふたりの顔を街灯が照らした。運転手の顔にはなんの意味もなかった。もうひとりの顔の上半分は目深にかぶった帽子に隠されていたが、下半分はまぎれもなくターラーだった。

私が隠れた路地の続きのような路地が通りの反対側にもあり、そのいちばん奥に明かりがともっていた。ターラーの車が猛スピードで走り過ぎたとき、その明かりと私とのあいだで人影が動いた。ゴミの缶と思われるものの陰からひょいと姿を現わしたのだ。

それに気づくと、私はターラーよりそっちのほうに気を取られた。その人影がガニ股だったからだ。

警官が鈴なりになった車がターラーを乗せた車を追いかけ、銃を撃ちながら走り過ぎた。

私は通りを走って渡り、ガニ股に見えた何者かがいる路地にはいった。

そいつが私の思ったとおりの男なら、銃を持っている可能性は低かった。そっちに賭けて、ぬかるんだ路地の真ん中をまっすぐに進んだ。物陰に向けて眼も耳も鼻も利かせながら。

四分の三ほど路地を進んだところで、大きな影の中から小さな影が現われ、その影はあたふたと私から逃げだした。

「止まれ！」と私はその影を追いかけながら叫んだ。「止まらないと撃つぞ、マクスウェイン」

彼はさらに五、六歩走って立ち止まると、振り返った。

「ああ、あんたか」誰にブタ箱に連れ戻されるかによって事態が変わるかのような口ぶりだった。

「ああ、そうだ」と私は言った。「どうしてあんたも含めて捕まった連中がうろうろしてるんだ？」

「おれも何がなんだかさっぱりわからない。誰かが留置場のある階の床をダイナマイトで爆破したんだ。それでできた穴からおれもほかのやつらも落ちた。お巡りとやり合ってるやつらもいたけど、おれはほかのやつらと一緒になって裏から逃げた。そのあとはみんなばらばらになった。おれは山を越えて逃げようかと思ってたところだ。爆破のことは何も知らない。ただ床に穴があいたんで、みんなと一緒に逃げただけだ」

「今夜ウィスパーが捕まった」と私は言った。

「なんだって！　だったらそれだよ、それ！　ヌーナンもまぬけだよな。ウィスパーがこの市でただおとなしく捕まってるわけがないことぐらい、わかりそうなものなのに」

われわれはマクスウェインが立ち止まったところにまだ立っていた。

「ウィスパーはなんで捕まったのか知ってるか？」と私は尋ねた。

「ああ。ティム殺しでだろ？」

「あんたは誰がティムを殺したのか知ってるのか？」

「はあ？　もちろん、ウィスパーだろうが」

「いや、あんただよ」

「はあ？　どうした、あんた、おつむが壊れたか？」

「おれの左手には銃がある」と私は彼に警告した。

「おいおい、いいか――ティム本人がウィスパーにやられたってあの女に言ったんだろ？　いったいどうしちまったんだい？」

「ティムはウィスパーとは言ってない。女がウィスパーのことをマックスと呼ぶのは聞いたことがあるが、男が彼の名を口にするとき、ウィスパー以外の名で呼ぶのをおれは聞いたことがない。だからティムも『マックス』と言ったんじゃないんだよ。『マクス』と言ったのさ――『マクスウェイン』と言いかけて、最後まで言えずに死んじまったというわけだ。おれが持ってる銃のことを忘れるんじゃないぜ」

「なんでおれがティムを殺さなきゃならない？　あいつはウィスパーの女を――」

「おれもそこまではわかっちゃいないが」と私は正直に認めて言った。「そうそう、そう言えば、あんたは離婚したんだったよな。でもって、ティムは女たらしだった。だろ？　何かあってもおかしくない。もちろん、これはこのあとちゃんと調べなきゃならないがな。いずれにしろ、なんでそんなことを考えはじめたのかというと、あんたがマートルからそのあと一セントもせびろうとしなかったからだ」

「やめてくれ」と彼はむしろ懇願するように言った。「でたらめを言ってることぐらいあんたにだってわかってるんだろ？　あんたの言うとおりなら、なんでおれはそのあとも現場近くにいたんだ？　おれが犯人ならすぐにアリバイをつくろうとするだろうが、ウィスパーみたいに」

「どうして？　当時あんたはお巡りだった。むしろ現場のそばがあんたの居場所だった。まちがいが起こらないよう眼を光らせて、自分で対処するのがあんたの仕事だった」

「でたらめもいいところだ。あんたそれはわかってるんだろ？　理屈が通らないよ。後

「おれにはでたらめでもなんでもいい」と私は言った。「署に戻ってヌーナンに聞かせてやったらきっと喜ぶだろう。ウィスパーに脱獄されて落ち込んでることだろうからな。そんな状態から救い出してやるいい薬になる」

マクスウェインはぬかるんだ路地に膝をついて泣きはじめた。

「頼む、やめてくれ！　ヌーナンに首を絞められちまう！　殺されちまう！」

「立てよ。泣くのはやめろ」と私はうなるように言った。「ほんとうのことを話してくれるな？」

マクスウェインはまた泣きごとを言った。「ヌーナンに首を絞められちまう、殺されちまう」

「だったら殺されてろ。あんたが話さないなら、おれがヌーナンに話す。ただ、おれの言うことを聞くなら、あんたのためにできるだけのことをしてやろう」

「あんたに何ができる？」と彼はあきらめきったように言い、また泣きごとを繰り返した。

「あんたが何かしてくれるってどうしておれにわかる？」

私はちょっとだけ真実を教えてやった。

「おれがなんでここポイズンヴィルにいるのかわかるって、あんたは言ったよな、そういうことには自分はけっこう鼻が利くんだって。だったらおれが今、何をどうしようとしてるかもわかるんじゃないのか？　おれは今、ヌーナンとウィスパーを仲たがいさせようとしてるんだよ。で、ヌーナンにティムを殺したのがウィスパーだったと思わせときゃ、それも仲たがいさせる役に立つと思ったわけだ。だけど、おれと一緒にプレーするつもりがあんたにないのなら、おれはヌーナンとプレーするよ」

「あんた、ティムのことをヌーナンに黙っててくれるって言ってるのか？」とマクスウェインは勢い込んで訊いてきた。「約束してくれるのか？」

「約束なんかはしやしない」と私は言った。「なんでしなきゃならない？　けつ丸出しでいるあんたをこうやって捕まえたのに。おれに話すか、ヌーナンに話すか。すぐに決めるんだ。ここに一晩じゅう突っ立ってるつもりはないんでな」

　彼は私に話すことを選んだ。

「あんたがどこまで知ってるか知らないが、だいたいさっきあんたが言ったとおりのことだよ。おれの女房はティムにぞっこんだったんだ。それでおれはおかしくなっちまった。誰にでも訊いてくれるといい。それ以前のおれはいいやつだったよ。女房が欲しがるものならなんでも与えてやりたがる、そんな亭主だった。ただ、女房が欲しがったものはたいていおれにはきつい注文だった。それでも、無理して手に入れてた。おれにはそんなふうにしかできなかったんだ。無理をしなきゃ、暮らしぶりもずっとよくなってたんだろうがな。いずれにしろ、おれはそんな女房を自由にしてやったんだ。離婚届にサインしてな。そうすりゃティムと結婚できるだろ？　ティムもそのつもりなんだろうって、おれは疑いもしなかった。

　ところが、そのあとすぐにティムはマートル・ジェニソンの尻を追っかけまわしてるって噂が耳にはいってきた。おれは赦せなかった。女房のヘレンと一緒になれるチャンスをちゃんとつくってやったのに。なのに、ヘレンを袖にしてマートルにうつつを抜かしてやがるとはな。我慢ならなかった。ヘレンは尻軽女じゃない。いずれにしろ、あの晩、湖であいつと会ったのはまったくの偶然だった。だけど、あいつが東屋のほうに行くのを見て、あとを尾けたんだ。そこは話をつけるのには持ってこいの静かな場所だった。

ふたりともいくらか飲んでいた。で、話すうち、話が重苦しくなった。お互い熱くもなった。それが行きすぎたんだろう——重苦しくなりすぎ、熱くなりすぎたんだろう。やつは銃を抜きやがった。汚い野郎だよ。おれはそれをつかんだ。でもって、揉み合ってるうちに暴発したんだ。誓って言うが、なりゆきでそうなったんだ。おれが撃ったんじゃない。お互いの手が銃にかかってるときにいきなり暴発したんだ。おれは慌てて藪の中に逃げ込んだ。藪の中にいると、やつがうめきながら何か言ってるのが聞こえた。人々も集まってきて——あの女、マートル・ジェニソンもホテルの建物のほうから坂を駆け降りてきた。

おれはティムのところに戻って、ティムがなんて言ってるのか聞きたかった。それで自分の立場もはっきりするだろうからな。だけど、用心して、第一発見者にはならないようにして、あの女がやってくるまで待った。そのあいだもティムがなにやら言ってる声は聞こえたが、離れすぎていて何を言ってるのかまではわからなかった。あの女がやってくると、おれも藪から出ていって、やつがおれの名前を言うのをぎりぎりのところで聞いた。

そのときはそれがウィスパーの名前だとは思わなかったんだ。あの女が自殺をほのめかす手紙と二百ドルと指輪の話を持ちかけてくるまでは。それはともかく、そのときは現場にずっといて、ちゃんと仕事をしてるふりをして――その頃は警察にいたからな――自分の置かれてる立場を探った。そのうちあの女は芝居を始めた。おれは自分がやばいことにはならないことを悟った。実際、今になってあんたが掘り起こすまではずっとそれで丸く収まってた」

彼は足を動かし、泥水をはねかしながら言った。

「その翌週、女房が死んだ――事故だった。ああ、そうとも、事故だった。フォードに乗って家を出て、タナーからの六号線が急坂になって降りてくるところに、横向きに車を停めたんだ」

「モック湖はこの郡にあるのか?」と私は尋ねた。

「いや、ボウルダー郡だ」

「そこはヌーナンの所轄じゃないな。おれがあんたをそこまで連れていって、そこの保安官に引き渡すのというのは?」

「駄目だね。あそこの保安官、トム・クックはキーファー上院議員の娘婿だ。ここにいたほうがまだいい。ヌーナンはキーファーを通じて手をまわすだろうよ」

「しかし、ほんとうにあんたが言ったとおりのことだったのだとすれば、裁判で勝つチャンスは充分ありそうだが」

「そんなチャンスは万にひとつもないよ。いくらかでも公正に扱ってもらえるチャンスがあったら、おれもそうしてたよ。だけど、連中が相手じゃ無理だ」

「警察に戻ろう」と私は言った。「ただし口はしっかり閉じておけ」

警察署ではヌーナンが廊下を行ったり来たりしていた。そばに突っ立っている六人ほどの警官に悪態をついていた。警官はみな今いる場所ではないどこかにいたがっていた。そんな顔をしていた。

「なにやらこのあたりをうろうろしてたものを見つけたよ」と私は言って、マクスウェインをまえに押し出した。

ヌーナンは元刑事にパンチを浴びせ、床に倒れると蹴りも浴びせ、警官のひとりにブタ箱にぶち込んでおくように命じた。

そのとき誰かからヌーナンに電話がかかってきた。私はそのすきに「おやすみ」も言わず辞去し、ホテルに向かって歩いた。

北のほうから何発か銃声がした。

三人の男がこそこそとした眼つきで、足取りもこそこそと私の脇を歩いていった。

さらに進むと、別の男が私の邪魔にならないよう充分すぎる距離を取って歩道の縁石のところまでさがった。私の知らない男で、向こうも私のことを知らないようだった。

遠くから一発だけ銃声がした。

ホテルに着いたところで、疵だらけの黒のツーリングカーが少なくとも時速五十マイルで通りを走り過ぎた。車のカーテンはおろされていたが、中には人がぎゅう詰めになって乗っていた。

その車を見送り、私は笑みを洩らした。蓋の下でポイズンヴィルが煮立ちはじめた。私はこの市の人間になったかのような気分だった。そのせいだろうか、市を煮立たせるために自分が取ったあまりよろしくない行動の記憶も、睡眠の邪魔にはならなかった。そのあと私は一度も目覚めることなくまるまる十二時間眠った。

15 シーダー・ヒル・イン

ミッキー・リネハンの電話に午過ぎに起こされた。

「着いたぜ」と彼は言った。「歓迎委員会はどこだ？」

「たぶんあんたらを縛り首にするロープを調達するのにどこかに寄ってるんだろう。荷物をどこかに預けたらホテルに来てくれ。五五七号室だ。来たことを宣伝するんじゃないぜ」

彼らが来たときにはもう着替えていた。

ミッキー・リネハンは撫で肩で、あらゆる関節がほどけて、今にも全身がばらばらになりそうな、しまりのない体型の野暮ったい大男だ。耳が赤い翼のように立っていて、丸い赤ら顔にはだいたいいつも、意味のない呆けた薄ら笑いが浮かんでいる。コメディアンのように見えて、実際、コメディアンみたいな男だ。

ディック・フォーリーは子供並みの背丈のカナダ人で、見るからに癇癪持ちといった、とがった顔をしている。背丈をごまかすためにヒールの高い靴を履き、とことん無口で、香水をしみ込ませたハンカチを持っているような男だ。

いずれにしろ、ふたりともきわめて優秀な調査員。

「この仕事のことはおやじさんになんて言われた？」三人とも椅子に腰を落ち着けると、私はふたりに尋ねた。おやじさんというのはコンティネンタル社のサンフランシスコ支局長で、ピラト（キリストの処刑に関与したローマ帝国の提督）という渾名（あだな）でも知られている。調査員を自殺行為のような任務に就かせるときには必ずさも嬉しそうに笑みを浮かべるのだ。慇懃（いんぎん）でおだやかな老人ながら、温かさというものは絞首刑執行人のロープほどにもない。探偵社の口さがない者たちからは、彼なら七月の暑さの中でも口から氷柱（つらら）が吐けるだろうなどと言われている。

「どういうことなのか、おやじさんもあまりよくわかってないみたいだ」とミッキーが答えた。

「あんたが電報で応援を求めてきたこと以外は。ここ数日あんたからはなんの報告もないとも言ってたけど」

「それはあと二、三日は待ってもらうことになりそうだ。このパーソンヴィルのことは知ってるか？」

ディックは首を振った。ミッキーはこう言った。

「人がそのまんまの意味でポイズンヴィルって呼んでるのを聞いたことがある」

私は自分の知っていることとしたことについてふたりに話した。話が残り四分の一ほどになったところで、電話が鳴った。

ダイナ・ブランドのけだるい声がした。

「もしもし？　手首の具合はどう？」

「ただの火傷だ。あの脱獄をどう思う？」

「あたしが悪いんじゃない」と彼女は言った。「あたしはあたしの仕事をしたまでよ。マックスを閉じ込めておくことがヌーナンにはできなかった。それはお気の毒としか言いようがないけどさ。それより今日の午後、帽子を買いに出るんだけど、ひょっとしてあんたのところで会えないかなと思って。あんたがホテルにいるようなら」

「何時頃になる？」

「そう、三時頃かな」

「わかった。待ってるよ。あんたに払わなきゃならない二百ドル十セントを用意して」

「そうして」と彼女は言った。「そのために行くんだから。バイバイ」

私は自分の椅子と自分の話に戻った。

話し終えると、ミッキー・リネハンが口笛を吹いて言った。

「あんたが報告書を出し渋ったのも無理はないな。あんたがどんなことをやろうとしてるのか知ったら、おやじさんはもうあんたには何もしちゃくれないぜ」

「おれの思惑どおりにことが運べば、面倒くさい詳細はいちいち報告しなくてもよくなる」と私は言った。「探偵社が決まりや規則を持つのはいいことだよ。だけど、いったん現場に出たら、おれたちはそんなものを律儀に守るより、自分にできる最善を尽くすべきだ。ポイズンヴィルに誰がどんな道徳を持ち込もうと、そんなものはどうせすぐに錆びついちまう。それにそもそも報告書というのは汚いことまで書くためのものじゃない。サンフランシスコに何か書き送るときには、そのまえに必ずおれに見せてくれ」

「で、あんたがおれたちにやらせたがってるのはどんな類いの犯罪だ？」とミッキーは言った。

「あんたにはフィンランド野郎のピートを頼む。ディック、あんたはルー・ヤードだ。あんたたちにもおれがここまでやってきたのと同じやり方でやってほしい――やれるときにはやれることをやってくれ。おれが見るかぎり、このふたりは、ウィスパーのことは放っておくようヌーナンに働きかけるはずだ。それでヌーナンがどう出るか。それはわからない。なにしろころころ変わるやつなんだよ。弟の敵討ちを今でもしたがってるのはまちがいないが」

「そのフィンランドの紳士を押さえたとして」とミッキーが言った。「そのあとどうすりゃいい？　自分の頭の悪さを自慢したくはないんだがな。あんたの話はおれには天文学ほどにもわかりやすいんで、何もかも理解はできてるんだが、それでもあんたがこれまでやってきたことその理由、あんたがこれからやろうとしてることとその方法、それがどうにもわからない」

「まずピートを尾けることから始めてくれ。ピートとルー・ヤード、ルー・ヤードとヌーナン、ピートとウィスパー、あるいはルー・ヤードとウィスパー、そいつらのあいだに打ち込む楔を見つけたいんだ。その楔で充分裂け目をつくることができたら――やつらのつながりを壊すことができたら――やつらは勝手に互いにナイフを突きつけ合うだろう。そうなりゃ、おれたちの仕事を肩がわりしてやってくれるはずだ。おれはまずウィスパーとヌーナンの関係を壊したが、壊しつづけなければ、こっちに面倒が撥ね返ってくる。

情報はもっとたくさんダイナ・ブランドから買えると思うが、どれだけいっぱい証拠を集めてやつらを裁判に引きずり出そうと、なんの意味もない。当のやつらが裁判所を所有してるんだから。それに裁判だと時間がかかりすぎる。おれ自身、このことにすでに関わりすぎちまってる。おやじさんが何か嗅ぎつけたら——おやじさんの鼻をごまかせるほどサンフランシスコは遠くない——すぐに電報を打ってきて、おれに説明を求めるだろう。おれとしちゃ詳細を隠せるだけの成果が要る。だから証拠じゃ駄目なんだ。おれたちに要るのはただの証拠じゃなくて、ダイナマイトだ」

「われらがご立派な依頼人、ミスター・エリヒュー・ウィルソンは？」とミッキーは訊いてきた。「彼のことはどうするつもりだ？」

「破滅させてもいい。脅しておれたちの支援をさせてもいい。あの男に関しちゃおれはどうでもいい。ミッキー、あんたはホテル・パーソンに泊まってくれ。ディック、あんたはナショナル・ホテルだ。そうやって互いに距離を取ってくれ。おれを馘にさせたくなきゃ、おやじさんに勘づかれるまえに仕事を片づけてくれ。あとは今から言うことをメモしてくれ」

私はふたりに何人かの名前とその人相風体とわかっている住所を教えた——エリヒュー・ウィルソン、彼の秘書のスタンリー・ルイス、ダイナ・ブランド、ダン・ロルフ、ヌーナン、ウィスパーことマックス・ターラー、彼の右腕の顎なしジェリー、ミセス・ドナルド・ウィルソン、ドナルドの秘書をしていたルイスの娘、それに過激派にしてダイナの元恋人のビル・クイント。

「それじゃさっそく取りかかってくれ」と私は言った。「ポイズンヴィルには法律があるなんて金輪際思わないことだ。自分がつくる法律以外はな」

なくてもすませられる法律なんてものがおれにはどれぐらいあるか知ったら、きっとあんたもびっくりするだろうな、とミッキーは言い、ディックはただ「じゃあ」と言い、ふたりは出ていった。

朝食を食べて、警察署に行った。

ヌーナンはその緑がかった眼を充血させていた。あまり寝ていないようで、顔色もすぐれなかった。派手に上下に揺らす握手はいつもどおりで、その声と物腰にもいつもどおりの親しみが感じられはしたが。

「ウィスパーのことは新たに何かわかったかい？」やたらめったら歓待の意を表わす儀式が終わると、私は言った。

「ああ、どうやらな」彼は壁時計を見てから、電話を見た。「もう今にも電話がかかってくる。坐ってくれ」

「ほかにはどんなやつが逃げたんだ？」

「まだ捕まってないのはジェリー・フーパーにトニー・アゴスティだけだ。ほかはもう捕まえた。ジェリーはウィスパーの右腕で、トニーもウィスパーの組織の一員だ。試合の夜、ブッシュにナイフをおっ立てたいかれイタ公だ」

「ウィスパーの組織のやつはほかにはいなかったのか?」

「ああ。今のふたりだけだ。あんたが撃ったバック・ウォレスを別にすると。やつは今病院にいる」

ヌーナンはまた壁時計を見やり、腕時計も見た。二時ちょうどだった。彼は電話のほうを向いた。そのとたん電話が鳴り、彼は受話器をつかんで言った。

「ヌーナンだ……ああ……ああ……ああ……わかった」

彼は電話を脇に押しやると、机の上に一列に並んでいる真珠色のボタンを押した。まるで楽器でも弾くように。オフィスはすぐに警官でいっぱいになった。

「〈シーダー・ヒル・イン〉だ」とヌーナンは警官たちに言った。「ベイツ、おまえは自分の班を連れておれのあとからついてこい。テリー、おまえはブロードウェーを通って、あのボロ宿を背後から襲え。途中、交通整理をやってるやつらも連れていけ。人手はできるだけあったほうがよさそうだ。ダフィ、おまえは自分の班を連れてユニオン通りを行って、あとは古い鉱山道を通ってまわり込め。マグロウはここで指揮を執れ。できるだけ大勢集めておれたちのあとから送り込め。よし、行け!」

そう言って、帽子をつかむと、警官たちのあとに続き、肩越しに私に言った。

「あんたも来いよ、こいつは狩りだ」

警察のガレージまで彼のあとをついていった。そこでは六台ほどの車のエンジンがすでにかけられていた。署長はその一台の助手席に乗り込んだ。私はほかの四人の刑事と一緒に後部座席に坐った。

ほかの者たちも次々と車に乗り込んだ。機関銃がケースから出され、ライフルと暴徒鎮圧銃が一抱え、それに弾丸が何パッケージも配られた。

署長を乗せた車がまっさきに飛び出した。同乗者の歯をみんなまとめてハンマーで叩くような勢いで。ガレージのドアを抜けたとき、車体とドアとの隙間は半インチもなかった。歩道を斜めに横切り、歩行者をふたり蹴散らし、どうにかトラックにぶつからずに道路に出られたものの、トラックとの隙間はドアのときと同じくらいしかなかった。それからあとはサイレンを目一杯鳴らして、キング通りを突っ走った。

同じ通りを走っていたほかの車はパニックになり、交通法規などお構いなしに右に左によけて、われわれを通した。私にはそれがすこぶる面白かった。

うしろを振り返ると、一台がついてきていた。もう一台はブロードウェーにはいって姿を消した。火の消えた葉巻を嚙みながらヌーナンが運転手に言った。

「もっと飛ばせ、パット」

パットは驚き顔の女が運転するクーペのまえにまわり込み、洗濯屋のワゴンと市街電車とのあいだに車体を割り込ませた。車体につるつるのエナメルが塗られていなければ、とても割り込めなかったような狭い隙間に。パットは言った。

「わかりました。あんまりブレーキの利きがよくないけど」

「そりゃいい」と私の左隣りに坐っているグレーの口ひげを生やした刑事が言った。もちろんふざけて言ったのだろうが。

市の中心を出ると、ほかの車には煩わされなくてもよくなったが、道路そのものが悪くなった。撥ねた拍子に誰かがほかの誰かの膝の上に乗っかってもおかしくないほどの三十分ばかりの愉しいドライヴになった。最後の十分は丘の斜面を走る凸凹道で、パットがブレーキについて言ったことがしばらく私の頭から離れなかった。

てっぺんにみすぼらしい電飾のあるゲート――まだ電球があった頃にはその電飾が〈シーダー・ヒル・イン〉と告げていたはずのゲート――が終点だった。建物そのものはゲートから二十フィートほど奥まったところにあった。苔のような緑に塗られたずんぐりとした木造建築で、正面のドアも窓も閉ざされ、飾りも何もなく、まわりをほぼゴミに囲まれていた。

ヌーナンに続いて私も車を降りた。われわれのうしろをついてきていた車が道路のカーヴを曲がったところに姿を現わし、われわれの車の横に停まった。武器を手にした男たちが中からぞろぞろと降りてきた。

ヌーナンがあれこれ指示を出した。

三人組の警官がそれぞれ建物の両脇にまわった。機関銃を持った男も含め、三人がゲートに残った。それ以外は空き缶や空き瓶や古新聞を踏み分けて建物の入口に向かった。

車の中で私の隣りに坐っていたグレーの口ひげの男が赤い斧を持っていた。われわれはポーチまで階段を上がった。

窓敷居の下からいきなり音と火が噴き出した。

グレーの口ひげの男が斧を体の下敷きにして倒れた。

ほかは全員逃げた。

私はヌーナンと逃げた。道路の宿屋側の側溝に隠れた。立ってもほぼ標的にならずにすむほど深くて盛り土も充分高い側溝だった。

署長は興奮しまくっていた。「ついてた!」と嬉しそうに言った。「やっぱりやつはここにいる! やつはここにいやがる!」

「弾丸は窓敷居の下から飛んできた」と私は言った。「悪くないトリックだ」

「あんなもの、ぶっつぶしてやるだけだ」と彼はなおも嬉しそうに言った。「あのぼろ宿を篩にかけてやる。今頃はもうダフィが別の道から近づいてるはずだ。テリー・シェインもそれにさほど遅れを取っちゃいまい。おい、ドナー!」彼は大きな岩の陰からのぞき見をしている男に向けて怒鳴った。「建物の脇を大まわりして、ダフィとシェインに伝えるんだ。全員そろったらすぐにありったけの銃をぶっ放して建物に近づくように言え。キンブルはどこだ?」

ドナーは親指を突き立てて自分の背後に生えている木を示した。われわれが身をひそめている側溝からだと、木の上の部分しか見えなかったが。

「キンブルに粉挽き機の準備ができたらすぐにまわしはじめろと言え」とヌーナンは命じた。「正面から低くな。チーズを切るみたいにやれって言え」

ドナーはいなくなった。

ヌーナンは側溝の中を行ったり来たりした。時々、危険を冒して頭を出しては、外の様子を見たり、呼ばわったり、身振りで示したりして、部下に指示を出した。

戻ってきて私のそばにしゃがみ込むと、葉巻をくれ、自分のに火をつけながら満足げに言った。

「これでうまく行く。ウィスパーには万にひとつの望みもない。やつはもう終わりだ」

木のそばから機関銃が火を噴いた。とぎれとぎれの試し撃ちで八発から十発ほど撃つとやんだ。ヌーナンはにやりと笑い、葉巻の煙が口のまわりに輪をつくって漂うのに任せた。機関銃が本腰を入れて仕事を始めた。小さな死の工場のように、忙しく金属の塊を挽き出した。もうひとつ煙を吐いて、ヌーナンが言った。

「あれでけりがつく」

だろうな、と私は同意して言った。われわれは土手の壁面にもたれ、しばらく葉巻を愉しんだ。遠くから別の機関銃の音が聞こえ、さらに三つ目の機関銃の音も聞こえはじめた。その音に不規則にライフルと拳銃とショットガンの銃声が交じった。ヌーナンがことさら満足げに言った。

「あと五分もすれば、やつにも地獄ってものがあることがよくわかるだろうよ」

その五分が経ち、私はどういうことになっているか見てみようと提案した。そして、署長の尻を押して側溝から土手に上げると、自分も署長のあとから這い出した。

宿は最初に見たときと変わらなかった。荒涼として人気（ひとけ）を感じさせなかった。ただ、さっきより傷んでいた。今はもう向こうから弾丸（たま）は飛んできていなかった。こっちからすでに途方もない数の弾丸が撃ち込まれていた。

「どう思う?」とヌーナンが訊いてきた。

「地下室があるようなら、ネズミの一匹ぐらいは生きてるかもしれない」

「まあ、慌てることはないよな。そんなやつはいつでも始末できる」

そう言って、ポケットから呼び子を取り出すと、大きな音をたて、その肉づきのいい腕を振った。やがて少しずつ銃声が収まった。命令が周知徹底されるには少し時間がかかったが。

われわれはドアを壊した。

一階の床に酒が足首ほどの深さにまで溜まっていた。積み上げられた酒のケースが建物の中の大半を占めており、それらのケースに弾丸による穴があき、そこから酒がまだごぼごぼとこぼれ出していた。

こぼれた酒のにおいに頭をくらくらさせながら、あたりを歩きまわり、死体を四体見つけた。生きている者はひとりもいなかった。四人とも外国人らしい色の浅黒い男で、みな作業着を着ていた。そのうちのふたりの死体はバラバラ死体と変わらなかった。

ヌーナンが言った。

「このままにしておいて外に出よう」

その声は相変わらず嬉しそうだったが、懐中電灯に照らされた眼はやけに白眼がはっきりと見えた。恐怖がありありと見て取れた。

みんな自分から進んで外に出た。私は〈デュワー〉というラベルが貼られた無傷のボトルをポケットに入れる時間だけ居残った。

外に出ると、カーキ色の制服を着た警官が転がるようにオートバイを降りるのが見えた。そいつが叫んだ。

「ファースト・ナショナル銀行が襲われた！」

激怒したヌーナンが悪態をついて吠えた。

「引っかかっちまった！　あのクソ野郎！　市に戻るぞ、全員だ！」

署長の車に乗ってきた者以外、全員がそれぞれの車に向かった。そのうちのふたりが死んだ刑事を自分たちの車に運び込んだ。

ヌーナンが眼の端で私を見ながら言った。

「冗談じゃなく、ひどいことになった」

「ああ」と私は答えて肩をすくめ、署長の車に向かった。運転手はもう運転席についていた。私は宿に背を向けてパットと話した。何を話したかは覚えていない。やがて署長とほかの警官もやってきた。

道路のカーヴを曲がって宿が見えなくなる直前、開け放たれた玄関の奥に小さな炎が見えた。

16　ジェリー退場

ファースト・ナショナル銀行のまわりには人だかりができていた。われわれはその人だかりを掻き分けて銀行の入口まで行った。マグロウが渋い顔をして立っていた。

「六人全員、覆面をしてたそうです」と彼はわれわれが中にはいると言った。「犯行があったのは二時半頃、六人のうち五人が逃げました、金を奪って。ひとりは警備員に撃たれて死にました。ジェリー・フーパーです。冷たくなってあそこのベンチで寝てます。道路には非常線を張りました。近隣署には無線でも知らせました。間に合っていればいいんですがね。一味は車で逃げました。その車はキング通りにはいったところまで目撃されてます。黒のリンカーンです」

ロビーのベンチに寝かされているジェリーの死体を見にいった。茶色のローブが掛けられていた。左の肩甲骨の下に撃たれた弾丸(たま)の痕があった。

彼を撃った銀行の警備員は人畜無害、むしろトロそうな老人だったが、胸を張ってそのときの状況を説明した。

「最初はまるっきりチャンスはなかったです。誰もなんもわからんうちに中にはいってきよったんですから。だから、やつらは少しも焦っちゃいませんでした。まっすぐ窓口までやってきて、金を持っていきよった。こっちはそんときにゃ何もできんかったです。だけど、あたしは自分に言い聞かせたです、『いいぞ、若造、今は好きにやってろ。だけどな、おまえらが逃げるときになったら――』ってね。

そんときそう思ったとおり、うまいことやったです。やつらがここを出たらすぐ、入口までおっ走って、手になじんだこの銃を撃ったです。あの野郎が車に乗ろうとしてるところをね。弾丸がもっとありゃ、ほかのやつらも仕留められたんだがね。なんせあそこに立って撃つのは、けっこうむずかしくてね。そう簡単には――」

ヌーナンが肺がからっぽになるほど老警備員の背中を叩き、その長広舌をやめさせて言った。

「でかしたな、いや、よくやった」

マグロウがまたローブをめくってうなるように言った。

「顔は誰も見てないけど、ジェリーがいたってことはどう見てもウィスパーの仕業ですよね」

署長はむしろ嬉しそうにうなずいた。

「マック、ここはおまえに任す。あんたもここに残るかね？　それともおれと署に戻るかい？」と署長は私に訊いた。

「いや、おれはこれからデートなんだ。それにこの酒まみれの靴を早く履き替えたい」

ダイナ・ブランドの小型のマーモンがホテルのまえに停まっていた。が、彼女の姿はなかった。私は階上の自分の部屋に行った。ドアの鍵はかけなかった。帽子とコートを脱いだところで、彼女がノックもせずにはいってきた。

「なんだかすごく酒くさい部屋に泊まってるのね」と彼女は言った。

「靴のせいだ。ヌーナンにラム酒の川を渡らせられてね」

彼女は窓辺まで行くと、窓を開け、窓敷居に腰かけて言った。

「どうして？」

「ヌーナンはおまえさんのウィスパーが〈シーダー・ヒル・イン〉という宿屋に身をひそめてると思った。で、そこへ行って、建物を滅茶苦茶にするほど撃ちまくって、外国人を何人か殺して、何ガロンもの酒をこぼして、火が出てもそのままにして帰ってきた」

「〈シーダー・ヒル・イン〉？　あそこは一年かそれ以上まえにもう閉鎖されたんだって思ってた」

「確かにそんなふうに見えた。が、実のところ、何者かが倉庫がわりに使ってたようだ」

「でも、マックスはそこにはいなかった？」

「おれたちがそっちに行ってるあいだに、ウィスパーはどうやらエリヒュー爺さんのファースト・ナショナル銀行を襲ったみたいだ」

「それはこの眼で見たわ」と彼女は言った。「あたし、ちょうど銀行の二軒隣りのベングレンの店から出てきたところだったのよ。車に乗って座席に坐ったら、大男がうしろ向きに銀行から出てきたのが見えた。頭陀袋（ずだぶくろ）と銃を持って。顔を黒いハンカチで覆って」

「ウィスパーもいたか？」

「いいえ。いるわけがないわ。彼はジェリーとほかの手下を行かせるのよ。そのための手下でしょうが。だからジェリーはいたわ。車から出てくるなり、彼のことはすぐにわかった、黒い覆面をつけてても。全員黒い覆面をつけてた。全部で四人が銀行から出てきて、ジェリーともうひとりが車に乗ってた。でも、四人が歩道を横切ると、ジェリーが彼らを迎えようと車から出てきたの。それと同時に銀行から銃声がして、ジェリーは倒れた。四人は慌てて車に乗って走り去った。それはそうと、あんたに貸してるお金はどうなったのかしら？」

私は二十ドル札を十枚数え、それに十セント玉をひとつ加えた。彼女は窓辺を離れ、それを取りに来た。

「これは、マックスを捕まえるのにダンにあんたの邪魔をさせなかったためのお金よね」と彼女は金をハンドバッグにしまいながら言った。「だったら、マックスがティム・ヌーナンを殺したことはどこに行けばわかるか、そのことを教えてあげたことについてはどうなのさ？」

「それはウィスパーの起訴が決まるまで待ってくれ。その情報が正しいものかどうかはまだわからないわけだからな」

彼女は怪訝な顔をして言った。

「使いもしないお金をいっぱい持っててどうするの？」そこで彼女の顔が急に明るくなった。「マックスが今いるところはわかってるの？」

「いや」

「その情報にはどれくらい価値がある？」

「一セントもない」

「百ドルくれたら教えてあげる」

「こんなことでおまえさんを利用するのは気が引ける」

「五十ドルくれたら教えてあげる」

私は首を振った。

「二十五ドル」

「おれにはもうウィスパーは要らないんだよ。だから彼が今どこにいようとどうでもいいんだ。ウィスパーのことはおれよりヌーナンに売るんだな」

「わかった、だったらそうするわ。ちゃんとお金にしてみせる。それよりあんた、お酒の香水を振り撒いてるだけなの？　それともここにはちゃんと飲めるお酒もあるの？」

「今日の午後、〈シーダー・ヒル・イン〉でくすねてきた〈デュワー〉とかいうのが一本ある。あと鞄（かばん）には〈キング・ジョージ〉もある。どっちがいい？」

彼女は〈キング・ジョージ〉を選んだ。ふたりともそれぞれストレートで飲んだ。私は言った。

「坐って飲んでてくれ。着替えをしてくる」

二十五分後、私がバスルームから出ると、彼女は書物机について坐り、煙草を吸いながら旅行鞄のサイドポケットに入れてあったはずの私のメモ帳を熱心に見ていた。

「これってあんたがほかの事件の調査で使った経費だと思うけど」と彼女は顔を起こすこともなく言った。「わからないわねえ、どうしてあんたはあたしには全然気前よくないのか。〝情〟って印がつけてあって、そこに六百ドルって書いてあるけどさ、これって誰かから六百ドルで情報を買ったってことでしょ？　あとなんの意味か知らないけど、〝トップ〟って書いてあって、その下には百五十ドルって書いてある。千ドル近く使ってる日もあるじゃないの」

「それはたぶん電話番号だ」と言って私は彼女からメモ帳を取り上げた。「おまえさんはどこで育てられた？　おれの鞄を漁ったりして」

「あたしは女子修道院で育ったの」と彼女は言った。「そこにいたときには毎年品行方正賞をもらってたわ。ココアに余分に砂糖を入れる女の子は大食の罪で地獄に堕ちるって信じてたくらいなんだから。神さまを汚すようなことばがこの世にあることすら十八になるまで知らなかった。だから初めて聞いたときには失神しそうになったほどよ」そう言って、彼女は自分の眼のまえに唾を吐くと、椅子の背を傾げ、組んだ足をベッドの上に置いて続けた。「今のあたしの話、あんたはどう思う？」

私は彼女の足をベッドからおろさせて言った。

「おれが育ったのは波止場の酒場だ。だけど、おれの部屋の床に唾なんか吐くんじゃない。やめないと、頭から放り出すぞ」

「そのまえにもう一杯飲もうよ。ねえ、市庁舎を建てるときに甘い汁を吸ったやつらの秘密の話だったら、いくら出す？　あたしがドナルド・ウィルソンに売って、新聞にも載った話だけど」

「あんまりぴんと来ないな。ほかにはないのか？」

「どうしてルー・ヤードの最初の奥さんは精神科病院行きになったのかとか？」

「駄目だな」

「キング保安官は四年前には八千ドルも借金があったのに、今じゃダウンタウンのビジネス街に人も羨むような区画をいくつか持ってる。全部はしゃべれないけど、どこへ行けばネタが手にはいるかは教えてあげられる」

「まあ、あれこれ試してみてくれ」と私は彼女を促した。

「もういいわ。あんた、買う気なんてないんだもの。ただで何か手にはいらないかって思ってるだけなんだもの。それより、これ、いいスコッチね？　どこで買ったの？」

「サンフランシスコから持ってきたんだ」

「あたしから情報を買おうとしないのは何か考えがあってのことなの？　もっと安く買えるんじゃないかって思ってるの？」

「そういう情報はもう今は要らないんだよ。それほどのんびりとはしていられなくなったんだ。だから今要るのはダイナマイトだ――やつらを粉々にぶっ飛ばせるような代物だ」

彼女は声をあげて笑い、弾かれたように立ち上がった。その大きな眼がきらりと光った。

「ルー・ヤードの名刺を一枚持ってるんだけど。それをあんたがくすねてきた〈デュワー〉と一緒にピートに送るのよ。そんなものを受け取ったら、ピートはそれをルー・ヤードからの宣戦布告って思うんじゃない？　〈シーダー・ヒル・イン〉が酒の隠し倉庫になってたのなら、それはまちがいなくピートのよ。だから、酒瓶とルーの名刺を合わせたら、ピートはルーの差し金でヌーナンが〈シーダー〉を襲ったなんてさ、思うんじゃない？」

私はいっとき考えてから言った。

「見え透いてる。それじゃ騙せない。それにピートとルーについちゃ、今はまだ署長と対立させておきたい」

彼女はふくれっ面をして言った。

「あんたってなんでも自分は知ってるって思ってるような人なのね。ほんと、つきあいにくいったらありゃしない。でも、今夜どこかに連れてってくれない？　男たちがびっくりしてみんなやぶにらみになるような服を買ったのよ」

「いいよ」

「八時頃、迎えにきて」

彼女は温かい手で私の頰を軽く叩いて言った。「バイバイ」そう言って彼女が出ていくのと同時に電話が鳴った。


「おれの南京虫野郎もディックの南京虫野郎も今、ふたりともあんたの依頼人のところにいる」ミッキー・リネハンからの電話による報告だった。「おれの南京虫はベッドがふたつある淫売より忙しくしてるけど、なんでそんなにしゃかりきになってるのかはまだわからない。何か新しいことは？」

何もない、と答え、私はベッドに横になってひとり会議を始めた。ヌーナンが〈シーダー・ヒル・イン〉を襲い、ウィスパーがファースト・ナショナル銀行を襲った結果、どういうことになったのか。今、エリヒュー老邸で彼とピートとルー・ヤードのあいだで交わされているやりとりを聞き取る能力を授けてもらえるなら、かなりのお返しをしてもいい。しかし、そんな能力はあるわけもなく、あれこれ推理するのも私の得意科目ではない。自分の頭を拷問にかけるのは三十分ほどにして、あとは寝た。

眼が覚めると、七時近くなっていた。風呂にはいり、着替えをして、ポケットにスコッチを詰めたフラスクと銃を仕込み、ダイナの家に向かった。

17 リノ

彼女は私の手を取って居間まで引っぱると、あとずさって私から離れ、そこで一回転して訊いてきた。この新しい服をどう思うかと。気に入った、と私は答えた。すると彼女は説明した、色はローズ・ベージュという色で、脇についてるなんとかはなんとかでと。そして、最後に繰り返し訊いた。

「ほんとにこの服、あたしに似合ってると思う?」

「おまえさんは何を着てもよく似合うよ」と私は言った。「ルー・ヤードとフィンランド野郎のピートが今日の午後、エリヒュー・ウィルソン邸に行ったようだ」

彼女は不快げな顔を私に向けて言った。

「あんた、あたしの服のことなんかどうでもいいのね。もういいけど。でも、なんのために彼らは行ったの?」

「あれこれ話し合うためだろう」

彼女は睫毛越しに私を見て、言った。

「あんた、ほんとにマックスがどこにいるのか知らないのね？」

そう言われて、やっとわかった。とはいえ、それまで知らなかったことをこっちから認めることもない。私は言った。

「エリヒュー爺さんのところだろ？　だけど、今はそれを確かめなきゃならないと思うほどやつに関心はないんだ」

「あんたって、ほんと、馬鹿ね。マックスがあんたのこともあたしのことも好きになれないのにはちゃんと理由があるのよ。ママの忠告を聞いて、さっさと彼を捕まえることね。これからも生きていたいのなら。これからもママを生かしておきたかったら」

私は笑って言った。

「おまえさんにはまだ最悪の部分を知らせてなかったな。ウィスパーはヌーナンの弟を殺しちゃいない。ティムは『マックス』と言ったんじゃなくて、『マクスウェイン』と言おうとしたのさ。だけど、最後まで言えずに死んじまった。そういうことだったんだよ」

彼女は私の肩をつかむと、百九十ポンドの私の体を揺さぶろうとした。それがほとんどできそうなほど彼女は逞しかった。

「このクソ野郎！」彼女の熱い息が私の顔にかかった。彼女の顔から血の気が失せて、歯の色ほどにも白くなった。頬と唇の紅がまるで真っ赤なラベルみたいにめだって見えた。「彼をはめたのなら――あたしに彼をはめさせたのなら――あんたは彼を殺さなくちゃならない――今すぐ」

人に手荒に扱われるのは好きではない。たとえその相手が激怒すると、神話に出てきそうな生きものになる若い女でも。私は彼女の手を肩から離して言った。

「ぶつくさ言うのはもうやめろ。まだ生きてるんだから」

「そう、まだ今のところはね。でも、あたしはマックスをあんたよりずっとよく知ってるのよ。彼をはめたりしたら、はめた人にはそのあと生きられるチャンスがどれほどちょっとしかないのかも。彼が犯人でさ、そのことを突き止めたとしても、それだけでも充分まずいのにさ、そんな彼をはめるなんて――」

「いいから大騒ぎするのはもうやめろ。おれはこれまで百万人の人間をはめてきたけど、まだぴんぴんしてる。帽子とコートを取ってこいよ。何か食いにいこう。何か食ったら気分もよくなるさ」

「あたしが外出するなんて思ってるのなら、あんた、頭がどうかしてる。こんな話をされてあたしが――」

「いいからもうやめろって、嬢ちゃん。やつがそんなに危険な男なら、ここにいようがどこにいようがおんなじだ。出かけようと出かけまいと、それにどんなちがいがある?」

「それがちがうのよ――これからあたしたちがすること、わかる? マックスが捕まるまでここにずっといるの。あんたのヘマなんだから、あんたにはあたしを守る義務があるわ。ダンもいないんだから。まだ病院なんだから」

「そんなことはできない」と私は言った。「おれには仕事があるんだから。おまえさんはなんでもないことに大騒ぎしてるだけだ。ウィスパーは今頃はもうおまえさんのことなんか忘れてるんじゃないかな。さあ、帽子とコートを取ってこいよ。おれはもう飢え死にしそうだ」

彼女は自分の顔を私の顔に近づけた。私の眼の中になにやらひどくおぞましいものでも見つけたような眼をしていた。

「あんたってどこまで腐りきった男なの！」と彼女は言った。「あたしに何が起ころうと、あんたにはそんなこと屁でもないのね。あんたはほかのみんなを利用するみたいにあたしも利用してるだけなのよ——あんたはただダイナマイトが欲しいのよ。あたし、あんたを信じてたのに」

「そうだ、確かにおまえさんはダイナマイトだ。だけど、おまえさんが今言ったほかの部分は馬鹿げてる。おまえさんは幸せなときのほうがずっとよく見える。おまえさんは肉づきがいいほうだが、怒るとその肉が容赦なく垂れ下がる。なあ、嬢ちゃん、おれはもう腹ぺこなんだよ」

「だったらここで食べるのね」と彼女は言った。「暗くなってからあたしを外に連れ出したりしないで」

彼女は本気だった。ローズ・ベージュの服をエプロンに替えると、冷蔵庫の中のものを取り出した。ジャガイモにレタスに缶入りスープにフルーツケーキが半分。私は外に出てステーキ用の牛肉二枚とアスパラガスとトマトを調達した。

彼女の家に戻ると、彼女は一クウォート用シェーカーにジンとベルモットとオレンジビターを目一杯詰め込んで混ぜながら、私に訊いてきた。

「変わったことはなかった?」

私はやさしくたしなめるように鼻で笑った。カクテルをダイニングルームに持っていき、夕食のまえにグラスの中身をお互い空けつづけた。酒のおかげで彼女はずいぶんと陽気になった。食事の席に着いたときには、ウィスパーを恐れたことすらもうほとんど忘れてしまっているようだった。彼女はあまりいいコックとは言えなかったが、ふたりとも彼女がさもそうであるかのようなふりをして食べた。

夕食の仕上げにはジンのジンジャーエール割りを二、三杯飲んだ。

彼女は外に出て何かしたくなったようだった。もはやあのシラミたかりのチビにも彼女を自宅に閉じ込めておくことはできなくなったようだった。なぜなら——意味もなくあいつがあたしに辛くあたるようになるまでは、あたしは誰より彼に誠実だったからよ。だからあたしのしたことが気に入らないのなら、あいつは木に登るなりさ、池に飛び込むなりすればいいのよ。そんななりゆきになり、結局のところ、そもそも彼女が私を連れていこうとしていた〈シルヴァー・アロウ〉に行くことになった。彼女はリノという男に彼のパーティに行くことを約束していたのだ。なのに、と彼女は言った。あたしが行かないなんて思ってる人がいたら、その人はペットのカッコーほどにも頭がいかれてるのよ。あんた、どう思う?

「リノって誰だ?」と私は尋ねた。彼女はエプロンをはずそうとしてひもを逆に引っぱってしまい、エプロンに締めつけられていた。

「リノ・スターキー。きっとあんたも好きになると思う。いいやつだから。彼のお祝いには絶対行くって約束したのよ。約束はさ、あたし、ちゃんと守る人なんだから」

「なんの祝いだ?」

「なんなの、このろくでもないエプロンはどうしたっていうの? 今日の午後、保釈になったのさ」

「向こうを向け。ほどいてやるから。そいつはなんで食らってたんだ? じっとしてろよ」

「六か月か七か月まえに金庫を爆破したのさ。ターロック宝石店の。リノとプット・コリンズとブラッキー・ウェーレンとハンク・オマラ〝一歩半(ステップ・アンド・ア・ハーフ)〟なんて呼ばれてる脚の悪いチビとで。みんなルー・ヤードに守られてたんだけど、先週、宝石商組合の探偵が彼らの犯行だってことを突き止めちゃったわけ。そうなると、ヌーナンとしても捜査の真似事をしなくちゃならなくなる。そんなことしたってなんの意味もないんだけどさ。いずれにしろ、そんな彼らが今日の午後五時に保釈になったの。でも、この事件についてはきっとこれが最後のニュースってことになるわね。リノは保釈には慣れっこよ。実際、ほかに三つの事件で保釈中なんだから。飲みもの、勝手に混ぜて飲んでて。この体をドレスに押し込んでくるから」

〈シルヴァー・アロウ〉はパーソンヴィルとモック湖の中間にあった。

「なかなかいいところよ」とダイナはそこへ向けて小型のマーモンを走らせながら言った。

「ポリー・ドゥ・ヴォトはいい人で、彼女が売るものにはまちがいがないわ。ただしバーボンは別だけど。いつ飲んでも死体からしみ出たみたいな味がするのよ。彼女のことはきっとあんたも好きになると思う。あそこじゃ何をやっても許される。騒がしくさえしなきゃね。彼女さ、騒がしいのだけは我慢がならないみたい。あそこよ。木のあいだに赤と青の明かりが見えるでしょ?」

林を抜けると、街道沿いのその建物の全容が見えた。それは道路のすぐそばに建てられた電飾だらけの城もどきだった。

「騒がしさに耐えられないというのはどういう意味だ?」と私は尋ねた。拳銃のバンバンバンというコーラスが城からすでに聞こえていた。

「何かあったのね」と彼女はぼそっと言って車を停めた。

ふたりの男があいだに女をひとり引きずって正面の出入口から出てきたかと思うと、そのあと闇の中に駆け込んだ。脇の出入口からも男がひとり飛び出してきた。銃声が何発か聞こえたが、銃火は見えなかった。

男がまたひとり出てきて、裏に姿を消した。

遠くの二階の窓から男が黒い銃を片手に身を乗り出したのが見えた。

ダイナが鋭く息を吐いた。

道路沿いの生け垣からオレンジの閃光(せんこう)が一瞬その窓の男に向けられた。男はさらに窓から身を乗り出した。生け垣からの次の光はもうなかった。

窓の男は窓敷居に片脚を掛け、身を屈めて乗り越え、窓敷居を両手でつかんでから下に飛び降りた。

マーモンがいきなりダッシュした。見ると、ダイナは上と下の歯で下唇を噛んでいた。

窓から飛び降りた男はどうにか四つん這いになった。

私のまえに自分の顔を突き出してダイナが叫んだ。

「リノ！」

男はすばやく立ち上がると、私たちに顔を向け、三歩跳んで道路に達し、マーモンのすぐ横に来た。

リノが助手側の踏み板に足をのせられるよう、ダイナはマーモンのスピードを落とした。私は彼の体に腕をまわした。が、もう少しで抱えそこねるところだった。私たちのまわりに飛んでくる弾丸の出所に向けて、リノが体を傾げて撃ち返そうとしたのだ。

それも突然終わった。気づくと、銃の射程からも、人の視野からも、〈シルヴァー・アロウ〉の騒音からも脱け出していた。パーソンヴィルからはさらに遠く離れていた。

リノは体の向きを変えると、自分の力で車につかまった。私は腕を引っ込め、関節がおかしくなっていないかどうか確かめた。ダイナは脇目も振らず運転していた。

リノが言った。

「ありがとよ、キッド。おれもさすがにさっきは助けが要ったよ」

「いいのよ」と彼女は言った。「でも、あれがあんたの開いたパーティだったの？」

「招かれざる客が来ちまったのさ。タナー通りは知ってるか?」

「うん」

「その道を行ってくれ。で、マウンテン通りにぶつかったら、そこを通って市に戻ろう」

ダイナはうなずき、少しスピードをゆるめて訊いた。

「その招かれざる客というのは?」

「おれをそっとしておくことを知らないしょうもないやつらだ」

「あたしの知ってる人?」と彼女は訊いた。どこまでもさりげなく。車は細い凸凹道にはいった。

「この話はここまでだ、キッド」とリノは言った。「飛ばせるかぎりこのポンコツを飛ばせ」

彼女はさらに時速十五マイル、マーモンから搾り取って走らせた。道路の上を走らせるだけでも悪戦苦闘しながら。リノはリノで車から放り出されないように悪戦苦闘していた。道路がまともな舗装路になるまで、あとはふたりともことばを発しなかった。

だいぶ経ってリノが言った。

「で、おまえ、ウィスパーとはけりをつけたんだって?」

「まあね」

「やつを売ったたって聞いたが」

「そう言う人もいるでしょうね。あんたはどう思う?」

「やつをお払い箱にしようとしまいと、それはおまえの勝手だよ。だけど、どこかの探偵と手を組んで、やつに罪をなすりつけるなんてのは汚ねえな。訊かれたから言うけどな、そういうのはクソ汚ねえよ」

彼は私の顔を見ながらそう言った。年は三十四か五か、背はかなり高く、肩幅も広く、脂肪なしに重さを感じさせる体型をしていた。眼は大きくて茶色で濁っていた。青白い馬面で、眼と眼のあいだが離れていた。無感動で、ユーモアのかけらもない顔だった。が、それでいて不快な顔ではなかった。

ダイナが言った。私はただ彼を見返しただけで、何も言わなかった。「そんなふうに思ってるんだったら、あんたは――」

「気をつけろ」とリノはうなった。

ちょうどカーヴを曲がりきったところで、前方に車体の長いリムジンが横ざまに停まっているのが見えた――バリケードだ。

と思うまもなく、弾丸が雨あられと飛んできた。私もリノも撃ち返した。ダイナは小さなマーモンをポロのポニーのように乗りこなした。

ハンドルを切って道路の左に寄ると、左の車輪を盛り土された路肩にのせ、おれとリノの体重を内側にかけさせた。次に今度は左の車輪が道路の右の路肩に乗るまで、おれたちの体重にもかかわらず車体が浮き上がるほど一気に道路を横切った。そして、また道路に戻ったときにはもう敵に背中を見せていた。弾丸をすべて撃ち尽くしたときにはもう非常線からだいぶ離れていた。

やたらと多くの人間にやたらと多くの弾丸を撃たれたが、わかっているかぎり、誰の弾丸もわれわれ三人の誰にもあたらなかった。

リノが肘をドアにかけて体を支えながら、オートマティックに弾丸(たま)を込め直して言った。

「おまえ、すごかったよ、キッド。このポンコツをまさに意のままに操ってた」

ダイナは尋ねた。「どこへ行く?」

「とりあえず離れるんだ。道なりに走れ。どうするか考えなきゃならない。市(まち)への道はどうやら封鎖されてるみたいだから。このまままっすぐ行ってくれ」

おれたちはさらに十マイルから十二マイル、パーソンヴィルから離れた。何台か車を追い越しはしたが、追いかけられている気配はなかった。ごろごろと音をたてて短い橋を渡ったところでリノが言った。

「丘のてっぺんで右に曲がってくれ」

ダイナはそのとおり走った。岩だらけの丘のてっぺんからは、木々のあいだを縫うように這っている未舗装路を走って丘をくだった。その道では時速十マイルでも速いほうだった。五分ほど這ったところで、リノが停まるようダイナに言った。三十分われわれはじっと坐っていた。何も聞こえず何も見えなかった。リノがまた言った。

「ここから一マイルほど行ったところに空き家がある。そこで夜を明かそう。市(まち)の境界線を今夜また突破しようというのはあんまり賢いこととは言えないからな」

ダイナは、撃たれるのでなければなんでもいいと言った。私もそれでかまわないと答えた、市(まち)に戻る道だけは見つけておきたかったが。

未舗装路を注意深くしばらく進むと、ペンキを塗ることをなにより必要としている下見板張りの小さな家をヘッドライトがとらえた。ペンキはそもそも一度も塗られたことがないようだった。

「あれ?」とダイナがリノに尋ねた。

「そうだ。ちょっと見てくるからここにいろ」

そう言って彼は車を降り、そのあとしばらくして家のドアを照らすヘッドライトの明かりの中に現われ、鍵を使って南京錠を開けると、ドアを開けて中にはいった。そして、すぐにまた出てくると、呼ばわった。

「大丈夫だ。あんたらも中にはいってくつろいでくれ」

ダイナはエンジンを切ると、車を降りた。

「車に懐中電灯はあるか?」と私は尋ねた。

彼女は「うん」と答え、私に渡しながらあくびをした。「もうへとへとよ。あの小屋にお酒があるといいんだけど」

私はスコッチを詰めたフラスクがあると言った。それで彼女は元気になった。

小屋は一部屋だけで、茶色の毛布を掛けた軍用簡易ベッドがあった。それにカードが一揃いとべたべたしたポーカーチップが置かれたカードテーブル。鉄製の茶色のストーヴに缶詰を並べた棚が三つ。焚(た)き木と手押し車もあった。

われわれが中にはいると、リノがランプに明かりをともしながら言った。

「それほど悪くはない。車を隠してくる。それで朝まで心配ない」

簡易ベッドのところまで行き、毛布をはぐって、ダイナが私に報告した。

「なんかいるけど、でも、生きてはいないみたい。それよりそのお酒を飲ませて」

私はフラスクの蓋を開け、彼女に渡した。リノは車をどこかに隠しに外に出ていった。彼女が飲み終えると、私も一口飲んだ。

マーモンのエンジンのうなり声がかすかになった。私はドアを開けて外を見た。木々と藪越しに白い光が丘の斜面をくだっていくのがとぎれとぎれに見えた。それがすっかり見えなくなってから、中に戻って彼女に尋ねた。

「家まで歩いて帰ったことはあるかい?」

「ええ?」

「リノが車と一緒に消えた」

「あのクソ野郎! ここにベッドがあるだけまだましってこと?」

「そうとも言えない」

「言えない?」

「言えない。リノはこのあばら家の鍵を持ってた。そのことは彼を追ってるやつらもまずまちがいなく知ってるはずだ。だからやつはおれたちをここに置いてきぼりにしたのさ。おれたちは追ってきたやつらと当然言い合いになるだろう。やつにしてみればそれでそれだけ逃げる時間稼ぎができる」

彼女は苛立たしげにベッドから立ち上がると、リノと私とアダム以来のすべての男に悪態をつき、さも面白くなさそうに言った。

「あんたってなんでも知ってるのね。このあとどうするの？」

「このあたりのどこかに居心地のいい場所を見つけよう。ここからあんまり遠くないところに。何が起こるか、そこで様子を見よう」

「毛布を持っていくわ」

「一枚だけならいいだろうが、それ以上持っていくと、こっちの手の内を明かすことになる」

「あんたの手の内なんか、くそ食らえよ」と彼女は言ったが、それでも毛布は一枚だけにした。

私はランプの明かりを吹き消し、外に出ると南京錠をかけ、懐中電灯を頼りに下生えの中を歩いた。

丘を少し上がった斜面に狭い空所があった。そこからだと明かりをつけないかぎり草がわれわれを隠してくれそうだった。同時に、こっちからは道路と小屋がとりあえず見えた。

毛布をそこに広げ、ふたりとも腰を落ち着けた。

ダイナが私に身を寄せて、文句を言った。地面が湿ってる、毛皮のコートを着てても寒い、脚が攣った、煙草が欲しい、などなど。

私はフラスコのスコッチを飲ませてやった。それで十分間の平和が得られた。

彼女が言った。

「風邪をひきそう。そもそも誰かがやってくるとして、やってきたときには、あたし、市(まち)でも聞こえるくらい大きなくしゃみをしたり咳をしたりしてるんじゃないかな」

「たった一度な」と私は言った。「たった一度でおまえさんはもう絞め殺されてる」

「ネズミか何かが毛布の下にいる」

「たぶんただのヘビだ」

「あんた、結婚してるの？」

「そういう話は要らない」

「ということは、してるの？」

「いや」

「こんなことになって、あんたの奥さん、きっと喜んでるわね」

　彼女のへらず口に気の利いた切り返しを考えていると、道路をこっちに近づいてくる光が遠くに見えた。私はダイナに静かにするように言った。と同時に、光は見えなくなった。

「なんなの？」と彼女は言った。

「光だ。今はもう消えた。われらが待ち人は車を降りて、あとは徒歩にしたようだ」

　けっこう時間が経った。彼女は頬を私の頬に押しつけてずっと震えていた。足音が聞こえ、道路と小屋のまわりを歩きまわる人影が見えた。もっとも、しかと聞こえたわけでもはっきりと見えたわけでもなかったが。

　その疑念は丸く明るい光が小屋のドアにあてられたときに払拭された。低い声が重たく響いた。

「女だけ出てこい」

中からの返答を待つ沈黙の三十秒が流れた。そこでまた低い声が重たく響いた。「出てこないのか?」さらに沈黙。

その夜のおなじみの音、銃声が沈黙を破った。何かが下見板に打ちおろされた。

「来い」と私はダイナに囁いた。「やつらが馬鹿騒ぎをしてるあいだにやつらの車を狙ってみよう」

「あんなやつら、放っておこうよ」私が立ち上がりかけると、彼女はおれの腕を引っぱって言った。「修羅場は一晩分もう充分見たから。ここにいればあたしたちは安全よ」

「来いって」と私は繰り返した。

彼女は言った。「行かない」言いだしたら聞かない女だ。言い合いをしているあいだにタイミングを逸してしまった。彼らはドアを蹴破り、中には何もないことがわかると、なにやら怒鳴りながら車を停めたところに戻っていった。

一台に八人が乗り、リノを追って丘をくだっていった。

「またあそこに戻ってもいいかもしれない」と私は言った。「今夜またやつらが戻ってくるとも思えないから」

「まだそのフラスクにスコッチが残ってることをあたし、全身全霊で祈ってるんだけど」手を貸して立たせてやると、彼女はそう言った。

18　ペインター通り

棚に置かれていた缶詰の中に朝食がわりになりそうなものは何もなかった。亜鉛メッキしたバケツの中の新鮮とは言いがたい水でコーヒーだけの朝食をつくった。

一マイルほど歩くと、農家があり、そこにいた少年は家族のフォードでわれわれを市に送ることで何ドルか稼ぐことを厭わなかった。あれこれやたらと訊いてきたが、私もダイナもいい加減な返事をするか、無視するかで対処した。キング通りの北寄りにある小さなレストランのまえで車を降り、そば粉のパンケーキとベーコンをたらふく食べた。

タクシーを拾ってダイナの家まで行った。九時半ちょっとまえに着いた。屋根裏から地下まで家探しをしてやったが、誰かに荒らされたような形跡はなかった。

「いつ戻ってくる？」と彼女は私を玄関まで送ってきて言った。

「今から夜中の十二時までのあいだに。ちょっとでも時間ができたら。ルー・ヤードはどこに住んでる？」

「ペインター通り一六二二番地。ペインター通りはここから三ブロック行ったところで、一六二二番地はその通りを北に四ブロック行ったところ。そこで何をするつもり？」私が答えるまえに彼女は私の腕に手を置いて懇願してきた。「マックスを捕まえて。お願い。あたし、彼が怖くてしょうがないの」

「このあとヌーナンを彼にけしかけようとは思ってるが、どっちにしろ、事態がどう転ぶかだな」

彼女は私を裏切者のろくでなしと呼んだ。あるいは、自分の汚い仕事をやり遂げられさえすれば、彼女の身に何が起ころうと、そんなことは屁とも思っていないクソ野郎だと。

私はペインター通りに行った。一六二二番地に建っていたのは、玄関ポーチの下をガレージにした赤い煉瓦造りの建物だった。

一ブロック離れたところにディック・フォーリーが貸し自動車屋から借りたビュイックを停めていた。私は助手席に乗り込んで尋ねた。

「どんな按配だ?」

「二時、捕捉。三時半、オフィスからウィルソン邸。ミッキー。五時帰宅。出入りあり。監視続行。中断、三時から七時。変化なし」

彼のことばを翻訳すると、昨日の午後二時にルー・ヤードを見つけ、三時半に彼のオフィスからウィルソン邸まで尾行したら、ピートを尾けていたミッキーと出くわした。あとは五時に自宅に帰るまで尾行したところ、家に出入りする者が何人か見かけられた。が、その者たちを追跡はせず、家の監視を午前三時まで続けて休憩。そのあと七時に再開したが、それ以降、人の出入りはない――ということになる。

「ここはもう切り上げて、ウィルソン邸に張りついてくれ」と私は言った。「ウィスパーがあそこにひそんでるって話を聞いたんだ。あいつをヌーナンに突き出すかどうか決めるまで見張っててくれ」

ディックはエンジンをかけた。私は車を降りてホテルに向かった。

おやじさんから電報が届いていた。


現在マデノ日報トトモニ、次ノ手紙ニテ、現調査ノ詳細、及ビ当調査ヲ請ケ負ッタ際ノ状況ヲ詳細ニ報告スベシ。


私は電報をポケットに突っ込み、事態が迅速に展開してくれることを祈った。おやじさんが望んでいる詳細を正直に送ったりしたら、それはそのまま退職届けを送るのと変わらなくなる。

シャツのカラーを新しいのと取り替え、警察署に向かった。

「やあ」とヌーナンが出迎えてくれた。「そろそろ来てくれるんじゃないかと思ってた。ホテルにあたってみたんだが、戻ってきてないと言われてね」

あまり調子がよさそうには見えなかった。が、そのぶん大げさな歓迎の陰に、私に会えたことを珍しくほんとうに喜んでいるのが感じられた。

椅子に坐ると同時に彼の電話のひとつが鳴りだした。彼は受話器を耳に押しあて、「はい」と応じたあとしばらく相手の言うことを聞いてから言った。「現場にはおまえが行ったほうがよさそうだな」そのあと受話器を二度フックに掛けそこねて、三度目でどうにか掛けた。顔色がさらに悪くなっていた。それでも声は普段とさほど変わらなかった。

「ルー・ヤードが殺された——自分の家の玄関の階段を降りてくるところを撃たれた」

「詳しいことは?」と私は訊き返したものの、内心自分に毒づいていた。ディック・フォーリーをペインター通りから引っ剝がすのが一時間早すぎた。まずい展開だ。

ヌーナンはうつむき、自分の膝を見つめながら、ただ首を振った。

「どんな状況なのか、様子を見に現場に行こう」と私は言って立ち上がった。

彼は立ち上がりも顔を起こしもしなかった。

「いや」と彼は自分の膝に向かって疲れきったように言った。「正直に言うが、行きたくないんだ。今は自分がこの状況に耐えられるかどうかもわからない。殺しはもうほとほとうんざりだ。さすがにこたえてきたよ——神経に」

私はまた椅子に坐ると、彼の落ち込んだ気分をとりあえず斟酌(しんしゃく)しつつ尋ねた。

「誰がやったと思う?」

「知るかよ」と彼はぼそっと言った。「誰もが誰かを殺してる。いったいこれはどこに行き着くんだ?」

「リノがやったと思うか?」

彼は顔をしかめ、顔を上げて私を見ようとしかけたが、そこでまた気が変わったらしく同じことばを繰り返した。

「知るかよ」

私は別の角度からつついてみることにした。

「ゆうべの〈シルヴァー・アロウ〉の一件じゃ誰か死んだのか？」

「たったの三人だ」

「そいつは誰だ？」

「いつも一緒にいるんで、ジョンソン兄弟と呼ばれてるブラッキー・ウェーレンとプット・コリンズ。こいつらは昨日保釈になったばかりだった。それに一匹狼のダッチ・ジェイク・ワールだ」

「結局、どういうことだったんだ？」

「ただの喧嘩だったんだろうよ。プットとブラッキー、それにほかにも昨日保釈になったやつらは保釈になったことを仲間と祝っていた。それが最後はドンパチになっちまった」

「死んだのは全員ルー・ヤードの手下だったのか？」

「そういうことについちゃおれは何も知らない」

私は立ち上がり、「わかった」と言って戸口に向かいかけた。

「待てよ」と彼は言った。「そんなに急がなくてもいいだろうが。ああ、たぶん手下だと思う」

私はそれまで坐っていた椅子に戻った。ヌーナンは机をじっと見ていた。その顔は灰色がかり、汗ばみ、しまりに欠けた。つくりたてのパテみたいだった。

「ウィスパーはウィルソンのところにいる」と私は言った。

彼はぐいと顔を起こした。眼が暗かった。唇が引き攣っていた。またうつむいてしまい、眼が見えなくなった。

「もうこんなことには耐えられない」と彼はぼそっと言った。「見境(みさかい)なしの殺しにはほとほとうんざりだ。これ以上耐えられない」

「心がおだやかになるなら、ティム殺しの片をつけるのをあきらめるか？　それほどうんざりしてるのか？」

「そうだ」

「それがそもそもの始まりだった」と私は彼に思い出させた。「だからそれをあきらめるなら、殺しもこれで終わるかもしれない」

彼は顔を起こすと、骨を見る犬のような眼つきで私を見た。

「ほかの連中もあんたと同じくらいうんざりしてるにちがいない」と私は続けた。「だからあんたがどう思ってるか連中に伝えるんだ。でもって、みんなで集まって平和協定を結ぶんだ」

「連中はおれが何か企んでるんじゃないかと疑うかもしれない」と彼はみじめったらしく反論した。

「だったら集まるのはウィルソンのところにすればいい。あそこにはウィスパーもいる。こっちから出向くことで、なんの魂胆(こんたん)もないところを示すんだ。怖いか？」

彼は眉間に皺を寄せて言った。

「あんたも一緒に来てくれるか？」

「お望みとあらば」

「ありがとう」と彼は言った。「や……やってみよう」

19 和平会議

ヌーナンと私は決めた時刻——その日の夜九時——にウィルソン邸に着いた。和平会議のほかの代表者はそのときにはもう全員そろっていた。その全員が私とヌーナンに会釈を寄こしたが、その会釈が親しげな挨拶に発展することはなかった。

フィンランド野郎のピートに会うのはそのときが初めてだった。その密造酒屋は五十がらみで、頭は完璧に禿げていて、額が狭く、顎がやたらと大きな男だった。筋肉でふくらんだ、いかにも重そうな幅の広い顎で、体型もその顎に見合っていた。

全員エリヒュー老の書斎のテーブルを囲んで坐った。

エリヒュー老が上席に着いた。髪を短く刈り込んだ丸いピンクの頭が光の加減で銀色に見えた。もじゃもじゃの白い眉の下で、厳しく青く丸い眼がその場を支配していた。口と顎の線がきれいに二本、横に引かれていた。

ピートはその右隣りに坐り、容易には動じそうにない小さな黒い眼で全員を見ていた。リノ・スターキーがその隣りに坐っていた。彼の青白い馬面はその眼と同様、ひどくぼんやりとしていた。

エリヒュー老の左隣りがマックス・ターラーで、体をうしろに傾げて椅子の背にもたれていた。丁寧にプレスしたズボンを穿き、いかにも気楽に脚を組んでいた。口をきつく結び、その端から煙草が垂れていた。

私はターラーの隣りに坐った。ヌーナンは私のもう一方の隣りに坐った。

エリヒュー老が口火を切った。

このまま事態が推移するのを放っておくわけにはいかない。まず彼はそう言った。われわれはみな分別のある人間だ。道理をわきまえた男たちだ。何もかも自分の思いどおりにするなど、誰にもできないことを知るほどには、みんな充分多く世の中を見てきた練れた男たちだ。人は誰しもときに妥協しなければならない。欲しいものを手に入れるためには、ほかの者たちが欲しがっているものをほかの者たちに与えなければならない。そのあと、エリヒュー老は自分は確信していると言明した、今、われわれがなにより望んでいるのは、この馬鹿げた殺し合いをやめさせることだ、と。さらにこうも確信しているとつけ加えた、あらゆることを忌憚(きたん)なく話し合うことができれば、パーソンヴィルを戦場に変えることなく、一時間ですべてを収束させることができるだろう、と。

悪くないスピーチだった。

ターラーが私越しにヌーナンを見た。ヌーナンが何か言うのではないかと思ったようだった。ほかのみんなもそれに倣(なら)って、一斉に警察署長に眼を向けた。

ヌーナンは顔を赤くして、しゃがれ声で言った。

「ウィスパー、おまえがティムを殺したことは忘れてやる」そう言って、立ち上がると、ぼってりとした手を差し出した。「そのしるしの握手だ」

ターラーの薄い唇が歪み、陰険な笑みが口元に浮かんだ。

「あんたのあのクソみたいな弟は殺されて当然だった。だけどな、殺ったのはおれじゃない」と彼は冷ややかに言った。

ヌーナンの顔色が赤から紫に変わった。

それを見て、私は割ってはいった。

「待て、ヌーナン。これじゃなんにもならない。みんなが正直にならないかぎり、どこへも行き着けない。むしろこれまでより悪くなる。ティムを殺したのはマクスウェインだ。それはあんただって知ってることじゃないか」

ヌーナンはどこまでも間の抜けた眼で私を見つめた。それから喘いだ。私が彼に何をしてきたのか、彼にはまるでわかっていなかった、言うまでもなく。

私はほかの者たちを見まわし、なけなしの演技力で高徳の士を演じて言った。

「この件はこれで終わりだ。いいな？　ほかの案件もちゃんと片づけよう」私はフィンランド野郎のピートに言った。「あんたの倉庫とあんたの手下の四人の男に起きた事故について、あんたはどう思ってる？」

「とんだ事故もあったもんだ」と彼は低くて重々しい声で言った。

私は説明した。

「ヌーナンはあんたがあそこを倉庫に使ってるとは知らなかったんだよ。ただの空き家だと思ってたんだ。で、市（まち）の大掃除みたいなものをやろうとしたところ、あんたの手下が先に撃ってきて、ヌーナンは偶然にもウィスパーの隠れ家に足を踏み入れたと思った。だけど、実際にはそこはあんたの倉庫だった。それがわかって彼も頭が混乱してしまったんだろう。火を放ったりしたのはそのせいだ」

ターラーは眼と口元に硬い笑みを薄く浮かべて、私を見ていた。リノは相変わらずぼんやりとした顔をしていた。エリヒュー老は身を乗り出し、年配者特有の用心深くて鋭い眼を私に向けていた。ヌーナンがどう出るかまでは私にも読めていなかった。だから彼を見ることはできなかった。手札をうまくさばけば、私の立場はうんとよくなる。さばき方をまちがうと、うんと悪くなる。

「おれの兵隊は危険を冒して、冒した報いを受けただけのことだ」とピートは言った。「もうひとつのほうの損失は二万五千もあれば埋め合わせられる」

間髪を入れず勢い込んで、ヌーナンが言った。

「わかった、ピート、わかったよ。それだけ出すよ」

彼がとことん怯えているのは、声を聞いているだけで明らかだった。おれは思わず笑いそうになり、慌てて口を閉じた。

いずれにしろ、これで彼のほうを見ることができた。彼は打ち負かされ、ぶち壊されていた。自分のでぶった首を守るためなら、いや、守ろうとするためだけでも、なんでもするだろう。

私は彼をとくと見た。

ヌーナンは私のほうを見ようとしなかった。椅子にじっと坐ったまま誰のほうも見ていなかった。見る余裕もなく、必死に振る舞っていた。私にその身を狼の餌にされながらも、狼たちにずたずたに引き裂かれることなど少しも恐れていないかのように。無事にここから出ていけることを露(つゆ)ほども疑っていないかのように。

私はエリヒュー老のほうを向いて自分の仕事を続けた。

「あなたの銀行が襲われた件ですが、やっぱり文句を言いたいですか？　それともあの件はあのままでもいいですか？」

マックス・ターラーが私の腕に触れて言った。

「あんたがさっさと手持ちを明かしてくれたら、文句を言う資格があるのは誰なのか、おれたちにもよくわかるんじゃないのか？」

願ってもなかった。

「ヌーナンはあんたを挙げたがってた」と私は彼に言った。「だけど、ここにいるエリヒュー老とルー・ヤードからあんたには手出しをしないように言われていた。あるいは、そう言われるものと思っていた。それでも、とヌーナンは思った、銀行が何者かに襲われて、それをあんたの仕業に見せかけることができたら、さすがにエリヒュー老もルー・ヤードもあんたを見放すんじゃないかと。そうなれば、誰にも気がねなくあんたを追いつめられる。この市(まち)でその手の件(ヤマ)にゴーサインを出すのはルー・ヤードの仕事だ。だから、あんたは彼の縄張りを侵すことになる。しかもエリヒュー老から金を巻き上げるわけだ。そう見えるはずだった。そうなれば、当然、ふたりはあんたを捕まえる手助けすらするだろう。それがヌーナンの読みだった。ただ、ヌーナンはあんたがここにいることを知らなかった。

リノは仲間と一緒に留置場に入れられていた。だけど、ルー・ヤードの手下でありながら、親分を裏切ることなど彼には屁でもなかった。むしろ親分から市(まち)を奪い、自分のものにするということをすでに考えていた」私はリノのほうを向いて確かめた。「だろ？」

彼は相変わらずの無表情で私を見て言った。

「勝手にほざいてろ」

私はほざきつづけ、またターラーに言った。

「ヌーナンはあんたが〈シーダー・ヒル・イン〉にいるというガセネタを自分ででっち上げると、使えるお巡りは残らず動員した。ブロードウェーで交通整理をしていた連中まで。それでリノは楽に動けたのさ。この件にはマグロウ警部補と彼の部下も一役買っていて、留置場からリノとその仲間をこっそり脱け出させ、銀行を襲わせると、また留置場に戻したというわけだ。留置場ほどアリバイづくりに持ってこいのところもないからな。リノと彼の仲間はその数時間後、保釈になった。

ルー・ヤードはこのからくりにたぶん気づいたんだろう。で、ゆうべダッチ・ジェイク・ワールのほかにも何人か手下(ダチ)を〈シルヴァー・アロウ〉に遣った。あんまり勝手な真似をするんじゃないとリノとその友達に釘を刺すために。だけど、リノはすんでのところで逃げた。そして、また市に舞い戻った。こうなると、もうリノかルー・ヤードかということになる。リノは今朝、ルー・ヤードの家のまえで、ルーが家から出てくるところを銃を持って待ちかまえることで、そのことにけりをつけた。リノは何かといい情報網を持ってるんだろうよ。いずれにしろ、そういう経緯で、殺されていなければルー・ヤードが坐っている椅子に、今はリノが収まっているというわけだ」

誰もが身じろぎひとつしなかった。どれほど静かにじっと坐っていられるか、まるで見てもらいたがっているかのように。今ここにいる誰とも仲間にはなれない。誰ひとりあてにできない。今はなにより軽率な動きをひかえるときだ。

私の言ったことがなんらかの意味を持ったにしろ、なんの意味も持たなかったにしろ、リノの顔にはどんな表情も表われていなかった。

ターラーが低い声でぼそっと言った。

「まだ言ってないことはないか？」

「ジェリーのことか？」私は会議の盛り上げ役をさらに演じて続けた。「今話そうと思ってたところだ。あんたが脱獄してそのあと捕まったとき、彼も逃げたのかどうかはわからない。もしかしたら逃げなかったのか。逃げなかったとしたら、どうして逃げなかったのか。どれだけ自分から進んで銀行強盗に加わったのかもわからない。それでも、加わったことにまちがいはない。それに、撃たれて銀行のまえに置き去りにされたことも。しかし、どうしてそんなことになったのかと言えば、それは彼があんたの右腕だったからだ。あそこでジェリーが殺されたとなりゃ、当然、強盗はあんたの仕業ということになる。ジェリーはずっと逃走車に乗せられてて、外に突き出されて、背中を撃たれた。そのときジェリーは銀行のほうを向いていて、車に背を向けていた」

ターラーはリノを見て囁いた。

「どうなんだ？」

リノはそのどんよりとした眼でターラーを見て、抑揚のない声で訊き返した。

「何がどうなんだ？」

ターラーは立ち上がると言った。「おれは抜ける」そう言って、ドアに向かった。

フィンランド野郎のピートが立ち上がり、そのごつい手をテーブルについて言った。胸に響く低い声だった。

「ウィスパー」ウィスパーは立ち止まって、ピートのほうを向いた。ピートは続けた。「これだけは言っておく。ウィスパー、おまえにもほかのみんなにも。こんなくだらないドンパチはもう終わりだ。みんな、わかったな？　ここにいるのは自分にとって何が最善かもわからん空気頭ぞろいなんで、言っといてやる。こんなふうに市(まち)がぶっ壊れると、商売ができなくなる。こんなのはもう我慢できん。みんなそれぞれいい子になるか、さもなきゃおれがみんなをいい子にさせるかだ。

おれのところには銃のどっち側の先っぽの使い方もよく心得てる若い兵隊が大勢いる。この商売にはそういうやつらが要るんだよ。そいつらをおまえらに差し向けなきゃならなくなったら、おれはそうするぜ。火薬やダイナマイトを使ったお遊びがしたいのか？　だったらそれがどんなものか教えてやるよ。闘いたいのか？　だったらそれも教えてやろう。おれの今のことばを忘れるな。それだけは言っておく」

ピートはそう言うとまた坐った。

ターラーはいっとき考えるような顔つきで立っていたが、何も言わず、何を思ったかも示さず、出ていった。

彼の退場で誰もが落ち着きをなくした。ほかの誰にしろ、そいつが身のまわりに銃を集めるのを自分だけ手をこまねいて見ているわけにはいかない。みんながそんなふうに思っているのは明らかだった。

すぐに書斎にはエリヒュー老と私だけになった。

坐ったまま、互いに見合った。

ややあって、彼が言った。

「警察署長にはなりたくないか？」

「いや。おれは腐りきった使い走りが性に合ってるんでね」

「今ここにいたやつらを相手にしろとは言ってない。やつらを追い払ったあとでのことだ」

「また同じようなやつらがやってくるだけだ」

「食えないやつだな、おまえは」と彼は言った。「おまえの父親と言ってもおかしくない年の男に少しはやさしい口を利いても罰はあたらんよ」

「おれにとことん罵声を浴びせて、なんでもかんでも年のせいにするご仁を相手に？」

怒りが彼の額の血管を青く浮かび上がらせた。が、そのあと笑いだした。

「どこまでもひねくれた物言いをするんだな」と彼は言った。「それでも、おまえはおれが金を払っておまえにしてくれと頼んだことはちゃんとしてくれた。それだけは言えそうだ」

「あんたから大変な支援をいただいたおかげでね」

「乳を飲ませてほしかったのか？　おれはおまえに金と自由に動ける権限を与えた。おまえがそれを望んだからだ。それ以上、何が要ったというんだ？」

「老いぼれ海賊。それがあんただ」と私は言った。「今度のことはあんたがむしろおれに脅されてしたことだ。だから、今の今まであんたはずっとおれに逆らいつづけてきた。ところが、さっきまでここにいたやつらが互いに貪り食い合うのに躍起となりはじめるのを見たとたん、恩着せがましく、おれはおまえのためにこれまでどれだけのことをしてきたか、とはね。急にそんな話をしだすとは」

「老いぼれ海賊か」と彼は私のことばを繰り返して言った。「若いの、老いぼれの海賊じゃなかったら、おれは今でもアナコンダの銅の精錬所で、時給いくらの仕事をしてただろうよ。〈パーソンヴィル鉱山〉は影も形もなかっただろうよ。ぬくぬくと毛で被われた世間知らずの腐れ仔羊。それがおまえだ。こっちはずっと毛のないところをつかまれてたんだ。気に入らないことだらけだった。今日の今日まで知らないこともあった。それはこれまで以上に気に入らないことだった――だけど、弱みを握られてる以上、待つしかなかった。ウィスパーがここに来てからも、こっちは自分の家にいながら囚人同然だった。クソ人質状態だったんだ！」

「それはそれは。で、今はどこに立ってる？」と私は尋ねた。「おれのうしろのつもりかな？」

「おまえが勝てばな」

私は立ち上がって言った。

「あんたがやつらに殺られることを心底祈ってるよ」

彼は言った。

「おまえがそう思うのもわからんではないが、そうはならんよ」彼はさも嬉しそうに眼をすがめて私に言った。「おれはおまえに金を出してる。それはつまり、おれはおまえのことを憎からず思ってるということだ。ちがうか？　だから、若いの、おれにはそうつっけんどんにするもんじゃない。おれはただ——」

「くたばりやがれ」私はそう言い捨てて部屋を出た。

20　アヘンチンキ

ディック・フォーリーの借りた車が次の角に停まっていた。ダイナ・ブランドの家のあるブロックまでフォーリーの車に乗せてもらい、あとは歩いた。

「なんだか疲れてるみたいね」彼女のあとについて居間にはいると、彼女は言った。「ずっと仕事してたの？」

「和平会議に出てた。その会議のせいでこのあと少なくとも十人ぐらいは死人が出そうだ」

電話が鳴った。彼女が出て、私を呼んだ。

リノ・スターキーの声がした。

「たぶん聞きたがると思ってな。ヌーナンが地獄へ堕ちた。自分の家のまえで車から降りたところを撃たれた。しかし、さすがのあんたもあそこまでとことん死んじまってる死体は見たことがないんじゃないかな。三十発は食らってたな」

「わざわざどうも」

ダイナの大きな青い眼が問うていた。

「和平会議の最初の果実がもたらされた、ウィスパーの手で」と私は言った。「ジンはどこだ？」

「電話はリノからだったんでしょ？」

「ああ。ポイズンヴィルから警察署長がいなくなったことをおれが知りたがると思ったらしい」

「それってつまり――？」

「リノによれば、今夜ヌーナンが死んだということだ。それ以外の意味はない。ジンはないのか？　お願いしないと駄目なのか？」

「どこにあるかは知ってるでしょ？　これもまたあんたの賢い企みが実を結んだってこと？」

私は奥のキッチンに行き、冷蔵庫を開け、錐のように先端の鋭い刃が青と白の丸い柄についたアイスピックで氷を乱暴に割った。ダイナはそばに立ってあれこれ訊いてきた。私は氷とジンとレモンジュースと炭酸水をふたつのグラスに注ぎ終えるまで答えなかった。

「何をしてたの?」それぞれ飲みものを持ってダイニングルームに行くと、ダイナは言った。「あんた、幽霊みたいな顔をしてる」

私はテーブルにグラスを置き、そのまえに坐って愚痴をこぼした。

「さすがにこの市(まち)がおれにもこたえてきた。さっさと逃げ出さないと、おれもここの住人みたいな暴力に慣れっこのいかれ頭になりかねない。これまで何があった? おれがこっちに来てからもう十六人も殺されてる。ドナルド・ウィルソンにアイク・ブッシュ、〈シーダー・ヒル・イン〉じゃ四人の外国人に刑事がひとり、それにジェリーにルー・ヤード、〈シルヴァー・アロウ〉じゃダッチ・ジェイクにブラッキー・ウェーレンにプット・コリンズ。おれが殺(や)ったお巡りのビッグ・ニック、ウィスパーがここで殺(や)ったブロンドの若造。エリヒュー爺さんの家に押し入ったヤキマ・ショーティ。そしてヌーナン。一週間たらずのうちに十六人だ。たぶんこのあとそれがさらに増える」

彼女は眉をひそめて私を見ると、きっぱりと言った。

「そんなふうには考えないことよ」

私は笑って続けた。

「これまで必要とあらば、おれも殺しのひとつやふたつは仕組んできたよ。だけど、こんなふうに熱に浮かされたようになったのは初めてだ。それはたぶんこの市(まち)のせいなんだろう。ここじゃ何事もストレートにはいかない。おれも端からこんがらかっちまった。エリヒュー爺さんにお払い箱にされかけたとき、ここのやつらを互いに反目させることぐらいしかおれにはできることがなかった。それでも、それをやる以上はおれとしても最善を尽くすしかない。それがこれほどの人殺しにつながることだったとしても、おれにほかに何ができた？　どうすればそれを食い止められた？　おれがやることはエリヒュー爺さんのうしろ盾なくして、できることじゃなかった」

「あんたにはどうすることもできないことだったのなら、だったら、今さらなんで大騒ぎしなきゃならないの？　さっさと飲みなよ」

　私はグラスの中身を半分空けた。飲むと、さらに話したくなった。

「殺しに充分関わると、あとはふたつにひとつだ。気分が悪くなるか、殺しが好きになるか。ヌーナンはどう見ても前者だった。ルー・ヤードが殺されたあとはもうビビりまくって、根性も何もなくしちまって、平和のためならなんでも差し出す気になっていた。で、おれは彼を丸め込んで、彼とほかに生き残ってる連中とで会議を開いたらどうかと持ちかけた。行きちがいがあってほつれちまったところは、お互いつくろい合っちゃどうかと。

　それで今夜はウィルソン邸での大会議とあいなった。愉しいパーティだったよ。おれは何もかも包み隠さず話すことで、みんなの誤解を解くようなふりをしつつ、その実、ヌーナンを丸裸にして、みんなのまえに差し出した――そう、ヌーナンとリノをな。そこで会議はお開きとなった。ウィスパーがまずおれは抜けると宣言した。ピートがそのあとみんなの置かれてる立場について、説教を垂れた。ドンパチは密造酒の商売にさしさわる。だから、それが誰であれ、今から何かをおっぱじめたやつのところには、兵隊を差し向ける。そんなことをのたまった。もっとも、そんな演説をしたところで、ウィスパーが感銘を受けたようには見えなかったがな。リノも」

「ふたりとも受けるわけがないわ」とダイナは言った。「でも、あんた、ヌーナンに何をしたの？　ヌーナンとリノをどうやって丸裸にしたの？」

「みんなにこう思わせたんだ、ヌーナンは最初からティム殺しの犯人がマクスウェインであることを知っていたと。しかし、おれがその席でついた嘘はそれだけだ。あとは銀行強盗が実はリノとヌーナンによって仕組まれたものだったことをばらした。ジェリーも巻き込み、現場でジェリーを殺すことで、強盗をウィスパーの仕業に見せかけようとしたこともな。おまえさんが話してくれたことにまちがいがなけりゃ、そういうことだったんだろうと思ったのさ。ジェリーのことだ。ジェリーは車から出て、銀行のほうを向いてるときに撃たれたって言っただろ？　やつは背中に穴をあけられてた。逃走車がキング通りにはいるところを最後に目撃されてるってことも辻褄が合う。やつらはまた警察署の留置場に戻ったのさ。アリバイづくりのために」

「でも、ジェリーを撃ったのは銀行の警備員じゃないの？　新聞にはそう出てたけど」

「確かにその警備員はそう言ってる。だけど、そいつはどんなことでも言いそうなやつなんだよ。でもって、言ったことを自分でも信じちまいそうな。眼をつぶって銃が空になるまでぶっ放して、そのあと倒れてるものを見たら、それがなんであれ、自分の獲物だと思っちまうような。おまえさんはジェリーが撃たれたところを見たんじゃないのか？」

「見たわよ。彼は確かに銀行のほうを向いてた。でも、もう滅茶苦茶な状態だったから、誰が彼を撃ったのかまではわからなかった。銃を撃ってた男たちはいっぱいいたから――」

「ああ、やつらはそういうこともおれには当て込んでたんだろう。いずれにしろ、おれは事実もひとつ宣伝してやった――少なくともおれには事実と思えることだ――ルー・ヤードをやったのはリノだってな。しかし、このリノというのはたいした野郎だよ、ちがうか？　ヌーナンはもうよれよれで泣きそうにさえなってたというのに、そんなときにリノはなんて言ったと思う？『何がどうなんだ？』ときた。洒落た紳士の台詞じゃないか。それでやつらはきれいにふたつに分かれた――ピートとウィスパー対ヌーナンとリノだ。だけど、誰ひとり自分のパートナーを信じちゃいない。自分が動いたときに味方になってくれるかと言えば、まるであてにはできない。実際、会議が終わったときにはふたつの同盟はもう崩れていた。ヌーナンはすでに数のうちにはいってなかったんで、互いに反目し合うリノとウィスパー、さらにふたりに対抗するピートという新たな構図ができ上がっていた。だから、おれが死と破壊を操ってみせるあいだ、この三人は向かい合って坐ってたわけだが、互いに牽制し合ってるのは見え見えだった。

　そんな中、ウィスパーが最初に出ていった。ヌーナンが家に帰る頃には鉄砲を持った手下をヌーナンの家のまえに遣れるよう、少しでも早く手配したかったのかもしれない。いずれにしろ、ヌーナンは撃たれた。ピートがあのとき言ったことが本気だったとしたら――言ったことは必ずやりそうな面がまえの男だよ、あの男は――このあとウィスパーを放っておきはしないだろう。一方、ジェリー殺しに関しちゃ、リノはヌーナンとグルだったわけだから、ウィスパーはウィスパーでリノを仕留めようとするだろう。リノにしてもそんなことは先刻承知だろうから、自分のほうから先にウィスパーを消そうとするだろう。しかし、そういうことを先にやると、ピートに狙われることになる。それに加えて、リノには彼をボスに担ぐことを快く思っていないルー・ヤードの手下がいる。そいつらから逃れるだけでも手一杯だろう。つまるところ、うまそうな料理の一丁でき上がりというわけだ」

ダイナ・ブランドはテーブル越しに手を伸ばしておれの手を軽く叩いた。眼が落ち着きをなくしていた。彼女は言った。

「あんたが悪いんじゃないよ。自分でもさっき言ったじゃないの。できることは何もなかったって。それよりそのグラス、空けちゃいなよ。もう一杯飲もうよ」

「やれることは山ほどあった」と私は彼女に反論して言った。「エリヒュー爺さんが最初おれを追い払おうとしたのは、爺さんにしても連中が手強すぎたからだ。だから、一掃できると確信できないかぎり、一か八かの博打は打てなかった。単純な理由だよ。おれにどんなことができるかわからなかった。だから、これまでどおり連中と調子を合わせることにしたのさ。それでも、彼はほかのやつらのような根っからの悪党じゃない。ただ、この市を自分の財産のように思っていて、それがやつらにどんどん奪われるのだけは我慢がならなかった。

今日の午後、エリヒュー爺さんのところへ行って、おれが連中を破滅させたことを報告してもよかった。そういう話なら彼も分別をわきまえて礼儀正しく聞いただろう。おれの側に立って、おれが合法的に動くための援助もしてくれただろう。おれとしちゃそうしてもよかった。だけど、やつらを殺し合わせるほうが簡単だった。簡単で、確実だった。そのほうがやりがいもあった。今はそう思ってる。探偵社のほうにどう報告するかはまだ決めてない。おれがここでやってきたことをおやじさんに知られたら、とことん搾られるだろう。すべてはこのくそいまいましい市のせいだ。ポイズンヴィルとはよく言ったものだ。おれもこの市に毒されちまったんだよ、きっと。

なあ、おれは今夜、エリヒュー爺さんの書斎のテーブルについて、やつらを釣り上げてやったんだ、マスを釣るみたいに。で、ほんとのマス釣りとおんなじくらいそのことを愉しんだ。おれはヌーナンを見て悟ったよ、こいつがもう一日生きられる可能性は千にひとつもないってな。それもこれもおれが彼にしてやったことのせいだ。そう思うと、心底笑えたよ。心がぽっと温かくなって、幸せな気分になれた。おれはそんな人間じゃないのに。魂はおれにもないわけじゃない。だけど、おれの魂はごつくてぶ厚い皮をかぶってる。二十年も犯罪にかかずらう仕事をしてきたせいで、どんな殺しを見ても日々の飯の種としか思えなくなってる。それでも、だ。人が何人も死ぬように画策して、そのことを大笑いするなんてのはおれじゃない。この市がおれをそんな人間にしちまったんだ」

彼女は笑みを浮かべた。やさしすぎる、寛大すぎる笑みだった。

「大げさなこと言わないでよ、ハニー。やつらが死んだのは自業自得よ。だからそんなふうには考えないでよ。なんか気味が悪くなるじゃないの」

　おれはにやりとして、グラスを取り上げ、ジンを取りにキッチンに行った。戻ると、彼女が暗い眼を心配げに曇らせ、怪訝な顔をして訊いてきた。

「なんでアイスピックなんか持ってきたの？」

「おれの心は今どんな状態か、おまえさんに見せるためだ。二、三日まえにこのアイスピックについて何か思ったとしても、氷を割るのにもってこいの道具としか思わなかっただろう」私は針のようにとがった切っ先まで半フィートほどの長さの湾曲した刃を指で撫でた。「だけど、これで服の上から人を刺しても悪くない。はっきり言って、今はそんなふうに思ってる。葉巻用のライターなんかでさえ、誰か嫌いなやつのためにその中にニトログリセリンを詰めることを考えずには、ただ見ることもできなくなってる。この家のまえの側溝に銅線が落ちてるのを見たときもそうだった――細くて柔軟性のある銅線で、両端をつかんで人の首を絞めるにはちょうどいい長さだったんだ。それをまさかのときの用心に拾ってポケットに入れようかなんてな。いっときそんなことさえ真面目に考えた――」

「狂ってる」

「ああ、わかってる。それこそおまえさんに言いたいことだ。おれはどんどん暴力に慣れっこのいかれ頭になっている」

「そういうの、あたし、好きじゃないんだけど。それはキッチンに戻して、ここに坐って、お利口さんになって」

私はそのうちふたつに従った。

「あんた、神経がショートしちゃったのよ」と彼女は諭すように言った。「それがあんたの問題よ。この何日か刺激がありすぎたのよ。このままだとまちがいなく不安で不安でたまらなくなっちゃうわよ。神経衰弱になっちゃうわよ」

私は片手を上げて指を広げた。震えてはいなかった。

彼女もそれを見て言った。

「そんなの、意味ないよ。あんたの中身の問題なんだから。二、三日休暇を取ったら？　あんたはもうやることはやったんだから、あとはやつらが勝手に動くわよ。ソルトレイクに行かない？　休んだらきっとよくなるわよ」

「それはできない相談だ、嬢ちゃん。誰かがここに残って死体を数えなきゃならない。それに、このすじがきはすべて現在の人間と出来事の組み合わせに基づいてる。だから、おれたちがいなくなると、そのバランスが崩れて、全部最初からやり直さなきゃならないなんてことにもなりかねない」

「あんたがいなくなっても、それは誰にも教えなくたっていいことよ。それに言っとくけど、あたしはそもそも関係ないからね」

「おまえさん、いつから関係なくなったんだ？」

彼女は身を乗り出すと、疑わしげに眼を細くして尋ねた。

「何が言いたいの？」

「別に。ただ、なんでおまえさんはそんなに急になんの関係もない見物人になってしまったんだろうって思っただけだ。おまえさんのせいでドナルド・ウィルソンが殺されたのがそもそもの始まりだったってことを忘れたのか？　この仕事が途中で先細りにならなかったのは、おまえさんがウィスパーに関する情報をおれにくれたからってことも忘れたか？」

「そのどっちもあたしが悪いんじゃない。それはあんたも知ってるくせに」と彼女は憤慨して言った。「それにどっちみちすんだことよ。あんたは今、ひどい気分なものだから、ただ議論を吹っかけたくてそんなこと言うのよ」

「おまえさんがウィスパーに殺されるって怯えまくってたのは、ついゆうべのことだがな」

「殺すとか殺されるとか、そんな話はもうしないで！」

「オルベリーからまえに聞いたことだが、おまえさん、ビル・クイントに殺すって脅されたことがあるんだってな」

「もうやめて」

「どうやらおまえさんにはボーイフレンドに人殺しを考えさせる才能があるんだな。ドナルド・ウィルソン殺害容疑でオルベリーが裁判を待ってて、ウィスパーはおまえさんを隅に追いつめて震え上がらせている。このおれでさえおまえさんの影響から逃れることはできなかった。おれがどんなに変わっちまったか見てくれ。ダン・ロルフもそうだ。おれはまえからひそかに思ってるんだが、彼はいつかおまえさんの命を狙うだろう」

「ダンが！　あんた、頭おかしいんじゃないの！　どうして――」

「ああ。彼は落ちぶれた肺病患者だ。そんな彼をおまえさんは引き受けた。住むところを与えて、アヘンチンキも好きなだけ与えた。でもって、彼を使い走りにした。おれのまえで彼の顔を平手打ちしたこともあれば、みんなのまえで叱りつけることもあった。彼はおまえさんに惚れてはいるよ。だけど、ある朝起きたら、彼に寝首をかかれてたなんてことになるんだろうな、たぶん」

彼女は震えながら立ち上がった。そして、声に出して笑った。

「あんた、ダンのことなんかなんにもわかってないけど、でも、ご意見はご意見として聞いとくわ」

私は煙草に火をつけて考えた。自分は今どうしてこんな感情に陥っているのか。もしかしたら霊感が鋭くなっているのか。何か虫の知らせでも感じているのか。あるいは、ただ神経がいかれかけているのか。

「どこへも行かないのなら、次善の策は」彼女はグラスに酒を満たして戻ってくると、私にアドヴァイスしてくれた。「べろんべろんに酔っぱらって、数時間でもいいから何もかも忘れちゃうことね。あんたのはジンをダブルにしておいた。あんたにはこれが必要なんだよ」

「いや、おれじゃない」と私は自分がどうしてそんなことを言うのか訝り（いぶか）ながら言った。と同時に、それを愉しんでもいた。「おまえさんだよ、おかしくなってるのは。おれが殺しの話をするたび、おまえさんはおれに嚙みついてくる。なるほどおまえさんは女だ。だから、殺しなんてものは、話題にさえならなきゃ、知らずにすませられると思ってる。この市（まち）ではいったい何人の人間がおまえさんを殺したがってるのか、そんなことは誰にもわかりゃしないってな。だけど、それは馬鹿げた考えだよ。たとえばの話、おれたちが何を言おうと言うまいと、そんなことがウィスパーに少しでも影響を――」

「やめて、やめて、やめて！　あたしは馬鹿よ。あたしはことばが怖いのよ。彼が怖いのよ。どうしてあたしが頼んだときに彼を始末してくれなかったの？」

「ああ、悪かったよ」と私は言った。それは本心だった。

「どう思う、彼はこのあと――？」

「わからない」と私は言った。「だけど、おまえさんは正しいことを言ったよ。こんなことを話していても意味はない。今やるべきは飲むことだ。このジンはなんだか気が抜けちまってるみたいだが」

「気が抜けてるのはあんたよ、ジンじゃなくて。もっと強いのがいい？」

「今夜はニトログリセリンだって飲めそうだ」

「だったら、ほぼそれに近いものを持ってきてあげる」

　彼女はそう言って、キッチンで瓶を相手にごそごそやってから、それまで飲んでいたものと同じように見えるものを注いだグラスを持って戻ってきた。私はにおいを嗅いで言った。

「アヘンチンキがはいってるのか、ええ？　そう言えば、ロルフはまだ入院してるのか？」

「そう。頭の骨が折れてたみたい。きっとそれが効くわ、紳士のおじさん。そういうのを望んでたんだったら」

私はアヘンチンキ入りのジンを咽喉に流し込んだ。すぐに気分がよくなった。ふたりで飲んで話した。いっとき友愛と平和に満ちた地球上のバラ色の明るい世界で過ごした。

ダイナはジンしか飲まなかった。私もしばらくそれにつきあってから、アヘンチンキ入りジンをもう一杯飲んだ。

そのあと私はひとり遊びをした。ほんとうはもう何も見えていないのに眼を開けて起きているふりをした。が、そのうち彼女を騙せなくなって、それがわかるとあきらめた。

彼女に手伝ってもらって、居間のソファの上に転がった。覚えているのはそこまでだった。

21　十七番目の殺人

夢を見た。ボルティモアのハーレム・パークの噴水に面したベンチに坐っていた。ヴェイルをつけた女性の隣りに。その女性と一緒にそこまで来ており、その女性は私がよく知っている女性だった。なのにいきなり私はそれが誰なのか忘れてしまう。顔を見ようにも、黒くて長いヴェイルをしているのでわからない。

で、私は、何か言えば、それに答える彼女の声からわかるかもしれないと思うのだが、声をかけるのがあまりにも恥ずかしく、言うべきことばを見つけるのにもやたらと時間がかかる。それでもようやく、キャロル・T・ハリスという名の男を知っているかと彼女に尋ねる。

彼女はなにやら答える。しかし、迸る噴水の水の音が彼女の声を掻き消してしまい、私には何も聞こえない。

消防車がエドモンソン通りを走り去る。彼女は私をあとに残して、その消防車を追いかける。「火事よ、火事よ！」と叫びながら。そこで私にはその声がわかる。彼女が誰なのかわかる。彼女が自分にとって大切な人であることも。私は彼女のあとを追う。しかし、もう遅すぎる。彼女も消防車もどこにも見えない。

私は彼女を捜して通りをさまよう。アメリカの通りの半分を歩く。ボルティモアのゲイ通りもマウント・ロイヤル通りも、デンヴァーのコルファックス通りも、クリーヴランドのエトナ通りもセント・クレア通りも、ダラスのマッキニー通りも、ボストンのラマーティン通りもコーネル通りもアモリー通りも。ルイヴィルのベリー通りも、ニューヨークのレキシントン通りも、ジャクソンヴィルのヴィクトリア通りに至るまで。ヴィクトリア通りではまた彼女の声を聞くことができる。姿は相変わらず見えないのだが。

彼女の声に耳をすましてさらに通りを歩く。すると、彼女も名を呼んでいるのが聞こえてくる。私の名ではない。なじみのない名だ。ただ、どれほど速く歩こうと、どの方角に向かおうと、彼女の声は一向に近くならない。エル・パソの連邦ビルのまえの通りにいても、デトロイトのグランド・サーカス・パークにいても。

疲れもし、うんざりもして、少し休もうと、ノースカロライナ州ロッキー・マウンテンの駅と向かい合って建っているホテルのロビーにはいる。椅子に坐っているあいだに列車が到着し、その列車から彼女が降りて、ロビーにはいってくる。私のところまでやってくると、彼女は私にキスをしはじめる。私は居心地の悪い思いをする。まわりの誰もが私たちを見て、笑っているのだ。

その夢はそこで終わる。

今度は見知らぬ市(まち)で、憎くてならない男を追っている。見つけたらそいつを殺そうと、剝き出しのナイフをポケットに入れている。日曜日の朝。教会の鐘が鳴り響き、通りには大勢の人がおり、彼らは教会を出たりはいったりしている。最初の夢とほとんど同じくらいたくさん歩く。が、今回はずっとこの見知らぬ市(まち)にいる。

すると、私が追っている男が私に向かって呼ばわる。私は男を見る。茶色の小男で巨大なソンブレロをかぶっている。広場の向こう側、高層ビルの階段に立って、私を見て嘲笑っている。男と私のあいだの広場には肩と肩がぶつかり合うぐらい人がびっしりと立っている。

私はポケットの中の剝き出しのナイフを片手でつかみ、茶色の小男めざして走る。広場の人人の肩と頭にぶつかりながら。肩と頭はそれぞれ異なる高さにあり、それらの隙間も不均一なため、私は転びそうになりながら、つっかえつっかえ彼らのあいだを進む。

茶色の小男はもう少しで私に捕まりそうになるまで階段の上で笑いつづけ、ぎりぎりのところで建物の中に逃げ込む。私は螺旋(らせん)階段を何マイルも追いかける。手を伸ばしても男を捕まえるには、常にたったの一インチ足りない。気づくと屋上に来ている。男は端まで走ってジャンプする。そのとき私の片手が男に触れる。

男の肩が私の指の隙間からするりと抜ける。その拍子に私の手が男のソンブレロを弾き飛ばし、私は男の頭をつかむ。つるつるとして固くて丸い頭で、大きさは大きな卵ほどしかない。指で楽に持ててしまう。私は男の頭をつかんだまま、もう一方の手でポケットの中のナイフを取り出そうとする——そして、そこで男と一緒に自分も屋上のへりから飛び出してしまっているのに気づく。私は男と一緒にめくるめく落下を続ける。広場で上を見上げている何百万という顔に向かって、何マイルも何マイルも。

おろされたブラインド越しに射し込む朝のぼんやりとした光の中で眼が覚めた。

ダイニングルームの床の上に左手の前腕を枕がわりにして、うつ伏せに横たわっていた。右腕はまっすぐに伸ばされ、ダイナ・ブランドのアイスピックの青と白の柄を握っていた。そのアイスピックの刃が——刃渡り六インチばかりの先のとがった刃が——彼女の左の胸に突き刺さっていた。

彼女のほうは仰向けだった。死んでいた。筋肉質の脚がキッチンのドアのほうに伸びており、ストッキングの右脚のまえの部分に伝線が走っていた。

ゆっくりと、まるで彼女を起こすのを恐れるかのように、そっとアイスピックを放して、腕を引っ込めて立ち上がった。

眼が焼けるように痛かった。口の中も咽喉も熱く、綿でも呑み込んだような感覚があった。キッチンに行き、ジンを見つけ、またちゃんと息ができるようになるまで瓶を口に傾けた。キッチンの時計は七時四十一分を告げていた。

ジンを体に取り込んでダイニングルームに戻り、明かりをつけて彼女を見た。見るかぎり、あまり血は出ていなかった。ブルーのシルクのワンピースにアイスピックがつくった一ドル銀貨ほどの大きさの穴があいていた。右の頬骨のすぐ下に痣があり、右の手首には指の跡と思われる痣があった。手には何も持っていなかった。彼女の体を動かして、体の下にも何もないことを確かめた。

部屋も点検した。見るかぎり、変わったところはなかった。キッチンに戻った。キッチンも見るかぎり、何も変わってはいなかった。

裏口のドアのスプリング錠はかかっており、いじられた形跡もない。玄関のドアも調べたが、そっちにもなんの痕跡もなかった。二階も含めて家の中を隈なく見たが、何もわからなかった。窓にも異常はなかった。彼女の鏡台の上の宝石類も（ダイアの指輪がふたつ彼女の指にはめられていた）寝室の椅子の上に置かれたハンドバッグの中の四百ドルちょっとの金も手つかずだった。

ダイニングルームに戻り、死んだ彼女の脇に膝をつき、私の指紋が残っているはずのアイスピックの柄をハンカチで拭いた。同じことをグラスにも酒瓶にもドアにも明かりのスウィッチにも家具にもした。自分が触れた箇所、触れたかもしれない箇所は全部拭いた。

それから手を洗い、血がついていないかどうか服を検め、自分の所持品を何も残していないことを確かめ、玄関に向かった。ドアを開け、内側のノブを拭き、外に出てドアを閉めると、外側のノブも拭いて立ち去った。

ブロードウェーを北に行ったところにあったドラッグストアから、ディック・フォーリーに電話して、ホテルに来てくれるよう頼んだ。私がホテルに着いて数分後にやってきた。

「ダイナ・ブランドが自宅で殺された。ゆうべか今朝早く」と私はディックに言った。「アイスピックで刺された。警察はまだ知らない。彼女を殺す動機があってもおかしくないやつが何人かいる。それぐらいあんたにもわかる程度には、これまで彼女のことを話してきたと思うが、まず調べてほしいのは三人だ――ウィスパーにダン・ロルフに過激派のビル・クイント。彼らの人相風体はわかってるよな。ロルフは頭蓋骨の骨折で入院中だ。ただ、どこの病院かわからない。とりあえず市立病院をあたってみてくれ。ミッキー・リネハンを捕まえて――彼はまだピートのケツにくっついてるはずだ――ピートには少し休みを取らせてやることにして、ミッキーとふたりでこの件にあたってくれ。今言った三人はゆうべどこにいたか、突き止めるんだ。これはあまりのんびりとはやってられない仕事だ」

私が話すあいだ、このチビのカナダ人はずっと怪訝な顔で私を見ていた。そして、私が話し終えると何か言いかけた。が、そこで気が変わったようだった。「わかった」とだけぼそっと言って出ていった。

リノ・スターキーを捜そうと思い、私もホテルを出た。一時間かけて捜したあと、電話で捕まえられた。ロニー通りの下宿屋にいた。

「そっちはひとりか？」私が会いたいと言うと彼は訊いてきた。

「そうだ」

彼はその下宿屋まで来るように言い、道順を教えてくれた。私はタクシーを拾った。その下宿屋は市の端近くにあった。みすぼらしい二階建ての家だった。

一段高くなった角の食料雑貨店のまえに男がふたり、何をするでもなく立っていた。次の角の家のまえの木の階段にもいた。男がふたり坐っていた。四人ともあまり洗練されたなりはしていなかった。

呼び鈴を鳴らすと、これまたふたりの男がドアを開けた。あまりおだやかな顔つきとは言えないふたりだった。

通りに面した二階の部屋に連れていかれた。リノはカラーをはずしたシャツの袖をまくり、ヴェストを着て、椅子の背にもたれて坐り、足を窓敷居にのせていた。

私にその青白い顔を向けてうなずくと言った。

「椅子を持ってきなよ」

その部屋まで私を連れてきたふたりの男は出ていき、ドアが閉められた。私は椅子に坐って言った。

「アリバイが要る。ゆうべおれが出たあと、ダイナ・ブランドが自宅で殺された。おれに嫌疑がかかる可能性は低いが、ヌーナンに死なれちまったんで、自分と警察との今の関係がおれにはちゃんとつかめてない。それでも、どんな些細な疑いもかけられたくないことには変わりない。ゆうべどこにいたのか。いざとなりゃ、ちゃんと証明できることはできるんだが、あんたが手伝ってくれたら、よけいな手間が省ける」

　リノはどんよりとした眼で私を見て言った。

「なんでおれのところに来た？」

「あんたはゆうべ彼女のところにいるおれに電話してきた。ゆうべの早い時間におれが彼女のところにいたことを知ってる唯一の人間だ。ほかでアリバイがちゃんと証明できるにしろ、その電話の件じゃ、おれはどっちみちあんたと話をつけておかなきゃならない。ちがうか？」

「あんたがあの女を殺ったのか？」

　私は言った。「いや」どこまでもさりげなく。

　リノはしばらく窓の外を眺めてから言った。

「どうしておれがあんたに手を貸すと思った？　ゆうべウィルソンの家であんたはおれのためになることを何かしてくれたんだっけ？　それでおれはあんたに借りができたんだっけ？」

　私は言った。

「おれはあんたの立場がことさら悪くなるようなことは言わなかった。銀行強盗の件はすでに半分ばれてたようなものだった。エリヒュー爺さんにも充分わかっていた。だから、どのみち突き止めてただろうよ。おれはすでにわかってることをただはっきりさせただけだ。だいたいあんたのような男がなんであの程度のことを気にしなきゃならない？　あんたは自分の面倒はちゃんと自分でみられる男だろうが」

「ああ、確かにそれは常日頃心がけてることだよ」と彼は認めて言った。「よかろう。あんたはタナーの街の〈タナーハウス〉にいた。タナーというのはここから二十マイルほど丘をのぼったところにある街だ。ウィルソンの家を出たあと、あんたはそこへ行って朝までそこにいた。マリーの店に入り浸ってるリッカーって男が貸し自動車屋の車であんたをそこまで連れていって、また連れて帰ってきた。そこで何をしてたかは自分で考えるんだな。今ここでサインしな。そいつを向こうの宿帳に載せておいてやるよ」

「大いに助かる」私はそう言って、万年筆のキャップをはずした。

「礼は要らない。こっちはこっちで味方は多ければ多いほど都合がいいからやってるだけのことだ。あんたとおれとウィスパーとピートがまた一緒に坐るときが来て、気がつけば自分ひとりが貧乏くじを引かされてる、なんてことにはなりたくないんでな」

「ならないよ」とおれは請け合った。「それはそうと、署長には誰がなるんだ?」

「マグロウがもう署長気取りであれこれやってる。だからたぶんやつだろう」

「あいつはこのあとどう動く?」

「そりゃピートと組むだろう。自分の縄張りで荒っぽいことが願い下げなのはやつもピートも同じだからな。すべてがそう都合よく、何もかも無事というわけにはいかないだろうが。おれにしたって、ウィスパーみたいな野郎が野放しになってるのに、ただじっと坐ってるわけにはいかないからな。要は、おれかやつかってことだ。やつがあの女を殺したのか?」

「そりゃ動機はきっちりあるからな」私は自分の名前をサインした紙を彼に渡しながら言った。

「あの女はやつを裏切り、やつを売ることまでしたんだから」

「あんたと彼女は深い仲だったんだろ？」と彼は訊いてきた。

私はその質問を受け流して、煙草に火をつけた。リノはしばらく私の答を待っていたが、最後には話題を変えた。

「リッカーを見つけて、あんたの面を覚えさせるといい。訊かれたらあんたの人相がちゃんと言えるように」

細いそばかす顔に見るからに向こう見ずな眼をした男が部屋にはいってきた。年は二十二かそこら、脚がやけに長かった。リノはハンク・オマラだと言って、その男を私に紹介した。私は立ち上がり、男と握手してリノに尋ねた。

「あんたと連絡を取りたいときには、ここに電話すればいいのか？」

「ピーク・マリーを知ってるか？」

「会ったことがある。彼の店も知ってる」

「やつに言えば、全部おれに伝わる」と彼は言った。「おれたちもここは引き払う。居心地のいい場所とは言えなくなったんでな。タナーの街の件はもう全部片づいたぜ」

「そうか。ありがとう」私は下宿屋を出た。

22　アイスピック

ダウンタウンに行くと、まず警察署に向かった。マグロウが署長の椅子に坐っていた。ブロンドの睫毛に縁取られた眼で疑わしげに私を見た。ぶ厚い革そのものといった顔に刻まれた皺が、いつも以上に不快げに深く刻まれているように見えた。

「あんた、ダイナ・ブランドに最後に会ったのはいつだ？」となんの前置きもなしに、会釈するなしに訊いてきた。骨ばった鼻にかかった、これまた不快げなざらついた声で。

「ゆうべの十時四十分頃かな」と私は答えた。「なんで？」

「場所は？」

「彼女の家だ」

「どれぐらいいた？」

「十分か十五分か」

「どうして？」

「何が？」

「どうしてもっと長くいなかった？」

「なんで」と私は勧められない椅子に勝手に坐って言った。「なんでそんなことに興味があるんだ?」

彼は私を睨み、肺に目一杯息を吸い込んでから、私の顔に向けて怒鳴った。「これは殺しだからだ!」

私は笑って言った。

「ヌーナン殺しに彼女が一枚嚙んでるなんて、まさかそんなことを思ってるんじゃないだろうな?」

煙草が吸いたかった。が、煙草というのは、びくびくしているやつがまっさきに頼ろうとする道具としてあまりに知られすぎている。今ここでそんな危険を冒すわけにはいかない。

マグロウは私の眼の奥を見透かそうとした。私は好きに見させてやった。たいていの人間同様、嘘をついているときこそ人間はいちばん正直そうに見えるという信念にしがみついて。やがて彼は注視をあきらめて言った。

「どうして彼女は一枚嚙んでないと思う?」

彼の語気はいかにも弱かった。「どうして彼女は一枚嚙んでないと思うか」私はさりげなく繰り返し、彼に煙草を勧め、自分にも一本取って言った。「そりゃヌーナンを殺したのはウィスパーだと思ってるからさ」

「やつもいたのか?」彼は珍しく鼻にかからない口からの声で、ことばを歯で嚙み切るようにして言った。

「いたってどこに?」

「ブランドの家だ」

「いや」と私は額に皺を寄せて言った。「なんで彼女の家にいるわけがある？——ヌーナンを殺しに出てたのに」

「ヌーナンなんかどうでもいいんだよ！」と署長気取りは苛立って声を荒らげた。「なんでいちいちヌーナンを引っぱり出すんだ？」

私は彼の正気を疑うような顔をわざとしてみせた。

彼は言った。

「ゆうべダイナ・ブランドが殺されたんだ」

私は言った。「ほんとに？」

「質問に答えてくれるか？」

「もちろん。ゆうべはヌーナンも含めたほかの連中とウィルソンの家にいた。あそこを出たのは十時半頃だ。そのあとタナーに行かなきゃならなかったんで、そのことを伝えに彼女の家に寄った。まあ、中途半端なデートみたいなものだな。いたのは十分程度、一杯やるぐらいのあいだだ。ほかには誰もいなかった。どこかに誰かが隠れていたのでないかぎり。いつ頃殺されたんだ？　どうやって？」

その日の朝、マグロウはシェップとヴァナマンという刑事をふたり彼女のところに遣ったのだった。ヌーナン殺しでウィスパーを挙げるのに、彼女が役に立たないかどうか確かめようと思ったのだろう。そのふたりが九時半に彼女の家に着くと、玄関のドアが少し開いていた。呼び鈴を鳴らしても応答がなかった。ふたりは中にはいり、ダイナがダイニングルームの床の上に仰向けに倒れて死んでいるのを見つけた。左の胸に刺し傷があった。

検死をした医者の所見では、凶器は刃渡り六インチほどの先のとがった湾曲した細身の刃で、死亡推定時刻はほぼ午前三時ということになる。彼女のハンドバッグの中にも家のどの場所にも金は一セントも残されていなかった。鏡台の上の宝石箱も空っぽだった。ただ、彼女の指にはふたつのダイアの指輪がはめられていたが、それはそのままだった。

彼女を刺した凶器はまだ発見されていなかった。指紋検出の専門家も証拠として利用できるような指紋をまだ見つけられていなかった。ドアにも窓にも押し入られた形跡はなかった。キッチンからは彼女が客――あるいは客たち――と酒を飲んでいたことがうかがえた。

「刃渡り六インチほどの先のとがった、湾曲した細身の刃」と私は言われた凶器の特徴を復唱して言った。「あの家にあったアイスピックを思わせるが」

マグロウは電話に手を伸ばすと、シェップとヴァナマンを署長室に寄こすよう誰かに命じた。シェップは長身の猫背の男で、いかめしいほど正直そうな大きな口をしていたが、おそらくそれは歯並びが悪いせいだろう。もうひとりの刑事はずんぐりした小男で、紫色の血管が鼻に浮き出て、首はなきに等しかった。

マグロウは私たちを引き合わせ、ふたりにアイスピックのことを尋ねた。ふたりとも見ておらず、そんなものは現場になかったときっぱりと言った。そんなものを見逃すわけがないと。

「ゆうべはあったのか?」とマグロウは私に尋ねた。

「彼女がそれで氷を砕いてるとき、おれはその横に立っていた」

そう答えて、私はそのアイスピックの特徴を説明した。マグロウはふたりの刑事に彼女の家をもう一度捜索し、家のまわりも探すように指示した。

「あんたは彼女のことをよく知ってた」シェップとヴァナマンが出ていくと、マグロウは私に言った。「この件に関するあんたの見方は?」

「見方も何も、さっき知らされたばかりなんだから」と私は答をはぐらかした。「一、二時間くれ。考えてみるよ。あんたはどう思ってる?」

彼はまた不機嫌モードに戻り、うなるように言った。「おれに何がわかる?」

とはいえ、私にはそれ以上何も尋ねることなく、そのまま帰したところを見ると、すでに彼なりの結論は出ていたのだろう、ウィスパーが犯人だと見当をつけていたのだろう。

実際、あのチビのギャンブラーの仕業なのだろうか? ポイズンヴィルの警察署長にはウィスパーに濡れ衣を着せたがる傾向があるにしろ。どっちにしろ、たいした差はない。自ら手を下したにしろ、手下を使ったにしろ、ウィスパーがヌーナンを殺したのは明らかだ。同じ人間を二度は吊るせない。

署長室を出ると、廊下に大勢の男がいた。まだガキと言ってもいいほど若いやつらばかりで、外国人らしく見える輩もけっこういて、大半がかなり手強そうに見えた。

通りに面したドアの近くでドナーに会った。〈シーダー・ヒル・イン〉を手入れしたときに一緒に行った巡査だ。

「やあ」と私は声をかけた。「いったいこいつらはなんなんだ？　空きスペースをもっとつくるために留置場から出した連中とか？」

「新しい特務班」と彼は言った。そいつらをあまり評価していない口ぶりだった。「補強部隊だ」

「それはめでたい」私はそう言って外に出た。

ビリヤード場でピーク・マリーを見つけた。葉巻カウンターの中に坐って、三人の男と話していた。私はそのカウンターの反対側の隅まで行き、ふたりの若造が球を撞くのをしばらく眺めた。すると、そのうちひょろっとしたその店のオーナー、マリーのほうからやってきた。

「リノに会ったら」と私は言った。「ピートが自分の手下を警察に送り込んで特別部隊をつくってるって教えてやってくれ」

「わかった」とマリーは言った。

ホテルに戻ると、ミッキー・リネハンがロビーで私を待っていた。私の部屋までついてくると彼は言った。

「あんたのダン・ロルフはゆうべ病院を抜け出した。午前零時すぎに。それで医者はかんかんに怒ってた。今朝、彼の脳味噌から骨の破片を大量に取り除く手術をする予定だったそうだ。

なのにやつもやつの持ちものもなくなっちまった。ウィスパーの足取りはまだつかめてない。ディックは今、ビル・クイントを捕まえようとしてるけど、この女が殺された件はどういうことなんだ？　ディックの話じゃ、あんたはそのことを警察より先に知ってたってことだが」

「それは――」

電話が鳴った。

男の声がした。周到な演説口調で、最後にクエスチョン・マークをつけて私の名を確かめた。

「ああ、そうだが」

声は言った。

「チャールズ・プロクター・ドーンと申します。ご都合が許すかぎり、できるだけ早く私のオフィスのほうにお出まし願えたら、そちらさまにとってもご損のないことになろうかと存じます」

「そうなのかい。あんた、誰だって?」

「チャールズ・プロクター・ドーン。弁護士です。グリーン通り三一〇番地の〈ラトレッジ・ブロック〉にオフィスを構えております。そちらさまにとってもご損は――」

「どういう用件なのか、少しでいいから教えてくれ」と私は言った。

「それが電話ではあまり話さないほうがよろしい問題でして。そちらさまにとってもご損は――」

「わかった、わかった」と私はまた相手のことばをさえぎって言った。「行けたら今日の午後行くよ」

「そちらさまにとってもご損はない話かと存じます」とドーンは請け合った。

私は電話を切った。

ミッキーが言った。

「ブランド殺しはいったいどういうことなのか。あんたはさっきそのことを言いかけたところだった」

私は言った。

「いや、そんなことを言いかけちゃいないよ。ロルフの足取りを追うのはそうむずかしいことじゃないって言いかけたんだ。ひびのはいった頭におそらくは包帯をいっぱい巻いたまま逃げまわってるんだろうから。あんたが追いかけさえしてくれたら、すぐ捕まるだろう。まずハリケーン通りから試してくれ」

ミッキーはコメディアンめいた赤ら顔いっぱいに皮肉っぽい笑みを浮かべて言った。「今何が起きてるにしろ、何も言わんでくれ——おれはただあんたと一緒に仕事をしてるだけなんだから」そう言って帽子を取り上げ、出ていった。

私はベッドに体を投げ出し、煙草を端まで吸い、ゆうべのことを思い起こした——自分の精神状態、失神したこと、夢を見たこと、眼が覚めたときに自分が置かれていた状況。何もかも考えたくないことだった。だからそれがさえぎられたときにはむしろ嬉しかった。

爪がドアの外側をこする音がした。私はドアを開けた。

見知らぬ男が立っていた。若くて細くて、けばけばしいなりをしていた。ともに石炭のような黒い眉に細い口ひげ。顔はやけに青白く、神経質そうでありながら、それでもおずおずとはしていなかった。

「テッド・ライト」と名乗って、男は手を差し出してきた。そいつに会えたことをまるで私が喜んでいるかのように。「おれのことはウィスパーから聞いてると思うけど」

私は握手に応じると、男を中に入れ、ドアを閉めて尋ねた。

「あんた、ウィスパーの友達なのか?」

「そう」と言って、男は二本の指を立て、それをしっかりとくっつけてみせた。「こんな感じだね。おれと彼は」

私は何も言わなかった。ライトは部屋の中を見まわし、神経質そうな笑みを浮かべ、ドアが開けられたままのバスルームをのぞき込むと、また私のところに戻ってきた。そして、舌で唇を舐めて提案した。

「五百ドルで彼を消してあげるよ」

「ウィスパーを?」

「そう。この値段、すごく安いと思うけど」

「どうしておれはやつに死んでもらいたがってるんだ?」と私は尋ねた。

「あんたのまわりから女っ気をなくしちまったから。ちがうかい?」

「そうなのか?」

「あんたってそんな馬鹿じゃないと思うけど」

そのときある考えが頭にひらめいた。私はその考えをもう少し頭の中で泳がすために言った。

「坐ってくれ。ちょいと話し合おう」

「話すことなんて何もないよ」とライトは私に鋭い眼を向けて言い、どっちの椅子にも坐ろうとしなかった。「やつを消したいのか、それとも消したくないのか」

「だったら消したくないよ」

ライトは私には聞き取れないことばを口にしかけ、またそれを呑み込み、ドアに向かった。私は彼とドアのあいだに立った。彼は眼をきょときょとさせて立ち止まった。

私は言った。

「つまりウィスパーは死んだんだな?」

ライトはあとずさりして、うしろに手をまわした。私は彼の顎に一発お見舞いした。百九十ポンドの体重を目一杯のせた一発だった。

彼は脚を交差させて倒れた。

私は彼の両手首をつかんで立たせ、彼の顔を私の顔に近づけさせてうなった。

「吐くんだな。どういうことなんだ?」

「おれはあんたに何もしてないだろうが」

「教えてくれ。誰がウィスパーを殺ったんだ?」

彼の片方の手首を放し、平手打ちを浴びせてからまた両手首をつかみ、両方とも握りつぶせるかどうか試しながら繰り返した。

「誰がウィスパーを殺ったんだ？」

「ダン・ロルフだよ」とライトは哀れな声で言った。「いきなりウィスパーのところにやってきて、ウィスパーがあの女を殺ったのと同じ串をウィスパーに突き刺したんだ」

「どうしてわかった、ウィスパーが彼女を殺したのがその串だって？」

「ダンがそう言ったんだ」

「ウィスパーはなんと言った？」

「何も。すごく変だったよ。脇腹から串の柄を突き出したまま突っ立ってた彼のその恰好のことだけど。でも、そのあと銃を取り出すと、すばやく続けて二発ダンにぶち込んだ。で、ふたりとも倒れた。頭と頭をぶつけ合って。ダンのほうなんか包帯から血がすごくにじみ出てた」

「それでどうなった？」

「どうもならない。ひっくり返したら、ふたりとももうしっかり死んでた。嘘じゃない。おれが言ったことは聖書のことばみたいに全部ほんとのことだ」

「ほかには誰がいた？」

「誰も。だってウィスパーは隠れてたんだから。おれだけを仲介役にして手下からも誰からも。自分でヌーナンを殺しちまってからはここ何日か誰も信用してなかった。ちゃんと状況判断ができるまでは誰も。おれ以外は誰も」

「で、賢いあんたは彼の敵をまわって、もう死んじまってるウィスパーを殺してやるって持ちかければ、小づかい稼ぎができるんじゃないかと思ったわけだ」

「おれは殺しにはまるで関係してない。だけど、ウィスパーが死んだって話が広まれば、ウィスパー側の人間はもうこの市にはいられなくなる」とライトは泣きごとを言った。「おれだって逃げる金が要るってことだよ」

「それでいくら稼げた？」

「ピートから百。リノの代理のピーク・マリーから百五十。ウィスパーを消したらそのときに両方からボーナス」泣きごとを言っていた声音がいつのまにか自慢げな声音に変わっていた。

「マグロウはまちがいなく乗ってくるだろうし、あんたからもいくらか取れると踏んだんだ」

「そんないい加減なペテンに金を出すとはな。みんな頭がどこかにすっ飛んじまったんだとしか思えない」

「それはどうかな」と彼はなおも尊大ぶって言った。「それほど悪いペテンでもないと思うけどな」そこでまたへりくだる口調になった。「おれにもチャンスをくれよ、ボス。邪魔しないでくれよ。邪魔しないでくれたら、今ここで五十やるよ。あとおれがうまくやって貨物列車に乗るまで口を閉じててくれたら、マグロウがくれる半分もやるからさ」

「ウィスパーがどこにいるかはおまえ以外誰も知らないのか？」

「誰も。ダンを除くと。だけど、ダンもウィスパーとおんなじくらいもうくたばっちまった」

「それはどこだ？」

「ポーター通りの〈レッドマン〉の古い倉庫の中だ。ウィスパーはそこの二階の奥に部屋を持ってたんだ。その部屋にはベッドとかコンロとかもあってさ、食いものも貯めてた。おれにもチャンスをくれよ。今ここで五十、あとの分は山分けってことで」

私は彼の手を放して言った。

「金は要らない。好きにやりゃいい。二時間ばかりじっとしていてやるよ。それで充分だろ?」

「恩に着るよ、ボス。ほんとに、ほんとに」そう言って、ライトは私から逃げるようにして部屋を出ていった。


コートと帽子を身につけて外に出た。グリーン通りに出て〈ラトレッジ・ブロック〉を見つけた。その建物にも昔はいい時代があったのかもしれないが、そんな時代をとうに過ぎた木造建築で、ミスター・チャールズ・プロクター・ドーンのオフィスはその二階にあった。エレヴェーターはなかったので、ぐらぐらする木の階段をのぼった。

ドーン弁護士は部屋をふたつ持っていたが、ふたつともみすぼらしくて臭くて薄暗い部屋だった。私は従業員が私の来訪をドーンに伝えるのを外側の部屋で待った。三十秒後、その従業員が中のオフィスのドアを開け、私に向かって手招きをした。

ミスター・チャールズ・プロクター・ドーンは五十がらみの肥った小男だった。きわめて色の薄い、見るからに穿鑿好きそうな三角の眼にぼってりとした短い鼻。それに、灰色のぼさぼさの口ひげと灰色のぼさぼさの頰ひげにいくらか隠されてはいるものの、欲深さがありありとわかる、さらにぼってりとした唇。実際に汚れてはいなくてもどこか不潔感を漂わせる黒い服を着ていた。

私が部屋にはいっても椅子から立とうとはせず、私がいるあいだずっと、六インチほど開けたままの机の引き出しのへりに右手を置いていた。

そんな彼が言った。

「これはこれはよく来てくださいました。何はともあれ、私の助言の価値をお認め願えたこと、正しいご判断をなさったこと、ご同慶の至りです」

電話のときよりさらに馬鹿丁寧な口調になっていた。

私は何も言わなかった。

何も言わないことまで私の正しい判断であるかのように、彼はうなずき、頬ひげを上下させて続けた。

「公正を期して申し上げれば、あらゆる場合において、私の忠告と指示に従うことこそが常に健全な判断となるでしょう。かてて加えて、その判断については誰よりあなたご自身がまぎれもなく健全と思われることでしょう。私としては、いつまでも変わらぬ価値と真実を深く理解する心と真の謙譲の心をもちまして、うわべだけの卑下などなしにそう申し上げたい。それは私の特権であると同時に責任でもあるからです。繁栄をきわめるこの州の法曹界で認められ、受け入れられてきたひとりの――このようなとき、〝ひとりの〟などとへりくだることを知らず、もっと自らを売り込みたがる輩のいることは、わざわざここで隠すまでもないでしょう――指導者としての」

どうやらその手の文の在庫が彼にはいくらでもあるようで、それを惜しげもなく私に振り撒いてから、ようやく次のような話になった。

「それゆえに、凡百(ぼんぴゃく)の弁護士にとっては尋常ならざる行為に見えても、その行為者がかかる世界――あえて申し上げれば、その世界とは法曹界にとどまりません――における卓越した存在である場合には、非難など恐れるまでもない場所へとその行為者を押し上げるものです。人類の一個の代表として人類に奉仕できる機会が与えられたときには、些末な因習など軽侮(けいぶ)の対象でしかなくなる、より高い倫理の場へと。しかるに、私はこれまで受け入れられてきた先例に対する考慮など、躊躇することなく蔑(さげす)みとともに掃き捨て、あなたをこうしてお呼びして、率直に、忌憚なく、申し上げようと思ったのです。私を法定代理人に指定することこそあなたのご利益を守る最善策であると」

私は尋ねた。

「いくらだ?」

「そういうことは」と彼は高慢ちきに言った。「いちばん大切なことではありませんが、それでも、私たちの関係の中ではしかるべき場所に置かれるべき問題です。見過ごしたり、無視したりするわけにはいきません。そうですね、とりあえず千ドルということでどうでしょう。きっと後々――」

彼はそのあとは頬ひげを動かしただけで、最後までは言わなかった。

私は、そんな大金を今持っているわけがない、と言った。

「むろんです。むろん、むろん。しかし、それは当方にとってはいささかの問題でもありません。それはもうまったくもって。何時でも結構です。明日の朝の十時までなら何時でも」

「明日の十時だね」と私は同意して言った。「それじゃ聞かせてくれ。どうしておれには法定代理人が必要になるんだ？」

彼は憤慨したような顔をしてみせた。

「これはこれは。これは洒落や冗談ですむ問題ではありませんよ。それだけは言っておきますが」

私はあえて伝えた、ふざけているわけではなく、ほんとうにわからないのだと。

彼は空咳をすると、眉をひそめ、多少なりともことの重要さを示して言った。

「今あなたを取り囲んでいる危険について、あなたご自身はまだ充分には理解されていないように拝察します。しかし、もしあなたが今後立ち向かわなければならなくなる困難——法がからむ困難のことです——に気づいていないと私に思わせようなどと思っておられるのなら、それはもうとんでもない非常識というものです。その困難は今このときにも増大しています。いいですか、これはゆうべより以前に起きたことではないんですよ。ゆうべより。しかし、今その詳細に触れている時間はありません。レフナー判事との約束の時間が迫っていましてね。明日、あまりよろしくない現状の詳細をもっと深く検討しましょう。言っておきますが、それはひとつやふたつじゃ利きませんよ。明日の朝十時にまたお会いしましょう」

私はまた来ると約束して辞去した。そして、その日の夜はホテルの部屋で過ごした。愉しくないウィスキーを飲んで、愉しくないことを考えながら。結局、届くことのなかったミッキーとディックからの報告を待ちながら。午前零時にはもうベッドにはいった。

23 ミスター・チャールズ・プロクター・ドーン

翌朝、半分ほど着替えたところでディック・フォーリーがやってきた。そして、ことばを節約するいつもの話し方で、ビル・クイントは前日の正午にマイナーズ・ホテルをチェックアウトしたと言った。行き先をあとに残すことなく。

十二時三十五分にパーソンヴィルを出るオグデン行きの列車があった。ディックはコンティネンタル社のソルトレイク支局に電話をして、オグデンに誰か人を遣り、クイントを尾けるよう、すでに要請していた。

「どんな手がかりも見過ごすわけにはいかないが」と私は言った。「クイントはどうやらおれたちのめあての男じゃなさそうだ。ダイナが彼を袖にしたのはだいぶまえのことだ。そのことで彼が何か行動を起こしたのだとしたら、それは今度のことが起こるよりずっとまえのことだったろう。たぶん彼女が殺されたことを聞いて、彼女に捨てられ、そのことで彼女を脅したこともある身としては、姿をくらましたくなった。たぶんそんなところだろう」

ディックはうなずいて言った。

「ゆうべ、路上で銃撃戦があった。たたきだ。密造酒を積んだトラック四台が襲われて焼かれた」

大物の密造酒屋の手下が警察の特務班に任命されたことに対するリノの返答。たぶんそれだ。

着替えを終えた頃には、ミッキー・リネハンもやってきた。

「ダン・ロルフは家にいて、普通にしてたようだ」と彼は言った。「近所の食料雑貨店のギリシア人の店主が昨日の朝の九時頃、彼が家から出てきたところを見てる。ぶつぶつひとりごとを言いながら、よろよろ通りを歩いていったそうだ。酔ってたんじゃないかと店主は言ってる」

「どうしてその店主は警察にそのことを言わなかったんだ？　いや、言ったのか？」

「訊かれなかったそうだ。これまたこの市の警察のすばらしさのひとつの証しだな。どうする？　警察に代わってやつを見つけて、リボンでもつけて届けてやるか？」

「マグロウは彼女を殺したのはウィスパーだと思ってる」と私は言った。「だから、自分のその結論とは矛盾する手がかりはどんなものも自分から探そうとはしないだろう。アイスピックを取りにあとからまた家に戻ったのでないかぎり、ロルフはダイナを殺しちゃいない。アイスピックは午前三時に殺された。八時半にはロルフはあそこにはおらず、アイスピックはまだ彼女に刺さっていた。だから――」

「なんでそんなことまで知ってる？」

ディック・フォーリーが私のところまでやってきて、私のまえに立って言った。

彼の顔つきも口ぶりも私は気に入らなかった。

った。

「おれがそう言ってるからだ。それでいいだろうが」ディックは何も言わなかった。あまり賢そうには見えない薄ら笑いを浮かべてミッキーが言った。

「いずれにしろ、これからどうする？　早いところこのことにけりをつけよう」

「おれは十時に約束がある」と私は言った。「おれが戻るまでこのホテルのそばにいてくれ。ウィスパーもロルフもおそらくもう死んでる――だからこれ以上ふたりを捜すことはない」私は渋面をディックに向けて言った。「これは聞いた話だ。おれがやったんじゃない」

小男のカナダ人は眼を伏せることなく、私の眼をじっと見つづけたまま黙ってうなずいた。

ひとりで朝食を食べ、弁護士のところに向かった。

キング通りを離れたところで、グリーン通りを走る車の中にリノの手下のハンク・オマラのそばかす顔を見かけた。私の知らない男の横に坐っていた。脚の長い若者オマラは私に腕を振ってから、車を停まらせた。私は彼のところまで歩いていった。

彼は言った。

「リノがあんたに会いたがってる」

「どこに行きゃいい？」

「これに乗ってくれ」

「今は行けない。たぶん午までは」

「だったら体が空いたら、マリーの店に行ってくれ」

わかった、と私は答えた。オマラと連れの男を乗せた車はグリーン通りを走り去った。私は〈ラトレッジ・ブロック〉まで半ブロック南に歩いた。

弁護士のオフィスのある二階に上がろうと、ぐらぐらする階段の一段目に足をかけたところで、あるものに気づいてふと足を止めた。

一階の奥の薄暗い隅に何かがどうにかぼんやりと見えた。靴の片方。しかし、脱ぎ捨てられた靴がひとつ転がっている、といったふうには見えなかった。

私は階段にかけた足をおろし、その靴のほうに歩いた。足首が見えた。靴の甲の上の黒いズボンの裾も見えた。

そこまで見えれば、心の準備は容易にできた。

階段のうしろと壁のあいだの小さなアルコーヴに箒(ほうき)が二本、モップが一本、バケツがひとつ置かれており、そんな中にミスター・チャールズ・プロクター・ドーンがまぎれ込んでいた。額を斜めに切られており、そこから流れた血が彼のとがった頬ひげを赤く染めていた。顔は横を向いていたが、首の骨が折れてでもいないかぎりありえない角度でうしろに曲げられていた。

私はヌーナンが言っていたことを思い出して自分につぶやいた。「やるべきことはちゃんとやってるようだな」そうして死んだ男の上着の前身頃の一方をつまんで、内ポケットを漁り、黒い手帳と書類を自分のポケットに移した。彼のほかのふたつのポケットには私の欲しいものは何もなかった。ポケットはほかにもあったが、それらはドーンの体を動かさないと手を突っ込めなかった。そこまではしたくなかった。

五分後、ホテルに戻った。が、ロビーにいるディックとミッキーとは顔を合わせないよう、脇のドアからはいり、中二階まで階段を上がり、そこからエレヴェーターに乗った。

部屋にはいると、坐って戦利品を調べた。

まず手帳を見た。どこの文房具屋でも売っていそうな、模造皮革の表紙の小さめの安物だった。私にはなんの意味も持たない断片的なメモと三十ちょっとの名前と住所。その名前も住所もメモ同様、ほとんど意味がなかった。ただひとつを除いて。

ヘレン・オルベリー
ハリケーン通り一二二九A番地

それが興味深かったのはまず、ダイナ・ブランドとの仲を疑い、嫉妬に駆られてドナルド・ウィルソンを殺したことを告白した若者がロバート・オルベリーという名前だったからだ。次に興味が惹かれたのは、ダイナ・ブランドが住んでいて殺された家の所番地がハリケーン通り一二三二番地であり、通りをはさんだその真向かいが一二二九A番地だからだ。

私の名は手帳にはなかった。

手帳を脇に置き、手帳と一緒に持ってきた書類の吟味にかかった。ここでも無意味な書類の迷路をしばらく歩きまわらされたが、最後に見つかった。

それはゴムバンドでひとつにまとめた四通の手紙だった。

それぞれ封筒にはいっており、封筒には平均してほぼ一週間ごとの消印が押されていた。いちばん新しいもので半年以上まえのものだったが、みなダイナ・ブランド宛の手紙だった。最初の手紙――つまりいちばん古い手紙――はラヴレターとしては悪くなかった。二通目はちょっと間が抜けており、三通目と四通目はいかに熱烈に求愛しようと、それが報われない場合、特にそれが長きにわたった場合、求愛者というのはどこまで愚かになるものなのか。その見本のような手紙だった。そして、四通すべてにエリヒュー・ウィルソンのサインがはいっていた。

ミスター・チャールズ・プロクター・ドーンはどうして私から千ドルも強請（ゆす）り取れると思ったのか。そのことを明確に示してくれるものは何もなかった。それでも、これで考えなければならないことがいっぱいできた。ファティマ二本で脳味噌を活性化させると、階下（した）に降りて、ミッキーに言った。

「ここをすぐに出て、チャールズ・プロクター・ドーンという弁護士のことを調べてくれ。グリーン通りにオフィスを構えてる。だけど、そのオフィスには近づくな。時間もそれほど費やしてくれなくていい。大まかなところが早くわかればそれでいい」

ディックには、私より五分遅れでハリケーン通り一二二九A番地の近くまで来るよう頼んだ。

一二二九A番地は、ほぼダイナの家の向かいにある二階建て建物の二階にあるアパートメントの住所だった。一二二九番地はふたつに分割され、それぞれに出入口がひとつずつあった。

私は目当てのアパートメントの呼び鈴を鳴らした。

十八か十九ぐらいの痩せた若い女がドアを開けた。てらてらと光る黄色い顔をしており、眼は黒で、眼と眼のあいだが狭かった。髪は茶色でショートカットで濡れていた。

ドアを開けるなり、咽喉がつまったような、驚いたような声を出し、両手で口を押さえてあとずさりした。

「ミス・ヘレン・オルベリー?」と私は尋ねた。

彼女は激しく首を左右に振った。どこまでも説得力のない仕種だった。眼もどこかおかしくなってしまっていた。

私は言った。

「中に入れてくれないか。少し話がしたい」そう言いながら、中にはいってうしろ手にドアを閉めた。

彼女は何も言わなかった。怯えながらもずっと私を見ていられるよう、首をひねって振り向きながら、私のまえの階段を上がった。

私たちは家具がほとんどない居間にはいった。窓からダイナの家が見えた。

彼女は部屋の真ん中に突っ立っていた。まだ両手を口にあてていた。

私は自分が人畜無害(じんちくむがい)であることをわからせようとして、結局、時間もことばも無駄にした。そんなことをしてもなんにもならなかった。私のすべてが彼女のパニックを増幅させていた。面倒きわまりなかった。なだめるのをあきらめ、一足飛びに実務モードに切り替えた。

「あんたはロバート・オルベリーの妹だね？」

返事はなかった。どこまでも怯えて知性を失ったような眼つきになっていた。

私は言った。

「ドナルド・ウィルソン殺しで兄さんが捕まったあと、あんたはこのアパートメントを借りた。ダイナ・ブランドを監視するために。なんでそんなことをしようと思ったんだ？」

やはりどんな返事も返ってこなかった。私は自分から答を用意して言った。

「復讐のためだ。兄さんがあんなことになったのはすべてダイナのせいだ。あんたはそう思った。で、チャンスをうかがった。そのチャンスは一昨日の夜やってきた。あんたはこっそりダイナの家に忍び込んだ。彼女は酔っていた。あんたは手近にあったアイスピックを取り上げ、彼女に突き刺した」

彼女は何も言わなかった。それでも私は続けた。怯えながらも無表情を押し通す彼女に揺さぶりをかけることはできなかった。それでも私は続けた。

「ドーンがあんたを手伝ってくれた。むしろドーンがお膳立てしてくれたんだよな。あの男はあの男でエリヒュー爺さんの手紙を欲しがっていたから。で、その手紙を取りに誰を行かせたんだ？　実際に殺人を犯したのは誰だったんだ？　そいつの名前を教えてくれ」

それでも、何も得られなかった。彼女の表情には、あるいは無表情にはなんの変化もなかった。ことばもなかった。子供を相手にするように、私は彼女の尻を叩きたくなった。

「話すチャンスはいっぱいあげてるんだがな。おれの話じゃなくて、あんたの話を聞きたいんだよ。ああ、わかった、勝手にしろ」

黙りこくることで彼女は自分の勝手にした。私はあきらめた。彼女が怖くなったのだ。これ以上圧力をかけたら、沈黙以上に狂ったことをしでかすのではないか。そう思ったのだ。私が言ったことばのひとつでも彼女は理解したのかどうか、何ひとつ確信できないまま、アパートメントを出た。

角でディック・フォーリーと落ち合って、彼に言った。

「あそこにヘレン・オルベリーという女がいる。歳は十八ぐらいで、背は五フィート六インチかな。痩せてる。体重はあったとしても百ポンドばかりだろう。眼と眼のあいだが狭い。眼の色は茶色で、肌が黄色い。髪は茶色でショートでストレートだ。着てるのは今のところ、グレーの上下だ。尾けてくれ。暴れるようなら、警察に連れていけ。でも、気をつけてくれ――その女、相当いかれちまってるから」


リノがどこにいるのか、またどうして会いたがっているのか、確かめるためにピーク・マリーの店に向かった。そして、目的地まであと半ブロックといったあたりで、オフィスビルの入口にはいり、しばらく店の様子をうかがった。

店のまえにワゴンタイプのパトカーが停まっていたのだ。見ていると、そのうちビリヤード場から男が数人連れ出され、パトカーに乗せられた。ただ、男たちを引っぱったり引きずったり連れ出したりしている男たちは、正規の警察官には見えなかった。おそらくフィンランド野郎のピートの手下たち、今は警察の特務班の構成員となった男たちだろう。ピートはマグロウを味方につけて、戦争がしたいのなら受けて立つとばかり、あからさまにリノとウィスパーを脅そうとしているのだ。

　やがて救急車が現われ、誰かを乗せて走り去った。離れすぎていたので、誰が乗せられたのか、あるいは誰の死体が運ばれていったのかはわからなかった。ちょっとした騒ぎも盛りを過ぎた。私は二ブロックほど遠まわりしてホテルに戻った。

　ミッキー・リネハンがミスター・チャールズ・プロクター・ドーンに関する情報を携えて待っていた。

「ドーンについちゃこんなジョークが言われてるそうだ。『ドーンは刑事弁護士(クリミナル・ロイヤー)なのか?』『そうとも(イエス)、どこからどこまで(ヴェリー)（〝クリミナル・ロイヤー〟は〝犯罪を犯す弁護士〟の意にもなる）』。あんたが捕まえたオルベリーという男の弁護士でもある。オルベリーの身内が雇ったらしい。オルベリーはドーンが面会に来てもあまり関わりになろうとしないそうだが。実際、名前が三つもあるこの三百代言(さんびゃくだいげん)、去年は危うく自分がブタ箱入りになるところだった。ヒルとかいうやつを脅したか何かして。でも、どうにか逃れたようだ。あとは、どこにあるのかは知らないが、リバート通りにちょっとばかり不動産を持ってる。もっと調べるか?」

「いや、今ので充分だ。ディックが何か言ってくるまでここでしばらくおとなしくしていよう」

　ミッキーはあくびをして、それでかまわないと応じ、血行をよくするのにこんなに動きまわったのは初めてだと言い、最後に訊いてきた。これからおれたちが全国的に有名になるのを知っているかと。

どういうことだ、と私は訊き返した。

「トミー・ロビンズとばったり出会ってさ」とミッキーは言った。「〈コンソリデーティッド・プレス〉の。この事件の記事を書くのに派遣されたんだそうだ。記者を送ったのはほかにも何社かあって、特派員を送ってくる大都市の新聞も一社か二社あるそうだ。おれたちが抱えてる問題を仰々しく書き立てようというのだろう」

私はお気に入りの不平をこぼした――ブン屋というのは何事も滅茶滅茶にするしか能のない連中で、そんなやつらが首を突っ込んでくると、誰も事態をもとどおりにできなくなる、と。ボーイが私の名を呼んでいる声が聞こえた。そのボーイへの十セントのチップで、誰かがおれに電話をかけてきていることがわかった。

ディック・フォーリーだった。

「彼女、すぐに現われた。で、グリーン通り三一〇番地に行った。そこにはお巡りがうじゃうじゃいた。ドーンという弁護士野郎が殺されたらしい。彼女は警察署に連れていかれた」

「彼女はまだ署にいるのか?」

「そうだ。署長室に」

「そのまま張って、何かわかったらすぐ知らせてくれ」

私はミッキー・リネハンのところに戻り、自室の鍵を渡して指示した。

「しばらくおれの部屋にいてくれ。で、おれのところに来たものは全部おれにまわしてくれ。

おれはここからすぐ近くのシャノン・ホテルにＪ・Ｗ・クラークの名で部屋を取る。このことはディックだけに伝えて、ほかには誰にも言わないでくれ」

ミッキーは言った。「いったいどうなってんだ？」私には答えられなかった。しかたなく、彼は関節のゆるそうな巨体ともども引き下がり、エレヴェーターのほうに歩いていった。

24　指名手配

シャノン・ホテルに行って、偽名でチェックインした。一日分の宿代を払うと、三二一号室に案内された。

一時間ほど経ったところで、電話が鳴った。

ディック・フォーリーだった。私に会いたいと言う。

五分もかからずやってきた。その細い顔には心配と不信が浮かんでいた。声も同様だった。

「あんたに逮捕状が出てる。殺人容疑だ。二件――ブランドとドーン。ミッキーに電話したら、自分はあんたのホテルの部屋を離れられないと言ってた。ただ、そのときあんたがここにいることは教えてくれた。そのあと、彼は警察に拘束された。今頃はこってり搾り上げられてることだろう」

「ああ、そういうことになるだろうとは思ってた」

「おれもだ」と彼は語気を強めて言った。

私はわざとのんびりとした口調で言った。

「おれが殺ったと思ってるのか、ディック?」

「殺ってないなら、そう言えばいい。今がそのときだ」

「おれをさそうってか?」

彼は上下の唇を引いて歯を剝き出しにした。黄褐色の彼の顔の色が薄くなった。

私は言った。

「サンフランシスコに帰れ、ディック。おれにはおまえさんを見張る以外にもやらなきゃならないことがいっぱいあるんでな」

彼はきわめて慎重に帽子をかぶると、きわめて慎重にドアを閉めて出ていった。

四時、遅い昼食を食べて、煙草を吸った。ボーイが〈イヴニング・ヘラルド〉を持ってきてくれた。

ダイナ・ブランド殺害とチャールズ・プロクター・ドーン殺害に関する記事が一面を二分しており、ふたつの事件を結びつけるヘレン・オルベリーの記事も載っていた。

その記事を読んだ――ヘレン・オルベリーはロバート・オルベリーの妹で、兄の自白にもかかわらず、兄の無実を確信していた。兄はむしろ殺人計画の犠牲者になったのだと思っていた。それで兄の弁護人としてチャールズ・プロクター・ドーンを雇った(故チャールズ・プロクターが彼女に狙いをつけたのであって、彼女が彼を選んだわけではないことは容易に察しがつく）。兄はドーンにしろ誰にしろ弁護を受けることを拒んだ。が、妹は（これまたドーンにうまく説き伏せられたのだろう）法廷闘争をあきらめなかった。

で、ダイナ・ブランドの家の向かいのアパートに空き部屋があることを知ると、その部屋を借りて住み込んだ。双眼鏡とひとつの考え——ドナルド・ウィルソンを殺したのはダイナと彼女の共犯者であることを立証しようという考え——を携えて。

おそらく彼女にとっては私もその〝共犯者〟のひとりだったのだろう。〈ヘラルド〉によると、私は〝サンフランシスコの私立探偵で、数日まえにこの市にやってきて、マックス（ウィスパー）・ターラーとダニエル（ダン）・ロルフとオリヴァー（リノ）・スターキーとダイナ・ブランドと近しかったと思われる男〟ということで、われわれ全員がロバート・オルベリーをはめた〝共犯者〟だった。

ダイナが殺された夜もヘレン・オルベリーは窓越しに監視していた。のちにダイナの死体が発見されることを思うと——〈ヘラルド〉によれば——そのときわめて重大なことが起きた。ヘレンはそれを見ていた。だから、ダイナ殺害のニュースを知るなり、彼女はその〝きわめて重大なこと〟をチャールズ・プロクター・ドーンに知らせた。それを受けて、ドーンは——警察が彼のオフィスの事務員から聴取したところによれば——ただちに私と連絡を取り、その日の午後、私とのふたりだけの会談を持ち、その会談後、事務員には、私は翌日の——つまり今日の——午前十時にまたオフィスを訪ねてくるはずだと告げた。ところが、私はその約束を守らなかったようで、十時二十五分、〈ラトレッジ・ブロック〉の管理人が階段の裏の隅にチャールズ・プロクター・ドーンの惨殺死体を見つけた。ドーンが携行していた重要書類は犯人に持ち去られていた。

殺された弁護士の死体を管理人が見つけたのとほぼ同時刻、サンフランシスコの私立探偵はヘレン・オルベリーのアパートメントに無理やり押し入り、彼女を脅した。が、彼女は探偵を追い払うと、ドーンのオフィスに急いだ。すると、そこにはすでに警察が到着していた。彼女は自分の知っていることを警察に知らせた。警察は探偵の投宿先のホテルに警官を急行させたが、探偵の部屋には、やはりサンフランシスコの私立探偵を自称するマイケル・リネハンしかいなかった。マイケル・リネハンは現在警察で事情聴取中である。ウィスパー、リノ、ロルフ、それに件の探偵の四人は殺人容疑で現在指名手配されている。捜査のさらなる進展が待たれる。

二面に面白い記事が載っていた。ダイナ・ブランドの死体を発見したシェップ刑事とヴァナマン刑事が不可解な失踪を遂げたという記事だ。その失踪には件の〝共犯者〟の関与が懸念される、と記事にはあった。

ゆうべのトラックの襲撃とピーク・マリーの店の襲撃については、何も書かれていなかった。

暗くなるのを待って外に出た。リノと連絡を取りたかった。

ドラッグストアからピーク・マリーの店に電話した。

「ピークはいるかい?」と私は言った。

「おれがピークだが」とピークとは似ても似つかない声の主が言った。「誰だ?」

心底腹立たしく思って、私は言った。「リリアン・ギッシュ（一八九三―一九九三。サイレント映画時代の名女優）だ」そう言って、叩きつけるように受話器を置くと、その界隈（かいわい）から姿を消すことにした。

リノを見つけるのはあきらめ、依頼人のエリヒュー老を訪ねることにした。ドーンの所持品の中から失敬したあの手紙――エリヒュー老がダイナ・ブランドに書いたラヴレター――があれば、あの男にも少しは礼儀というものを教えてやれるかもしれない。

いちばん暗い通りの暗い側を歩いた。体を鍛えることを普段馬鹿にしている者にとってはかなりの道のりだった。だからウィルソン邸のあるブロックまでたどり着いたときには、彼とこれまでと同じようなやりとりをするには、絶好調とは言えない状態だった。が、実際には、彼に会うのは先延ばしになった。

ウィルソン邸まで歩道をあと二本残したところで、「しーっ！」と声がして、誰かに呼び止められた。

私としてもさすがに二十フィートは飛び上がらなかったと思う。

「心配ないよ」と声は囁いた。

あたりは暗かった。茂みの陰からのぞくと――私は反射的に誰かの家の庭に四つん這いになっていた――垣根のそばの、私がいるのと同じ側に、男がしゃがみ込んでいるのがわかった。

私はすでに銃を握っていた。心配ないという男のことばを信じなければならない特別な理由など何ひとつなかった。

立ち上がって、男のほうへ行った。近づくとわかった。男は前日ロニー通りの下宿屋にいた男のひとりだった。私を中に入れてくれた男だ。

　男と並んで立って、私は尋ねた。

「リノはどこにいる？　彼がおれに会いたがってるって、ハンク・オマラに言われたんだが」

「そうだよ。キッド・マクラウドの店を知ってるか？」

「いや」

「キング通りの一本北のマーティン通りだ。路地の角にある。そこでキッドって言えばわかる。ここのこの道を三ブロック戻って、そのあと南に行けばいい。すぐ見つかるよ」

　できるだけすぐ見つけるよと言い残し、私は通りに出た。振り向くと、男は垣根の向こうに身を屈めて、エリヒュー・ウィルソン邸を監視していた。もしかしたら、ピートにしろ、ウィスパーにしろ、リノと敵対する誰にしろ、そういう輩がエリヒュー老を訪ねてくれば、一発お見舞いしようとでも思っているのだろう。

　言われたとおり歩いていくと、赤と黄色のペンキを塗った、ソフトドリンクも売っている酒場に行き当たった。中にはいって、キッド・マクラウドに会いたいと言うと、奥の部屋に連れていかれた。そこには汚れたカラーをつけ、金歯のやたらと多い肥った男がいて、自分がマクラウドだと言った。

「リノがおれに用があるってことだが」と私は言った。「彼はどこにいる？」

「そう言うあんたは？」と彼は訊いてきた。

　私は名を名乗った。彼は何も言わず部屋を出ていった。十分待った。マクラウドは十五歳ぐらいの少年を連れて戻ってきた。にきびだらけの赤ら顔にうつろな表情を浮かべた少年だった。

「このソニーと一緒に行け」とキッド・マクラウドは言った。

私は少年のあとについて脇のドアから店を出ると、裏通りを二ブロックほど歩いて砂地の地所を横切り、ぼろぼろの門を抜けた。その先にあったのは板張りの木造家屋の裏口だった。

少年がその裏口のドアをノックした。来訪者を確かめる声がした。

「ソニーだよ。キッドに連れてくるように言われた男も一緒だよ」と少年は言った。

脚の長いオマラがドアを開けた。ソニーはすぐにいなくなった。私は中のキッチンにはいった。リノ・スターキーとほかに四人の男がテーブルを囲んで坐っていた。テーブルの上にはビールがいっぱい並んでいた。私がはいってきたドアの上のへり近くに打たれた釘にオートマティックが二丁ぶら下げてあった。銃を手にした敵がやってきたとき、手を上げろと言われ、伸ばした手の先に銃があるというのは、さぞ便利なことだろう。

リノはグラスにビールを注ぐと、ダイニングルームを抜けて、表通りに面した居間まで私を連れていった。男が腹這いになって、おろしたブラインドと窓敷居のあいだの隙間に片眼を押しつけ、通りを見張っていた。

「奥へ行って、ビールでも飲んでこい」とリノはその男に言った。

男は立ち上がると、居間から出ていった。私とリノはふたつ並べられた椅子に並んで坐り、身も心もそこに落ち着かせた。

「タナーのアリバイ工作をしてやったとき」とリノは言った。「おれは言ったよな。こっちはこっちで味方は多ければ多いほど都合がいいからやってるだけだって」

「ああ、おれはあんたの味方だよ」

「アリバイはまだ崩れてないか?」

「まだな」

「あのアリバイはもつよ」と彼は請け合った。「あんたの不利になる証拠を警察が相当持ってないかぎり。持ってると思うか?」

持っている。そうは思ったが、リノにはこう言った。

「いや。マグロウは署長ごっこを愉しんでるのさ。あいつが何をしようと、所詮その程度のことだ。あんたのほうはどうなんだ?」

彼はグラスを空(から)にすると、手の甲で口を拭って言った。

「なんとかするさ。だけど、そう、あんたに会いたかったのはほかでもないそのことだ。とにもかくにもこんな情勢になった。ピートはマグロウと手を組んだ。これで〝おれとウィスパー〟対〝お巡りと密造酒屋連合〟のでき上がりだ。そんなときなのに、くそ! おれとウィスパーは手を携えて連合に対抗するどころか、互いのどてっ腹にナイフを突き刺す機会を狙ってる。こりゃまずいよ。おれたちがそんなふうじゃ、ピートとマグロウにふたりとも食い尽くされちまう」

おれもおんなじことを考えていた、と私は言った。リノは続けた。

「ものは相談だが、ウィスパーはあんたの話なら聞くと思うんだよな。やつを見つけてくれないか？　で、こう言ってほしい。やつはジェリー・フーパーを殺されたことでおれに意趣返ししようとしてて、おれはおれで先にやつの首を刎ねようとしてるわけだが、そのことをお互い二、三日は忘れようじゃないかって、そう伝えてくれないか？　だからって、誰かが誰かを信用しなきゃならないものでもない。ウィスパーはこのところ表には出てこないで、ただ手下を送り出してるようだが、今回はおれも同じことをする。互いの手下を協力させてドカンと派手にやる。互いの手下を一緒に動かして、まずあのくそフィンランド野郎をつぶす。それが終わりゃ、あとは互いに撃ち合う時間もいっぱいできようってもんだ。

この話をやつにこのまんま伝えてくれ。やつにしろ、ほかの誰にしろ、リノはただ争いから逃げてるだけだなんて思われたくはないからな。おれたちでピートを始末すりゃ、おれたち同士があとでやり合うスペースもいっぱい取れる。そういうことだ。このおれがそう言ってたと伝えてくれ。ピートはウィスキータウンに身をひそめてる。あそこまで行って、やつを引きずり出すだけの兵隊はおれのところにはいない。それはウィスパーのところもおんなじだ。だけど、おれたちが手を組めば、それが可能になる。そう伝えてくれ」

「ウィスパーは」と私は言った。「死んだよ」

リノは言った。「ほんとか？」疑っている声音だった。

「ダン・ロルフが昨日の朝、殺したんだ。〈レッドマン〉の古倉庫で。ウィスパーがダイナを殺すのに使ったアイスピックで一突きだ」

リノは言った。

「ほんとなのか？　頭でひねった出まかせを言ってるんじゃないだろうな？」

「事実として知ってるんだよ」

「だったら、やつの兵隊がまるでまだ親分が生きてるみたいに動いてるのは、なんとも変な話じゃないか？」彼はそう言いながらも、徐々に私の言ったことを信じはじめたようだった。

「それはやつらがまだ知らないからだ。ウィスパーは隠れてた。テッド・ライトというやつと。ウィスパーと一緒にいたのはそいつだけだ。だからテッドは知ってた。で、そのことで金儲けを考えて、あんたからはピーク・マリー経由で百五十ドル頂戴したなんて言ってたがな」

「それがまちがいのない情報だったら、その倍だって出してたよ」とリノはうなるように言い、顎をこすりながらつけ加えた。「いずれにしろ、これでウィスパーについちゃ一件落着ということか」

　私は言った。「そうでもない」

「どういうことだ、そうでもないとは？」

「ウィスパーの手下に親分の居場所がわかってないというのなら、教えてやるのも悪くないということだ」と私は持ちかけた。「ヌーナンがウィスパーをパクったとき、やつの手下は留置場を爆破して親分を助け出した。だからまた同じことをやるんじゃないか？　マグロウがひそかにウィスパーを逮捕したという噂を流せば」

「続けてくれ」とリノは言った。

「親分がまた捕まったと思って、ウィスパーの手下が留置場の爆破をまた企んだら、警察としても手をこまねいてはいられない。ピートの手下の特務班も。なんらかの対処をしなきゃならなくなる。それで警察は手一杯になる。あんたとしちゃ、そのあいだにウィスキータウンで運試しをすることもできなくはない」

「なるほど」とリノはおもむろに言った。「それはやってみてもいいかもな」

「うまく行くんじゃないかな」と私は彼をその気にさせて、立ち上がった。「じゃあ、また――」

「ここにいろよ。手配書が出まわってるんだろ？　ここほどいい身の隠し場所はないぜ。それにあんたみたいないいやつはおれとしても味方につけておきたいしな」

そんなことを言われてもあまり嬉しくはなかったが、感じたとおりのことを口にして相手に伝えたりしないだけの分別は私にもあった。私はまた椅子に腰をおろした。

そのあとリノはせっせと噂を広めた。それには電話が大いに利用された。裏口のドアもひっきりなしに利用され、男たちが何人も出入りした。出ていくよりはいってくる男のほうが多かった。やがて家は煙草の煙と緊張感と男たちでいっぱいになった。

25　ウィスキータウン

かかってきた電話に出ていたリノが振り向いて言った。

「行くぞ」

そう言って、まず二階に上がった。降りてきたときには黒いスーツケースを持っていた。そのときにはもう男たちの大半が裏口から外に出ていた。

黒いスーツケースを私に渡してリノは言った。

「あんまり乱暴には扱うなよ」

スーツケースはけっこう重かった。

私も含めてまだ家の中にいた七人が玄関から家を出て、オマラが歩道沿いに寄せて停めたツーリングカーに乗った。その車にはカーテンが引かれていた。リノはオマラの隣りに乗り、私はスーツケースを脚のあいだにはさんで、ほかの男たちとぎゅう詰めになって後部座席に坐った。

最初の交差点に来たところで、もう一台が現われ、われわれのまえにつけた。車はもう一台あって、それはわれわれの車のあとについた。ほぼ時速四十マイルで走った。どこかに向かうには遅すぎず、まわりの注意を集めるほどには速すぎない速度で。

目的地に着く直前に邪魔がはいった。

それは市(まち)の南のへり、掘っ立て小屋のような平屋が建ち並ぶブロックに差しかかったときに起きた。

男がひとり家のドアから顔を出し、指を口にやって甲高い指笛を鳴らしたのだ。うしろの車に乗っていた誰かがその男を撃った。

拳銃の一斉射撃を受けながら、われわれは次の交差点を突っ切った。

リノが振り返り、私に言った。

「その鞄をやられたら、おれたちは全員月まで吹っ飛んじまう。鞄を開けておいてくれ。着いたらすぐ必要になる」

明かりのともっていない煉瓦造りの三階建てのまえの歩道沿いに車を停めたときには、私はすでにスーツケースの留具をはずしていた。

男たちが私にのしかかるようにして鞄を開け、中身をそれぞれ持ち出した。鞄の中身は爆弾だった。二インチほどの長さのパイプで、おがくずを詰めた中に置かれていた。建物から飛んできた何発かの弾丸（たま）が車のカーテンを食いちぎった。

リノもうしろに手を伸ばして爆弾をひとつつかむと、歩道に躍（おど）り出た。いきなり左の頰から血がしたたり落ちたが、それを気にすることもなく、煉瓦の建物の戸口めがけて爆薬を詰めたパイプを投げつけた。

耳をつんざく轟音（ごうおん）のあと、めらめらと炎が上がった。爆発の衝撃にやられないよう身を防ぎはしたが、爆破されたさまざまなものの破片が飛んできた。見ると、他人の侵入を防ぐための赤煉瓦の建物のドアは、もう影も形もなくなっていた。

男がひとりまえに走り、遮蔽物（しゃへいぶつ）のなくなった戸口の中に地獄を詰めたパイプを放り込んだ。一階の鎧戸（よろいど）が中から吹き飛んだ。その向こうに炎とガラスが舞っているのが見えた。

われわれのあとを走っていた車に乗っていた連中は、通りを少し先まで行って車を停め、そこで銃撃戦を始めていた。われわれの先を走っていた車は脇道にはいったらしい。われわれが運んできたものの爆音の合間に、赤煉瓦の建物の裏から拳銃の銃声が聞こえていた。先に行ったやつらはおそらく建物の裏口を押さえたのだろう。

通りの真ん中に出ていたオマラが上体を大きく曲げて、パイプ爆弾を煉瓦の建物の屋上に放り投げた。が、それは爆発しなかった。オマラのほうはそのあと片足を宙に振り上げるようにして、咽喉を掻きむしりながら仰向けに倒れた。

仲間がもうひとり、煉瓦の建物の隣りの木造の建物から撃たれた弾丸にやられた。

リノが抑揚のない声で悪態をついて言った。

「やつらを焼き尽くせ、ファット」

ファットは爆弾に唾をかけると、われわれの車のうしろにまわり込んで腕を振った。

われわれは自らを奮い立たせて、歩道から離れた。木造の家は滅茶滅茶になっており、砕けた家のへりを炎が這い上がっていた。

「まだ残ってるか?」みんなで顔を見合わせ、さらに撃たれたやつのいないことがわかると、リノがそのことに気をよくしてそう尋ねた。

「これが最後の一個です」とファットが爆弾を差し出して言った。

煉瓦の建物の二階の窓の向こうで炎が躍っていた。リノはそれを見て、ファットから爆弾をつかみ取ると言った。

「うしろにさがってろ。やつらが出てくる」

われわれは建物のまえから離れた。

建物の中から声がした。

「リノ！」

リノは車の陰に移動してから呼ばわり返した。

「なんだ？」

「おれたちの負けだ」と野太い声が響いた。「これから出ていくから撃たないでくれ」

リノは訊き返した。「おれたちって誰だ？」

「ピートだ」と野太い声が言った。「四人いる」

「おまえが先に出てこい」とリノは言った。「両手を頭の上に上げてな。ほかのやつもおんなじようにしてそのあと出てこい。三十秒ほどあいだをあけて。よし、出てこい」

いっとき待つと、ダイナマイトで壊されたドアを抜けて、フィンランド野郎のピートが両手で禿げ頭のてっぺんを抱えるようにして出てきた。燃え盛っている隣りの家の炎の明かりで、彼が顔に怪我をしており、着ているものもほぼすべてぼろぼろになっているのがわかった。瓦礫（がれき）を踏み越え、密造酒屋はゆっくりと歩道まで階段を降りてきた。

リノはこのフィンランドのクソ野郎と罵ってから、ピートの顔と胴体に四発弾丸（たま）をぶち込んだ。

ピートは倒れた。私のうしろにいた男が笑った。

リノはドア口から中に最後の爆弾を放り込んだ。

われわれはすばやく車に戻った。リノが運転席に着いたものの、エンジンがかからなかった。弾丸(たま)があたったのだろう。

リノはあきらめて警笛を鳴らし、みな車を降りた。

角に停まっていた車がやってきた。その車が来るのを待つあいだ、通りを眺めた。二軒の建物が赤々と燃えているせいでけっこう明るかった。窓に人の顔がいくつか見えたが、われわれ以外に通りにそれまでどれだけの人間がいたにしろ、今はみなどこかに姿を消していた。遠くないどこかで火事を知らせる半鐘が鳴っていた。

われわれを乗せるため、車はスピードを落とした。すでに満員だった。互いに重なり合って乗った。それでも乗れないやつは踏み板に足をのせてしがみついた。

道路に倒れていたハンク・オマラの脚をタイヤが踏むと、車体が大きく揺れた。われわれはその場を離れた。乗り心地はともかく、一ブロックだけは無事に過ぎた。そのあとは無事とも乗り心地とも無縁になった。

通りの前方にリムジンが一台現われ、われわれとの距離が半ブロックばかりになったところで、横っ腹を見せて停まった。その横っ腹から弾丸(たま)が狂ったように噴き出した。

もう一台、リムジンの脇に現われ、これまたわれわれを攻撃してきた。弾丸(たま)が雨あられと飛んできた。

こっちもベストは尽くした。が、まともに闘うには互いにくっつきすぎていた。ひとりの男を膝にのせ、もうひとりを肩に担ぎ、さらに耳のうしろから三人目に銃を撃たれていては、まともな射撃はできない。

建物の裏にまわっていたもう一台がやってきて、われわれに加わり、一緒に応戦した。が、そのときには相手にさらに二台の車が加わっていた。留置場襲撃がどういう結果に終わったにしろ、それに対応していたピートの兵隊が戻ってきて、われわれの逃亡を阻止しようとしているのだった。一気にまずい事態になった。

私は熱い火を噴いている銃の上に身を乗り出してリノの耳元で叫んだ。

「ろくでもないことになったな。車の中で余ってるやつは車を降りて、通りから応戦したほうがいい」

リノとしても私の言うとおりだと思ったのだろう。すぐに手下に命じた。

「おまえら(オンブレ)の何人かは車を降りろ。通りからやつらを狙え」

見失わないよう路地の入口から眼を離さないようにして、私が最初に降りた。

ファットがあとについてきた。路地にはいるなり、私は振り向いてうなった。

「でかい図体をおれに押しつけてくるな。自分の穴倉は自分で探せ。あそこによさそうな地下への階段口がある」

ファットはうなずいて、その階段口をめざした。三歩走ったところで撃たれた。

私は路地を探索した。たった二十フィートほどの長さで、つきあたりは高い木のフェンスになっており、鍵のかかった門があった。

ゴミ缶の助けを借りて門を乗り越え、煉瓦敷きの裏庭に出た。脇のフェンスまで行くと、そこから先にまた裏庭があり、そのあとさらに裏庭が続き、そこでくそフォックス・テリアに吠えられた。

私はその犬ころを蹴飛ばして、反対側のフェンスまで行き、物干し綱にからめ取られたりしないよう気をつけて、さらに裏庭をふたつ横切り、窓の向こうから住人に怒鳴られ、何かの瓶を投げられ、それでも最後には丸石を敷いた裏通りに出た。

背後から銃撃が聞こえており、その銃声は充分遠いとは言えなかった。だからそこから離れるためにできるかぎりのことをした。ダイナが殺された夜、夢で見たのと同じくらい多くの通りを歩いた。

エリヒュー・ウィルソン邸の玄関ポーチの階段に立って、腕時計を見ると、針が午前三時半を指していた。

26 脅迫

なんらかの反応が得られるまで、私は依頼人の家の呼び鈴を押しつづけた。それはもう嫌になるほど。

ようやく背の高いお抱え運転手がドアを開けた。ズボンに下着のシャツという恰好で、片手にビリヤードのキューを固く握りしめていた。

「なんの用だ?」と彼は言い、私をよく見て言い直した。「おや、あんたか? いったいどうしたんだ?」

「ミスター・ウィルソンに会いたい」

「午前四時に? 出直すんだな」そう言って、運転手はドアを閉めかけた。

私は足を突き出してドアが閉まらないようにした。運転手は私の足を見て、私の顔を見て、キューを持ち替え、その重さを測るような仕種をしながら言った。

「膝の皿を割られたいのか?」

「これはお遊びじゃない」と私はきっぱりと言った。「どうしても爺さんに会わなきゃならないから言ってるんだ。いいから、取り次いでくれ」

「取り次ぐまでもないんだよ。あんたが来ても追い返せって、今日の午後言われたばかりなんでな」

「ふうん、そうなのか」私はポケットから四通の封筒を取り出し、少なくともいちばん馬鹿みたいには見えないいちばん最初のやつを選んで、運転手に差し出した。「これを爺さんに渡してくれ。手紙はほかにもある。そいつを持ってここで五分待とう。五分待ったら、〈コンソリデーティッド・プレス〉のトミー・ロビンズのところに持っていく」

運転手は睨むように手紙を見て悪態をついた。「トミー・ロビンズもあいつの身内もくそ食らえだ!」そう言いながらも、手紙をひったくってドアを閉めた。

四分後、ドアがまた開き、彼が言った。

「はいれ」

私は彼のあとについてエリヒュー老の寝室まで行った。

わが依頼人は上体を起こしてベッドの上に坐っていた。それぞれの手に手紙と封筒を持って、両方とも握りつぶしていた。

白髪が立っていた。丸い眼は青くもあり、赤くもあった。口と顎が描く二本の平行線がほとんどくっつきそうになっていた。ご機嫌のほどはうかがうまでもなかった。

私を見るなりいきなり怒鳴った。

「あれほど勇ましいことを言っておきながら、結局は命だけは助けてくれとばかり、この老いぼれ海賊のところに帰ってきたというわけか？」

おかどちがいもはなはだしい、と私はやり返した。そこまでヌケ作みたいな話がしたいのなら、せめて声は落とすことだ、さもないとあんたがどこまでヌケ作なのかロスアンジェルスの連中にもばれちまうぞ、と。

老人はさらに一目盛りヴォリュームを上げて怒鳴った。

「自分のものでもなんでもない手紙を一通や二通盗んだからと言って、それでなんでもできると――」

私は指を両耳に突っ込んだ。そんなことをしても音をさえぎることはできなかったが、彼を侮辱し、怒鳴るのをやめさせるには事足りた。

私は指を耳から抜いて言った。

「話をするのに使用人は要らない。出ていかせてくれ。あんたに危害を加えるつもりはないから、どのみち必要ない」

彼は運転手に言った。「さがれ」

運転手は好意のかけらもない眼を私に向けて部屋を出ていき、ドアを閉めた。

エリヒュー老はいきなりまくしたてた。今すぐ手紙の残りを寄こせと要求してきた。大声で卑語を乱発し、私がどこで手紙を手に入れ、手紙をどうしようとしているのか知りたがった。ありとあらゆるものを利用して私を脅した。が、結局のところ、彼がしているのはただの罵倒だった。それだけだった。

私はもちろん手紙を差し出したりはしなかった。

「この手紙はあんたが手紙を取り返すために雇った男からもらったのさ。しかし、その男は手紙を取り返すのに彼女を殺さなきゃならなかった。それはあんたにとっても都合の悪いことなんじゃないのかい？」

彼の顔から赤みが消え、いつものピンク色になった。歯に上下の唇をかぶせ、眼を細め、私を見すえて彼は言った。

「おまえは手紙をそんなふうに使うつもりなのか？」

声がだいぶ落ち着いてきていた。胸に響く声になっていた。腰を据えて闘う覚悟を決めたのにちがいない。

私は椅子をひとつベッドのそばまで引っぱっていくと、目一杯の嬉しさを笑みに込めて言った。

「それもひとつの使い方だ」

彼は私を見て、唇を動かした。が、何も言わなかった。私は言った。

「あんたはおれがこれまでにつきあった中で最悪の依頼人だよ。あんた、何をしてるんだね、ええ？　市の浄化のためにおれを雇いながら、途中で気が変わると、おれを追い出しにかかり、おれを窮地に陥れようとさえした。ところが、おれの勝ちが見えてくると、どっちにもつくことなく、様子見をして、おれが負けたと見ると、家に入れようともしない。そんなときにこんな手紙が手にはいるとはな、おれとしてもつくづく運がよかったよ」

彼は言った。「それは脅迫か？」

私は笑って言った。

「あんたからそんなことばを聞くとはな。だけど、いいだろう、脅迫でかまわんよ」私はベッドの端を人差し指で叩いた。「だけど、爺さん、おれはそもそも負けてないぜ。おれは勝ったのさ。あんたは行儀の悪いやつらに自分の可愛い市を乗っ取られたと言って、おれに泣きついてきた。フィンランド野郎のピートにルー・ヤードにマックス・ウィスパー・ターラーにヌーナン。今そいつらはどこにいる？

ヤードは火曜の朝死んだ。ヌーナンは同じ日の夜死んだ。ウィスパーは水曜の朝死んだ。フィンランド野郎はちょっとまえに死んだ。なあ、おれはあんたにあんたの市を返してやろうとしてるんだぜ、あんたが欲しがろうと欲しがるまいと。それを脅迫と言うなら、それならそれでかまわない。ただ、あんたには今からこういうことをしてもらう。すぐ市長に連絡を取るんだ。このシラミだらけの市にも市長ぐらいはいるんだろ？　市長と一緒に知事にも電話しろ――いいから、最後まで黙って聞けよ。

密造酒屋の手下がお巡りになっちまって、市の警察が手に負えなくなった。知事にそう言って、援軍を頼むんだ。そうだな、州兵がいいだろう。今、市はどんな騒ぎになってるのか、正確なところはおれにもわかっちゃいない。だけど、これだけは言える、あんたが恐れてた親玉はだいたい死んじまったってことだけはな。あんたとしても、これだけは言える、あんたが恐れてた親玉ちまったやつらは死んだ。今は若いやつらが死んだ親分たちの後釜に収まろうと、どいつもこいつもしゃかりきになってるが、それがひどくなりゃなっただけ好都合だ。お上品な兵隊にとっちゃ、何もかもが混乱してるほうがそれを口実にむしろ支配しやすいはずだ。だけど、その兵隊にしろ、若い三下どもにしろ、誰もあんたの弱みを握っちゃいない。あんたに大きなダメージを与えられるような弱みも何も。

市長でも知事でもいい。使いやすいほうを捕まえて、パーソンヴィルの警察機能を一時停止させるんだ。でもって、そのあとの市の治安は、あんたがまた新たな警察を編成できるようになるまで、お取寄せの部隊に任せるんだ。聞いた話じゃ、市長も知事もふたりともあんたの持ち駒なんだってな。だったらあんたが言えばなんでもやるんじゃないのか？　ふたりになんて言えばいいかはさっき言ったとおりだ。あんたにできることだよ、これは。いや、やらなきゃならんことだよ。

それで市が取り戻せるんだから。クリーンで素敵な市をな。あんたがまた犬どもにくれちまうまでの話にしろ。ここまで言ってもやらないなら、このあんたのラヴレターをブン屋のハゲタカどものところに持っていく。あんたの〈ヘラルド〉のところじゃなくて、新聞協会に持っていく。この手紙はドーンから奪ったものだが、あんたはそもそもドーンなんか雇ってないのかもしれない。ドーンが彼女を殺したわけじゃないのかもしれない。だから、あんたにはそのことを証明できるかもしれない。で、証明したら、そのあとにんまりほくそ笑んだりもできるのかもしれない。だけど、あんたのそんな笑みもあんたのラヴレターを読む新聞読者の嘲笑いに比べたら、屁みたいなもんだ。傑作だよ、この手紙は。おれも最後にこんなに笑ったのはいつだったのか思い出せないくらいだよ」

私はそこで話すのをやめた。

老人は震えていた。が、怯えて震えているのではなかった。顔の色がまた紫がかった赤になっていた。口を開き、彼は吠えた。

「新聞にでもなんでも載せりゃいい。こっちは痛くも痒くもない！」

私はポケットから手紙を取り出すと、ベッドの上に放り、椅子から立ち上がって帽子をかぶった。そして言った。

「あんたが手紙を取り返すために差し向けた男が彼女を殺したなんて、おれは思っちゃいないよ。だけど、もしそれがほんとうであってくれたら、右脚を差し出してもいい。そうとも、おれはあんたを絞首台送りにして、この仕事を締めくくりたかったのさ。どれほどそうしたかったことか！」

　彼は手紙には手を触れることもなく言った。

「ターラーとピートの話はほんとうなのか？」

「ああ。だけど、それにどんな意味がある？　どうせあんたはまた次の悪党にこづきまわされるだけのことだ」

　彼はベッドクロスを脇に放り出し、パジャマのズボンを穿いたずんぐりした脚を横にやり、ピンクの足を床におろしてまた吠えた。

「おまえには根性はないのか――おれがこないだ言ってやった仕事を引き受けるだけの根性は。ここの警察署長になるだけの根性は」

「ああ、ないよ。そんな根性はすっかりなくしちまった。あんたがベッドの中に隠れて、おれを切り捨てる算段をあれこれ考えてるあいだにな。根性なんてものはあんたのために闘うのにすっかりすり減らしちまったよ。乳母が要るならほかをあたってくれ」

　彼は私を睨んだ。その眼のまわりにずる賢そうな皺ができた。

　自分に納得するようにうなずきながら、彼は言った。

「この仕事を受けるのが怖いのか。おまえがあの女を殺したのか？」

　私は前回と同じように彼をひとり残して、彼の寝室を出た。「くたばりやがれ」と言って出た。

　お抱え運転手は一階で待っていた。まだビリヤードのキューを持っていた。出口まで私を案内しながら、やはり好意のかけらもない眼を私に向けてきた。私がそれに何か反応することを期待しているのは明らかだった。私は何もしなかった。外に出ると、うしろでドアが乱暴に閉められる音がした。

夜明けの光に通りは灰色に見えた。

通りを少し北に行った木陰に黒いクーペが一台停まっていた。人が乗っているのかどうかまではわからなかった。が、念のために私はクーペとは逆方向に歩きはじめた。すると、クーペは私のあとを追ってきた。

車に追われて通りを走りまわっても意味はない。私は立ち止まり、振り向いた。クーペが近づいてきた。フロントガラス越しにミッキー・リネハンの赤ら顔が見えた。私は手を脇から離した。

彼は私のためにドアを開け、私が助手席に乗り込むと言った。

「現われるとしたらここかなと思ったんだ。でも、来るのが一秒か二秒遅かった。あんたが屋敷にはいっていくところは見えたんだが、声をかけるには遠すぎた」

「警察にはどうやって対処した?」と私は尋ねた。「今こうして話してるあいだも走りつづけたほうがよさそうな情勢に変わりはないはずだが」

「そもそもおれは何も知らなかった。だからどんな当て推量もできない。実際、あんたが何を企んでるのか、おれにはさっぱりわかってないんだから。だから旧友ってことで通した。たまたまこの市(まち)でばったり再会したってことで押し通した。留置場が襲われたときにもまだ署にいたんだが、いたのが会議室の向かいにあるちっちゃなオフィスだったんで、サーカスが始まると、騒ぎにまぎれてこっそり裏窓から脱け出したんだ」

「で、結局、サーカスはどうなったんだ?」と私は尋ねた。

「お巡りのほうが撃ちまくってた。襲撃の三十分ほどまえにタレ込みがあって、特務班が先に警察のまわりを固めてたんだ。それでも、蓋を開けると、けっこう面白いドンパチになった。お巡りにしてもそう簡単な相手じゃなかったってことだ。聞いた話じゃ、襲撃はウィスパーの手下の仕業だそうだが」

「ああ、そうだ。それと同時に、リノとピートのドンパチも始まった。そのことについちゃ何か聞いてるか?」

「聞いてるのは一悶着(もんちゃく)あったということだけだ」

「結局、リノがピートを殺しはしたんだが、逃げようとして待ち伏せにあった。そのあとはどうなったかおれも知らない。ディックはどうした?」

「やつが泊まってるホテルに行ったら、夕方の列車に乗るのにもう引き払ったってことだ」

「おれがやつを帰したんだ」と私は言った。「やつはおれがダイナ・ブランドを殺したと思ってるみたいで、だんだんそのことがおれの神経に触りはじめたんだ」

「で、どうなんだ?」

「おれが殺したのかって訊いてるのか? 実はそれがわからないんだよ、ミッキー。だから今も調べてるんだ。そんなおれにもう少しつき合うか、ディックを追って西海岸に帰るか？」

ミッキーは言った。

「やったかどうかもわからないつまらん殺しで、そんなに威張るな。しかし、どういうことなんだ？　あんたは彼女のおあしも宝石も盗まなかった。それはまちがいないんだろ？」

「犯人も盗まなかった。金も宝石もおれが朝の八時にあの家を出たときにはまだあの家にあった。あの家にはおれが出た八時から九時までのあいだに、ダン・ロルフが中にはいってまた出てる。しかし、やつはそんなものを持ち出しちゃいない。ということは――そうか！　そういうことか！　彼女の死体を見つけた刑事、シェップとヴァナマン、こいつらは九時半に現場に着いた。このふたりが金と宝石以外にもエリヒュー爺さんがダイナに書いた手紙をくすねたんだ。手紙は、そのあとおれがドーンのポケットの中に見つけることになるわけだが。いずれにしろ、このふたりの刑事はその頃には姿をくらました。わかるかい？

シェップとヴァナマンはダイナの死体を見つけると、署に報告するまえに家探しをして、お宝を頂戴した。エリヒュー爺さんは大金持ちだ。そんな爺さんの手紙はふたりにとっても値打ちものに見えたことだろう。で、ほかのお宝と一緒に失敬し、その手紙だけはドーンのところに持っていって、やつを通してエリヒュー老に買い取らせようとした。ところが、ドーンは何もできないまま殺されちまって、手紙はおれが失敬した。シェップとヴァナマンは、殺された弁護士の所持品からその手紙が見つかろうと見つかるまいと、急に怖気づいたんだろう。手紙の出所が自分たちだとばれるのが怖くなったんだろう。金と宝石はすでに手に入れていた。で、とんずらしたんだ」

「なるほど、それだとすじが通る」とミッキーはうなずいて言った。「ただ、あの女を殺した犯人は誰なのか、それはわからずじまいだが」

「それでも何があったのか少しは見えてきた。もっとはっきりさせようじゃないか。ポーター通りという通りを見つけて、〈レッドマン〉という名の倉庫も見つけてくれ。聞いたところによると、そこでウィスパーはロルフに殺されたらしい。ロルフはウィスパーに近づいて、ダイナと一緒に見つけたアイスピックでウィスパーを刺したということだ。もしそれがほんとうなら、ダイナを殺したのがウィスパーじゃない可能性が出てくる。さもなきゃウィスパーだってもっと用心してるはずだよ。無防備にロルフをそんなに近くまで来させたりしないはずだ。ふたりの死体を見て、ちょいと調べてみたい」

「ポーター通りはキング通りより向こうだな」とミッキーは言った。「南の端から調べてみよう。そっちのほうが近いし、倉庫はそっちのほうがいっぱいありそうだ。このロルフってやつはどうなんだ？」

「シロだろう。ダイナを殺したのがウィスパーだと思い込んでウィスパーを殺したというのがほんとうなら、ロルフが犯人とは考えにくい。それに死んだ彼女の手首と頬には痣ができていた。ロルフというのは彼女にそういう手荒な真似ができる男じゃない。思うに、やつは病院をこっそり抜け出すと、どこかで一夜を明かし、おれが出たあと彼女の家にやってきて、自分の鍵で中にはいり、彼女の死体を見つけ、ウィスパーの仕業と思い込み、彼女に刺さっていたアイスピックを引き抜いて、ウィスパーを捜しに出たんじゃないかな」

「だったら?」とミッキーは言った。「あんたかもしれないという線はどうなる?」

「やめてくれ」と私はむっつりと言った。車はちょうどポーター通りに来ていた。「それより倉庫だ」

27 倉 庫

今はもう使われていないように見える倉庫を探して、あたりに目を配りながら通りをゆっくりと進んだ。すでに明るくなっており、視界は良好だった。

やがて褪(さ)めて赤錆のような色になった大きな四角い建物が眼にとまった。雑草だらけの空地の真ん中に建っていた。見込みのありそうな建物だった。

「次の角で停めてくれ」と私は言った。「あの建物かもしれない。偵察してくるから、車から離れないで待っててくれ」

私はあえて二ブロック遠まわりして、建物の裏手の空地に出ると、注意深く――こそこそとはしなかったが、たてなくてもすむ音はできるだけたてないようにして――空地を横切った。

裏口を慎重に試してみた。鍵がかかっていた、もちろん。窓のあるところまで行き、中をのぞいてみた。窓ガラスにこびりついた汚れと土埃で何も見えなかった。窓を試したが、まるで動かなかった。

その横の窓も試したが、結果は同じだった。建物の角をまわり、北側の壁に沿って歩いた。そこも最初の窓は駄目だった。が、二番目の窓を押し上げると、ゆっくりと少し開き、音もさほどたたなかった。

ただ、その窓枠には内側に上から下まで板が張られ、釘が打たれていた。私の立っているところから見るかぎり、かなり頑丈に。

思わず悪態をついた。が、そこで窓自体は開けたときにさほど音をたてなかったことを思い出した。窓敷居に飛び乗ると、板に手をあてて試した。

わりと素直そうな板だった。

手にもっと体重をかけた。窓枠の左側から窓がはずれ、あとにはぴかぴかと光る釘の先端が一列残った。

板をさらに奥に押しやり、その板越しに中を見た。暗闇以外何も見えなかった。何も聞こえなかった。

銃を右手に窓敷居をまたぎ、建物の中にはいった。左に一歩出ただけで、そこはもう窓からの灰色の光のあたらない場所になった。

銃を左手に持ち替え、右手で板を窓に戻した。

たっぷり一分、息をひそめて耳をすましたが、何も聞こえなかった。銃を持った手を脇にぴたりとくっつけて中を探索した。インチ刻みでまえに進んだが、床以外、靴の下には何も感じられなかった。左手で手探りをしていると、やがてざらざらした壁にぶつかった。どうやら何もない空っぽの部屋を端から端まで横切ったようだった。

ドアを探して壁沿いに歩いた。短めの歩幅で六歩ばかり歩いたところで見つかった。耳を押しあててみた。何も聞こえなかった。

ノブを見つけ、ゆっくりと引くと、ドアは素直に開いた。

何かがしゅうと音をたてた。

同時に三つのことをされた。ひとつのことをされた。ノブを手から放して、跳んで、引き金を引いた。墓石ほども重たく固いもので左腕をぶっ叩かれた。

反射的に撃った銃の銃火が光ったものの、何も見えなかった。銃火の光で何か見えてもおかしくないと思いがちだが、実際にそういうことはない。ほかにどうしていいかわからず、もう一発撃った。さらにもう一発。

老人の声がした。懇願していた。

「やめてくれ、頼む。そんなことをする必要はないから」

私は言った。「明かりをつけろ」

床の上でマッチがすられる音がして、火が上がり、めらめらと揺れる黄色い光が傷だらけの顔を照らした。公園のベンチと相性がよさそうなありふれた役立たずの老人の顔だった。すじばった脚を開いて伸ばし、床に坐っていた。どこも怪我をしているようには見えなかった。脇にテーブルの脚が一本置かれていた。

「立ち上がって明かりをつけろ」と私は命じた。「明かりがつくまではマッチの明かりを絶やすなよ」

老人はもう一本マッチをすると、両手で慎重に炎を囲いながら立ち上がり、三本脚のテーブルの上の蠟燭(ろうそく)に火をつけた。

私は老人のすぐあとについた。これで左腕がしびれていなかったら、念のために老人をしっかり取り押さえていただろう。

「ここで何をしてる?」蠟燭の火がともるのを待って、私は尋ねた。

訊くまでもなかった。部屋の一方の隅に〈パーフェクション・メープル・シロップ〉と銘打たれた木箱が六段重ねて置いてあった。

老人は弁解した――神に誓って自分は何も知らない。二日まえにイエーツという男に雇われただけだ、夜警として。何かまずいことがあったのだしても、それは金輪際自分のせいじゃない――私は木箱の蓋を一部剝がした。

中にはいっていた瓶のラベルには〈カナディアン・クラブ〉と記されていた。もっとも、その名だけゴム印で押したような代物だったが。

木箱はそのままにして、私は手に持った蠟燭で老人を急かして、まえを歩かせ、建物の探索を続けた。思ったとおり、ここがウィスパーの隠れ場であることを示すものは何もなかった。

酒が置かれている最初の部屋にまた戻った頃には、私の左腕も一瓶取り上げられるほどには回復していた。私は一瓶ポケットに入れると、老人に忠告した。

「あんたもずらかったほうがいい。警察の特務班員になったピートの手下の誰かに雇われたんだと思うが、ピートは死んじまったし、彼の商売ももう駄目になっちまったみたいだから」

私はそう言って窓から外に出た。老人は木箱のまえに立って、欲深な眼で木箱を見ていた。指を折って数を数えていた。


「で?」クーペのところまで戻ると、ミッキーが訊いてきた。

私は、なんであれカナディアン・クラブでないことだけは確かな代物のボトルを取り出し、コルクを抜いて彼に差し出すと、そのあと自分の体内にもボトルの中身を取り込んだ。

彼は繰り返した。「で?」

私は答えた。「〈レッドマン〉の倉庫を探そう」

彼は嫌味を言った。「しゃべりすぎは、いつか身を亡ぼすことになるぜ」そう言いながらも車を出した。

三ブロックほど走ると、〈レッドマン&カンパニー〉という消えかけた看板が見えた。その看板の下に、窓を切った壁に波板鉄板を張った、背が低くて細長い建物が鎮座していた。

「車はちょっと離して停めよう」と私は言った。「あんたも一緒に来てくれ。さっきの偵察じゃ、ひとりではあんまり愉しめなかったんで」

車から降りると、倉庫の裏に通じていそうな路地が眼にとまった。その路地にはいった。通りを歩いている者もいないではなかったが、工場が多いこのあたりが目覚めるまでにはまだ少し間があった。

倉庫の裏にまわると、面白いものが見つかった。裏口は閉まっていたが、そのへりとドア枠のへりと錠前のそばに疵が残っていたのだ。誰かがこじ開けようとしたのだろう。ミッキーが試した。鍵はかかっていなかった。彼は休み休み一度に六インチばかりドアを押し開け、隙間がすり抜けられるほどの幅になるまで押しつづけた。

中にはいると、声が聞こえた。何を言っているのかまでは聞き取れなかったが。それでも遠くから男の声が低く響いていることだけはわかった。何か言い争っているような声だった。

親指でドアの疵を示してミッキーが声をひそめて言った。

「お巡りじゃないな」

私は体重を靴のゴムの踵にのせて二歩進んだ。ミッキーもあとからついてきた。彼の息がうなじにかかった。

テッド・ライトはウィスパーが隠れていたのは奥の二階だと言っていた。遠くから聞こえている低い声もそっちのほうから聞こえていた。

私は振り向いて言った。

「懐中電灯は?」

彼は私の左手に懐中電灯を渡してくれた。私は右手に銃を持ち、さらにゆっくりと進んだ。

裏口のドアは幅一フィートほど開いたままになっていたので、明かりはドアのない反対側のドア口まで充分届いていた。が、その向こうは真っ暗だった。

その暗がりを懐中電灯で照らして、奥に別なドアを見つけると、すぐまた懐中電灯を消して、まえに進んだ。さらにもう一度懐中電灯をつけると、二階に通じる階段が見えた。

慎重にその階段をのぼった。まるで今にも崩れることを恐れるかのように。

低く響いていた声がやんだ。ただ、宙には何かがあった。それがなんなのかはわからなかったが。その何かに意味があるとすれば、もしかしたら別の声もしているのかもしれない。聞き取ることはできなくても。

階段を九段数えたところで、まちがいない、それまでとは別の声が上から聞こえた。はっきりと。その声は言っていた。

「そうとも、おれがあの売女(ばいた)を殺したんだ」

銃が吠えた。繰り返し四度吠えた。鉄の屋根の下で十六インチライフルをぶっ放したような音がした。

最初の声が言った。「そういうことか」

そのときにはミッキーと私はもうすでに階段の残りをのぼりきり、ドアを押し開け、リノ・スターキーの両手をウィスパーの咽喉から引き剝がそうとしていた。

それは骨の折れる仕事で、無意味な仕事だった。ウィスパーはもう死んでいた。

リノは私に気づくと、手から力を抜いた。

相変わらず、彼の眼の光は鈍く、その馬面に表情はなかった。

ミッキーはウィスパーを抱えると、部屋の隅に置かれていた簡易ベッドのところまで運んで、その上に寝かせた。

その部屋は以前はどうやらオフィスとして使われていたようで、窓がふたつあった。そこから射し込む光で、簡易ベッドの下に死体が押し込まれているのがわかった——ダン・ロルフだ。コルトの軍用自動拳銃が床の真ん中に落ちていた。

リノは肩を落とし、上体を揺らしていた。

「撃たれたのか?」と私は尋ねた。

「あの野郎、四発も撃ちやがった」と彼はむしろおだやかな口調で言い、体を曲げて前腕を下半身に押しつけた。

「医者を連れてきてくれ」と私はミッキーに言った。

「無駄だ」とリノが言った。「おれの腸はもう誰のものでもないくらいしか残っちゃいないよ」

ミッキーは部屋を出ると、階段を駆け降りた。

私は彼がまえかがみになって自分を支えられるよう、折りたたみ椅子を持ってきて坐らせた。

「ウィスパーがまだ死んじゃいなかったことは知ってたのか?」とリノが言った。

「いや。おれはテッド・ライトに言われたままをあんたに伝えただけだ」

「テッドは早くここを離れすぎたんだな」とリノは言った。「おれはこういうことにかけちゃ疑り深くてな。で、確かめにきたんだよ。そしたら、まんまとあの男の罠にかかっちまった。あの野郎、銃で狙いがつけられるようになるまで死んだふりをしてやがったんだ」そう言って、相変わらず鈍い光を宿した眼でウィスパーの死体を見た。「まんまとしてやられたよ。あのクソ野郎。死んでやがったのに、じっとしてなかった。自分で包帯なんか巻いて、ひとりでここで待ってやがったのさ」そう言って、リノは笑みを浮かべた。リノが笑うのを初めて見た。「だけど、今はもうただの肉の塊だ。もう何者でもない」

声が太くしゃがれてきた。椅子の下に小さな血だまりができていた。私は彼に触れるのが怖かった。腕の圧とまえかがみの姿勢だけがどうにか彼の体がばらばらになるのを防いでいる。そんな気がしたのだ。

血だまりを見つめて彼が言った。

「あんたはどうしてあの女を殺（や）ったのは自分じゃないって思ったんだ？」

「正直なところ、今の今までただ信じつづけるしかなかった。おれじゃないって」と私は言った。「あんたなんじゃないかとも思ったんだが、実のところ、確信はなかった。あの夜、おれはひどいもんで、べろんべろんで、夢をいっぱい見た。やたらと鐘が鳴ったり人を呼ぶ声が聞こえたりする夢だった。そんな夢だったんで、まず思ったんだ。これはただの夢じゃないって。これは麻薬と自分のまわりで起きてることに影響された悪夢だって。

いずれにしろ、眼を覚ますと、明かりはもう消えていた。おれが彼女を殺して、明かりを消して、そのあとアイスピックを握りにまた彼女のところに戻ったとは考えにくい。だからそうじゃなかったんだと思った。そうじゃないならありうると。あんたはおれがあの夜あの家にいることを知っていたのに、なんのためらいもなく、おれにアリバイを提供してくれた。おれはそこが逆に引っかかった。ヘレン・オルベリーの話を聞いたあと、ドーンはおれを脅迫しようとした。警察は彼女の話を聞いたあと、おれとあんたとウィスパーとロルフを一緒くたに結びつけた。おれはドーンの死体を見つける直前、あんたの手下のオマラと半ブロックと離れていないところでばったり出くわした。で、思ったわけだ、ドーンはあんたも脅迫してるんじゃないかと。そのことと、警察がおれたちを一緒くたにしてることを考え合わせると、こんな結論が出た。そう、警察はおれに対する容疑と同じ容疑をあんたたちにもかけてるんじゃないのかってな。警察がおれに疑いを持ったのは、あの夜おれがあの家にはいったところか、あるいは出てきたところか、それともその両方をヘレン・オルベリーに見られたからだ。もしかしたら、あんたたちもおれと同じ理由で疑われてるんじゃないのか。それは大いにありうることだ。しかし、テッド・ライトの話からロルフとウィスパーは除外できた。となると、残るはあんただ——あるいはおれか。しかし、なんであんたが彼女を殺さなきゃならないのか。そこのところがどうにもわからなかった」

「これは断言できるが」と彼は床の上に広がる赤い血だまりを見つめながら言った。「すべてはあの女の自業自得だ。あの女から電話があったんだ、ウィスパーが彼女の家に来るって。で、先におれが行けばウィスパーを待ち伏せできるって。悪くないとそのときは思った。だから出かけていって待ってたんだが、結局、ウィスパーは現われなかった」

そこで彼は話をやめ、赤い血だまりが描く形に興味を惹かれたふりをした。痛みが彼の話をさえぎったのは明らかだった。それでも、その痛みをこらえられるようになったら、また話しだすだろう。彼はこれまで生きてきたように死のうとしていた。内なる殻の固さを損なうことなく。今の彼にとって話すのは拷問のようなものだろう。それでも、その殻のためにこそ彼は話すのをやめないだろう。ひとりでも彼を見ている者がいるかぎり。彼はリノ・スターキーでありつづけるだろう。世界が差し出すものならなんでもまばたきひとつすることなく受け入れてきた男が、その生きざまを最後まで全うしようとしていた。

「待つのにもくたびれて」と彼はしばらく経ってから続けた。「おれは彼女の家のドアを叩き、どうなっているのか彼女に尋ねた。すると、彼女は誰もいないからと言って、おれを中に入れた。おれは疑った。もちろん彼女はひとりだと言い張ったが。キッチンにはいったあたりで、おれは思いはじめた。おれもダイナという女をいくらかは知ってたんでな。はめられたのはウィスパーじゃなくて、このおれだったんじゃないのかって」

ミッキーが戻ってきて、電話で救急車を呼んだと言った。

ミッキーに話をさえぎられたことを利用してリノは声を休め、また続けた。

「これはあとからわかったことだが、ウィスパーが電話をしてきたのはほんとうだった。ただ、おれより先にやってきた。あんたは麻薬で人事不省になっていた。だから、彼女はウィスパーを中に入れるのが怖かった。ウィスパーはしかたなく帰っていった。ただ、彼女はそのことを言おうとしなかった。おれも帰っちまうのを恐れたんだろう。あんたは使いものにならず、彼女としてはウィスパーが戻ってきたときに自分を守ってくれる男が欲しかった。こっちはそこまではまるで思いもよらなかったが、何か面倒に首を突っ込んじまったのは直感でわかった。

さっきも言ったが、おれは疑り深い人間なんでな。それにダイナという女もちっとは知ってたんでな。で、あの女を取り押さえて、平手打ちでもして、ほんとうのことをしゃべらせようと思ったんだ。実際、そうした。そしたら、あの女はアイスピックをつかんで叫びだした。その彼女の悲鳴と一緒に、床を踏む男の足音が聞こえたような気がした。やっぱり罠だった。おれはそう思った」

彼はゆっくりと話した。おだやかに慎重に一語一語話すのに、より時間と労力を要するようになっていた。話すこと自体が困難になっていた。声が震えだしていた。彼自身そのことがわかっていたのかもしれないが、見るかぎり、気づいていないふりをしていた。

「おれだけ貧乏くじを引くつもりはなかった。彼女の手からアイスピックをひねり取ると、それを彼女に突き刺した。そんなところに、とことんヤクにやられてたあんたが飛び出してきた。眼を閉じたまま世界を相手に闘うみたいに。彼女はそんなあんたにぶつかった。あんたは倒れて、寝返りを打った。すると、手がちょうどアイスピックに触れて、反射的にあんたはそれを握りしめた。そして、また眠っちまったんだ、彼女とおんなじくらい安らかにな。そこでおれにもやっとわかった、自分が何をしちまったのか。だけど、もう彼女は死んじまったんだ。できることは何もない。で、電気を消して、家に帰った。あんたはと言えば――」

くたびれた顔つきの救急隊員が――ポイズンヴィルではなかなか休ませてもらえないのだろう――担架を持ってはいってきた。リノはそれに気づいて話をやめた。そうしてくれて私はむしろ助かった。聞きたかったことはもうすべて聞いていた。リノが死んでいくのをただ見守りながら、じっと坐ってさらに話を聞くというのは、あまり愉しいこととは思えなかった。

私はミッキーを部屋の隅に引っぱると、声を落として彼の耳元で言った。

「このあとはこの仕事を引き継いでくれ。おれはちょいと身を隠す。おれが何か面倒なことになるとも思えないが、このポイズンヴィルという市がここまでわかったからには、あえてこの市にとどまって危険を冒そうとは思わない。あんたの車を貸してくれ。オグデン行きの列車が停まる駅まで行って、車はそこに停めておくよ。オグデンじゃローズヴェルト・ホテルにP・F・キングの名で泊まる。この件の目鼻がついたら、おれは今の名前でいてもいいのか、それともホンジュラスにでも高飛びしたほうがいいのか、知らせてくれ」

オグデンでは、私は探偵社の規則も州法も破っておらず、人の骨を折ったりもしてないように見える報告書をでっち上げるのにほぼ一週間を費やした。

そんな六日目の夜、ミッキーがやってきた。

彼から話を聞いた――リノが死んだこと、私はもう公には犯罪者ではないこと、強盗に奪われたファースト・ナショナル銀行の現金の大半が回収されたこと、マクスウェインがティム・ヌーナン殺しを自白したこと、さらに戒厳令のもと、パーソンヴィルが棘のない芳しいバラの花壇に変貌しつつあること。

ふたりでサンフランシスコに戻った。

あたりさわりのない報告書に仕上げようとした私の試みは徒労に終わった。おやじさんを騙すことはできなかった。こってり油を搾られた。

解説

吉野　仁

本書は、ダシール・ハメットによる長編第一作『血の収穫』の新訳版である。ハメットはハードボイルド探偵小説のスタイルを確立させたアメリカ作家だ。

『血の収穫』は、ニューヨークのクノップ社から一九二九年二月に刊行された。パルプ・マガジン「ブラック・マスク」一九二七年十一月号から一九二八年二月号まで四回に分けて掲載されたものを原形としている。作品冒頭に掲げられた献辞に「ジョゼフ・トンプスン・ショーに」とあるが、ショーは「ブラック・マスク」誌の名物編集長で、いわばハメットの育ての親にあたる人物だ。

もともとハードボイルド派もしくは行動型探偵小説とよばれる最初の作品は、キャロル・ジョン・デイリーが一九二三年「ブラック・マスク」誌に発表した私立探偵レイス・ウィリアムズものというのが通説である。ほとんど西部活劇のような内容であり、とうぜん登場する探偵は屋敷の密室で起こった不可解な殺人事件を残された手がかりや関係者への質問や会話からパズルを解くがごとく推理する頭脳派タイプではない。主人公レイス・ウィリアムズは、金とスリルのため危険な場所に飛び込み、悪人たちへ銃をぶっ放し事件を解決する恐れ知らずのタフな男だ。しかし長編が一作も邦訳されていないことからわかるように、先駆者でありながらデイリーの作品が高く評価されることはなかった。

ハメットが書いたのは、単に新しい探偵小説のスタイルというだけではなく、自身の経験に基づき、実在の探偵や犯罪者らをモデルにしたものだった。すなわちリアリズムに徹していたのだ。自身が大手探偵社で働き、犯罪や犯罪者と直接関わってきた体験を持つことに加え、若きハメットが過ごした時代背景も大きく関わっている。

ダシール・ハメットは、一八九四年五月二十七日、アメリカの東海岸、メリーランド州セントメアリーズ郡に生まれた。その後ハメットはボルティモアで少年時代を過ごした。十四歳で高校を中退、さまざまな職につき、二十歳のときピンカートン探偵社ボルティモア支社に入社した。かの標語〈われわれは眠らない〉で知られ、全国に二十もの支社をもつ民間大手の探偵社だ。ハメットは調査員として各地をまわり、犯罪調査の仕事を続けていった。

やがてハメットは西部へ派遣されることになったが、その仕事はかならずしも悪党たちを捕まえることだけではなかった。なかでも一九一七年の夏にモンタナ州ビュートで起きた出来事は、ハメットの人生に大きな衝撃を与えたという。ハメットは、他の数人の調査員とともにピンカートン社から命じられ、ＩＷＷ（世界産業労働者組合）によるストライキを阻止するため、ビュートのアナコンダ銅山会社に雇われることになった。会社をてこずらせていたのは労働組合の幹部フランク・リトルというアメリカ先住民系の片眼の男だった。リトルは会社を激しく糾弾し、いかなる脅しにも屈しなかった。あるときハメットは、銅山会社の幹部から五千ドルでリトルを殺してくれ、ともちかけられたという。ハメットは拒絶したものの、のちにリトルは三人の仲間とともに、モンタナ自警団を名乗る連中に拉致(らち)され、リンチを受けたあと町はずれの鉄橋に吊るされた。

その翌年の一九一八年六月、ハメットはピンカートン社を辞職し、第一次世界大戦に従軍するため陸軍に志願した。新兵となったものの、アメリカ軍の駐屯地で当時世界的に大流行していたスペイン風邪に感染し、基地病院で何か月も病床につく羽目となった。スペイン風邪の死亡者の数は、第一次大戦における戦死者をはるかに上回り、数千万とも一億とも言われている。ハメットは、そのインフルエンザで肺を悪くしたうえ結核にかかり、生涯にわたって肺の病に悩まされた。一九一九年五月に除隊となり、ふたたびピンカートン社の仕事についた。一九二一年七月に結婚し、サンフランシスコで暮らしはじめたが、もはや激務に耐える身体ではなくなったことから調査員の仕事を辞め、生活のために小説で身を立てるようになった。

一九二二年、ハメット二十八歳のとき、「スマート・セット」誌に小話が掲載されたのち、あちこちの雑誌に作品が載るようになった。「ブラック・マスク」誌に初登場したのは、ピーター・コリンスン名義「帰路」という短編だった。翌二三年、コンティネンタル・オプもの第一作「放火罪および」をやはりコリンスン名義で「ブラック・マスク」に発表。その後、オプもの三作目からダシール・ハメットの名で作品を書くようになった。ハメットは、このコンティネンタル・オプを主人公とした中・短編をあわせて二十八作、長編を二作書きあげた。その長編第一作としてまとめられたのが『血の収穫』なのである。

主人公のコンティネンタル・オプは、ハメットがボルティモア支社時代にはじめて仕えた上司のジェイムズ・ライトがモデルだという。小柄で肥った中年男。自分の名前を名乗らず、関係者と感情的な関わりを持たないなど、単に技術的なことのみならず、身につけた自己規律も含め、ハメットへ探偵の基本をたたきこんだ。また、人口四万人の鉱山町パーソンヴィルは、モンタナ州ビュートがモデルである。長編『血の収穫』および第二作『デイン家の呪い』（一九二九年）、そのほかオプものが登場する作品は、ピンカートン社時代の体験をもとにして書いたものである。

物語は、コンティネンタル探偵社のサンフランシスコ支社からやってきた「私」（オプ）が、ポイズンヴィル（毒の市（まち））と呼ばれるパーソンヴィルの駅に到着した場面からはじまる。依頼人は、新聞社の社長ドナルド・ウィルソンで、荒廃した市の浄化をめざしていた。ところがその夜、ウィルソンは路上で何者かに射殺されてしまった。殺されたドナルドの父親エリヒュー・ウィルソンは、パーソンヴィル鉱業の社長であるほか、銀行、新聞社など、市の主要な会社や重要な役職を牛耳る最高権力者だった。だが、もともと労働争議をつぶそうと雇ったギャング連中がはばをきかせ、警察署長までが悪漢たちと共謀して市を支配するようになっていた。オプは新たにエリヒューから依頼を受け、パーソンヴィルの犯罪と政治腐敗の調査をはじめる。やがて、それぞれのボスたちを対立させ、激しい抗争を巻き起こし、毒にまみれた連中を一掃しようと動きまわる。

今回、はじめて本作を手に取ったという読者のなかには、この血で血を洗う派手な抗争の物語に既視感を覚えた人がいるにちがいない。かつて筒井康隆は、『乱調文学大辞典』（一九七二年）の「ハメット」の項に〈「血の収穫」のプロットは、あらゆる小説、映画、劇画に流用されている。その数、おそらく百をくだるまい〉と記した。これまで数え切れないほどの模倣作、改変作がつくられているのだ。

そのなかでもっとも有名なのは、黒澤明監督、三船敏郎主演による映画「用心棒」（一九六一年）だろう。原作のクレジットはないが、のちに黒澤明自身が「ほんとは断らなければいけないぐらい使っているよね」と語っている（聞き手：原田眞人『黒澤明語る』一九九一年)。もちろん娯楽時代劇としての見事な改変が加わり、より痛快な作品に仕上がっている。この映画は、セルジオ・レオーネ監督、クリント・イーストウッド主演「荒野の用心棒」（一九六四年）としてリメイクされた。しかし、意外なことに『血の収穫』を原作としてそのまま映画化したものは現在までない。ただしドナルド・E・ウェストレイクが書いた脚本は存在するという。ウェストレイクの第二作『殺しあい』もまた『血の収穫』と同じく腐敗した町を舞台とし、激しい抗争が起こり死体の山が築かれるという私立探偵小説だった。

もちろん、日本の書き手にも多大な影響を与え、「野獣死すべし」で鮮烈なデビューをかざった大藪春彦の長編第一作『血の罠』（一九五九年）をはじめ、船戸与一『山猫の夏』（一九八四年）、馳星周『不夜城』（一九九六年）など、『血の収穫』の骨子を他の舞台におきかえた傑作は数多く書かれている。筒井康隆『おれの血は他人の血』（一九七四年）もそのひとつだ。

荒廃した町に巣くう悪党たちのあいだを主人公が行き来し、互いに争わせて破滅に導くという筋書きの秀逸さ。それが本作の大いなる魅力にちがいない。化学反応における触媒の役目を探偵が果たしているのだ。

　本作の魅力はこうしたプロットの面白さにとどまらない。ハメットが生み出したハードボイルドの原型とは、探偵の造形とその文体にこそ現われている（以下、物語の詳しい内容に触れている部分があり、本文を未読の方はご注意願います）。

　しばしば探偵は中間の存在だと言われている。事件の渦中に現われ、公式に捜査する警察と数多くいる容疑者のあいだで立ちまわるよそ者であり、殺された被害者とその殺人を犯した加害者のあいだを結び事件を解決する英雄である。『血の収穫』では探偵小説における主人公の基本原理をおさえつつ、さらに西部劇のごとき活劇を加えて面白さを増幅させているのだ。銃や爆弾による殺戮（さつりく）である。しかし、このドンパチと流血はけっして荒唐無稽な味つけではない。

　ピンカートン探偵社によるスト破りや労働組合つぶしが行なわれ、リンチの末、殺人にまで発展した例は先に紹介した。くわえて本書刊行の一九二九年といえば、アル・カポネが指揮したとされる〈聖バレンタインデーの虐殺〉がシカゴで起きた年だ。禁酒法の陰でギャングが栄え、大恐慌が世界を襲う前夜である。抗争に明け暮れる無法の町で銃撃戦が行なわれ、死体の山が築き上げられる事件は、絵空事ではなく現実の出来事だった。

　また本作の主人公は、純粋な正義のヒーローとはいえない点に注目してほしい。実際、第6章の警察署長ヌーナンとその警察隊がウィスパーの賭博場に踏み込む場面で、オプは署長とともに店へ向かいながら、銃を向けてきた署長の部下ニックを射殺する。もともとオプはどちらの側でもないが、ときに人をあざむき、翻弄し、暴力をふるい、果ては殺すことまであるのだ。まるで犯罪者と変わらない風にも見える。

ハメットは、ピンカートン社での体験をもとにコンティネンタル探偵社で働くオプという男の物語を書いた。しかし、第三作『マルタの鷹』（一九三〇年）では、自らの事務所をかまえる私立探偵サム・スペードを描き、第四作『ガラスの鍵』（一九三一年）にいたっては賭博師ネド・ボーモンを主人公にした。またコンチネンタル・オプの物語は「私」が語る一人称の小説だったが、『マルタの鷹』と『ガラスの鍵』は三人称で書かれている。すなわち『ガラスの鍵』にいたっては、組織からも探偵からも「私」からも離れているのだ。完成された最後の長編となった第五作『影なき男』（一九三四年）は、「私」という一人称に戻っているものの、内容は元私立探偵のニックとその妻ノラのやりとりが都会小説風に描かれた作品である。かつてハメットが使用したペンネーム、ピーター・コリンスンは、「身元不明の男の息子」という意味があったという。まさに「影なき男」ではないか。

文体についても触れておこう。ある英語辞典に、文芸用語としての「ハードボイルド」とは「純客観的表現で道徳的批判を加えない」と説明があった。描写に一切の主観をまじえず、カメラアイに徹するということだ。アメリカでは十九世紀末から二十世紀初頭にかけてクレインやドライサーなど自然主義文学が台頭していた。リアルを求めたのだ。続いて登場したのが「失われた世代」である。ハメットは、その代表的作家アーネスト・ヘミングウェイと同じく、ハードボイルドの文体を追求した。ヘミングウェイは第一次大戦で負傷し、そのときの従軍看護婦と恋に落ちるという体験をもとに『武器よさらば』を書いた。戦場へ行くことはなかったが、ハメットと共通する過去がある。

ちなみに、レイモンド・チャンドラーは第一次大戦でカナダ海外派遣軍に入り、フランスで闘っている。ジェイムズ・M・ケインも入隊しフランスへ行った。ハメットを育てた「ブラック・マスク」誌の編集者ジョゼフ・T・ショーのあだ名が「キャップ」だったのは、第一次大戦で大尉（キャプテン）として従軍したからだ。今日（こんにち）ハードボイルド私立探偵のコスチュームとして一種のアイコンとなった感のあるトレンチコートの「トレンチ」は塹壕（ざんごう）を意味する。第一次大戦で使用されたことから、その名が残った。このジャンルはことごとく戦争の影をひきずっている。

ハメットの場合、戦争以前のピンカートン探偵社時代、すでに社会の上から下まで、表裏さまざまな様相を見聞きしてきたことだろう。凶悪な犯罪をはじめ、殺人や死は身近なところにあったはずだ。ハメット自身、重い病いで生死の淵をさまよい続けた身である。また、遺作となった未完の中編「チューリップ」には、第一次大戦直後、タコマにあった結核病院にいた話が語られており、そこに収容されていた戦争神経症（シェル・ショック）の患者についても触れていた。

正義や理想など抽象的な表現、もしくは個人の感情やあいまいな思考で語る言葉を避け、客観的にあるがまま、事実に基づいたことのみを具体的かつ簡潔に記す。こうした文体を貫こうと試みた背景には、過去の体験が大きく関係したと考えられる。

そのハードボイルド文体、事実だけを簡潔に描くとは具体的にどういうことか。ハンガリーの亡命作家アゴタ・クリストフ『悪童日記』（一九八六年）の作中、「ぼくら」という二人称で書かれたこの本の作文法について解き明かす章がある。それは精確さと客観性に欠けた表現を避け、「事実の忠実な描写だけにとどめる」というもので、私見では、ハードボイルド文体に等しい。たとえば「ダイナは肉感的で美しく魅力があふれている」と書いてはいけない。その女性に対し誰もがそう感じるとは限らず、客観性に欠けているからだ。そこでハメットは、「肩幅が広くて、胸が大きくて、尻は丸くて、筋肉質の逞しい脚をしていた」「ポイズンヴィルの男の中から好きなやつだけ選んできた（女）」などと書いた。まだまだ事実の忠実な描写とはいえないだろうが、できるかぎり目で見たことと耳で聞いたことのみを記し、そこへ感情を加えないようにしたのだ。ハメットは『ガラスの鍵』でこの表現法をさらに極めていった。

もっとも『血の収穫』は、長編作として読むと、いくつかぎごちないところがある。もともと雑誌に分載されたものをまとめた事情もあるのだろう。ドナルド・ウィルソン殺しの犯人探し、ボクシングの八百長試合のゆくえ、ダイナ・ブランド殺しの真相、そしてクライマックスの活劇と大きな山場をつないで構成したせいだ。黒澤明「用心棒」がより痛快な展開なのは真相追求の部分をばっさり切り、対立と抗争にしぼったからだろう。

また「用心棒」は、『血の収穫』とは異なり、桑畑三十郎と名乗る主人公が後半になって丑寅一家につかまり、拷問を受け、そこから脱出する場面がある。この手の活劇ではお馴染みの展開だ。流れ者の主人公が敵の手につかまりリンチを受けて死にかけるも、危機一髪のところで脱出して最後は悪を成敗する。時代劇、西部劇、００７シリーズなどみなこの型を踏襲している。これはハードボイルド私立探偵もので決まって主人公が敵になぐられ気絶するという

「お約束」と通じているのではないだろうか。擬似的な死、もしくは死にかぎりなく肉薄しそこから甦ることで神（英雄）になるのだ。一種の通過儀礼。子供向けヒーローが仮面をかぶり変身するのも同様の儀式だと考えられる。

では『血の収穫』においてオプは、クライマックスまえにどんな危機にあうのか。ダイナ・ブランドの家で彼女と対峙し、やがてアヘンチンキ入りのジンを飲んだオプは意識を失ってしまう。奇妙な夢から目覚めると、自分の手がにぎっていたのはアイスピックだった。しかもそれはダイナの左の胸に刺さっていた。すなわち、身に覚えはないものの、我が身もまた殺人者かもしれないと気づく。これほど、非情なことがあるだろうか。男が主人公をつとめるヒーロー小説は、このジャンルに限らず、不信、裏切りをテーマにしたものが多い。愛する女性、親友、同志などに手ひどいしっぺ返しを喰らう。だが、ハメットは、主人公自身まで不信の立場へ追い込んでいくのだ。それは、自分をふくめた誰しもが不可解で不条理なこの世の一部でしかない、という認識なのだろうか。

このようにハメットの物語は、通俗的なヒーロー譚や英雄神話とは少し異なったところで世界をとらえているようだ。紙数がないので、詳しく述べることはできないが、ダイナが養っていたダン・ロルフという男が「おちぶれた肺病病み」である点をはじめ、オプが見た奇妙な悪夢など、気になる謎は多い。

『血の収穫』に続き『デイン家の呪い』を書きあげ、『マルタの鷹』でハードボイルド私立探偵小説のひとつの形を完成させたハメットは、『ガラスの鍵』でさらに文体を深めた。そして

『影なき男』は異色作ながら、映画化作品が大ヒットした。しかしその後、作品を書きあげることはなかった。一九四二年に陸軍に志願し、通信隊に配属された。第二次大戦から復員した後は、かのマッカーシーによる赤狩りに巻き込まれ、一九五一年に服役することとなる。そして一九六一年一月十日、肺がんで死去した。享年六十六。

ダシール・ハメットの評伝としては、ダイアン・ジョンスン『ダシール・ハメットの生涯』(早川書房)、ウィリアム・F・ノーラン『ダシール・ハメット伝』(晶文社)の二作が邦訳されているほか、アメリカでは現在まで多くの評伝および研究書が刊行されている。日本においては、小鷹信光による数々の著作に尽きるだろう。学生時代から「ハードボイルド」に向きあい、なかでもとりわけハメット作品にこだわって、長編全五作をはじめ、遺作となった未完の中編「チューリップ」にいたる、ほとんどの中短編を訳し、探究のうえ論じてきたのだ。

近年では、「東京大学文学部英文科講義録」の副題がつく渡辺利雄『講義 アメリカ文学史』(研究社)全三巻に続き、二〇〇九年に出版された同書『補遺版』の第九十九章でハメットが取り上げられたかと思えば、同じ東京大学文学部の准教授、諏訪部浩一による『『マルタの鷹』講義』(研究社)が二〇一二年に刊行されるなど、日本でもアカデミックな研究者がハメット作品を詳細に読み解き論じた書物が出版されている。

この『血の収穫』が最初に邦訳されたのは、第二次世界大戦後のことだが、今回の田口俊樹は八人目の翻訳者となる。本書を堪能した読者は、さらに『マルタの鷹』『ガラスの鍵』などハメットが書いた作品や評伝、関連書を手に取り、じっくりと読んでほしいものだ。

訳者紹介　1950年生まれ。早稲田大学第一文学部卒。英米文学翻訳家。主な訳書、C・ライス「第四の郵便配達夫」、R・マクドナルド「動く標的」、B・テラン「その犬の歩むところ」、T・R・スミス「チャイルド44」、L・ブロック「死への祈り」他多数。

検印
廃止

血の収穫

2019年5月31日　初版
2023年11月17日　再版

著者　ダシール・ハメット

訳者　田口(たぐち)俊樹(としき)

発行所　(株)東京創元社
代表者　渋谷健太郎

162-0814/東京都新宿区新小川町1-5
電話　03・3268・8231-営業部
03・3268・8204-編集部
URL　http://www.tsogen.co.jp
工友会印刷・本間製本

乱丁・落丁本は、ご面倒ですが小社までご送付ください。送料小社負担にてお取替えいたします。

©田口俊樹　2019　Printed in Japan

ISBN978-4-488-13006-0　C0197

伝説の元殺人課刑事、87歳

DON'T EVER GET OLD◆Daniel Friedman

もう年はとれない

ダニエル・フリードマン
野口百合子 訳 創元推理文庫

戦友の臨終になど立ちあわなければよかったのだ。

どうせ葬式でたっぷり会えるのだから。

第二次世界大戦中の捕虜収容所で、ユダヤ人のわたしに親切とはいえなかったナチスの将校が生きているかもしれない——そう告白されたところで、あちこちにガタがきている87歳の元殺人課刑事になにができるというのだ。

だが、将校が黄金を山ほど持っていたことが知られ、周囲がそれを狙いはじめる。

そしてついにわたしも、大学院生の孫とともに、宿敵と黄金を追うことになるが……。

武器は357マグナムと痛烈な皮肉、敵は老い。

最高に格好いいヒーローを生み出した、
鮮烈なデビュー作！